罗马神话

李娟 ◎ 主编

中国华侨出版社
北京

图书在版编目（CIP）数据

罗马神话 / 李娟主编 .—北京：中国华侨出版社，2017.12
（世界经典神话丛书）
ISBN 978-7-5113-7297-0

Ⅰ.①罗… Ⅱ.①李… Ⅲ.①神话—作品集—古罗马
Ⅳ.① I546.73

中国版本图书馆 CIP 数据核字（2017）第 318669 号

罗马神话

主　　编 / 李　娟
责任编辑 / 高文喆　赵秀村
责任校对 / 王京燕
经　　销 / 新华书店
开　　本 / 787 毫米 ×1092 毫米　1/16　印张 /18　字数 /221 千字
印　　刷 / 三河市华润印刷有限公司
版　　次 / 2022 年 2 月第 1 版第 2 次印刷
书　　号 / ISBN 978-7-5113-7297-0
定　　价 / 48.00 元

中国华侨出版社　北京市朝阳区静安里 26 号通成达大厦 3 层　邮编：100028
法律顾问：陈鹰律师事务所
编辑部：（010）64443056　64443979
发行部：（010）64443051　传真：（010）64439708
网　　址：www.oveaschin.com
E-mail：oveaschin@sina.com

前言

在绚丽多姿的世界文化史中,神话故事是现代文明灿烂发展的起点,对世界各地文学文化的发展和繁荣产生了深刻和久远的影响。它如珍珠一般闪闪发光,在世界文学宝库中成为一朵不可多得的奇葩。神话故事构思奇特,风格多样,其丰富的内容和无穷的艺术魅力展现了该民族的历史与价值观。

本丛书以世界范围内广泛流传和为人关注的八大神话派系展开,包括希腊神话、罗马神话、埃及神话、印度神话、北欧神话、非洲神话、俄罗斯神话和中国神话。

各文化派系的神话故事各有特点。如希腊神话中,无论是人是神,都有善良和感性的一面,同样有欲和恶的一面,和凡人很相似。因为这种相似,让他们在理智和情感之间,在神性与人性之间,在公正与偏私之间,留下了广阔的想象空间。

再如北欧神话。北欧神话中的世界不是永恒的,神不是万能的,像神王奥丁,他也需要以一只眼睛为代价穿过迷雾森林,从而得到大智慧。另外,北欧神话相信当万物消亡时,新的生命将再次形成,世界上的一切都是无限循环的。

……

不同的特点造就了这些神话的多彩多样性。

本丛书立足不同神话的特点，通过搜集整理大量资料，根据中国读者的阅读特点，进行了细致认真地选编和译注，在保证原神话故事民族文化特点的基础上，让阅读更符合国人的习惯，从而加强可读性。

本丛书内容丰富多彩，故事引人入胜，语言精练有趣，人物栩栩如生，是读者了解世界古代文化与文明的窗口。

目录
Contents

| 第一章 / 罗马神系 | 001 |

第二章 / 四大时代	
双头亚奴斯	011
法乌诺斯犯下的罪恶	015
神的旨意	020

第三章 / 埃涅阿斯	
神谕中的家乡	027
拜见国王拉丁奴斯	033
女神的仇恨	036
埃涅阿斯到达帕朗图姆	042
图尔奴斯的袭击	048
两个英雄朋友	050

围攻堑壕	058
埃涅阿斯归来	061
无法停战	067
决战在所难免	070
埃涅阿斯去世	083

第四章 / 建立罗马城

洛摩罗斯和瑞摩斯	087
洛摩罗斯建立罗马城	097
抢夺萨宾女人	100
洛摩罗斯的伟大成就	105
取消活人祭祀	116

第五章 / 罗马国王

图鲁斯发动战争	129
卢茨乌斯·塔尔库依尼乌斯	137
赛尔维乌斯·图利乌斯	146
傲王塔尔库依尼乌斯	153

第六章 / 罗马英雄

罗马自由的缔造人布鲁图　　　　163

勇敢的库克莱斯　　　　168

高尚的莫茨乌斯和克雷利亚　　　　172

麦纳尼乌斯·阿克律帕　　　　176

伽尤斯·柯里奥郎　　　　180

斯波律乌斯·卡西乌斯　　　　185

视死如归的法比尔人　　　　187

农民辛辛那图斯　　　　192

阿比乌斯·克劳迪乌斯　　　　198

玛尔库斯·富里乌斯·卡弥罗斯　　　　204

在罗马的高卢人　　　　216

卡弥罗斯的结局　　　　227

拖尔库阿图斯和玛尔库斯　　　　231

玛尔库斯·库尔梯乌斯　　　　235

萨姆尼特尔人　　　　238

普泼利乌斯·特策乌斯·摩斯　　　　240

梯拖斯·库茵克梯乌斯　　　　245

拉丁之战　　　　248

卢茨乌斯·帕比里乌斯·库尔索尔和库茵拖斯·法比乌斯·罗利阿奴斯　253

考迪乌姆的枷锁和报应　258

小特策乌斯·摩斯　266

萨姆尼欧姆的结局　268

比尔胡斯国王　271

罗马大事年表 / 278

第一章 罗马神系

第一章 罗马神系

古时候的希腊人认为，世界在被创造以前就有着能够衍生万物的种子，这些种子杂乱地分布在一个叫作卡俄斯的巨大而又荒凉的空间里，卡俄斯的意思就是"混沌"。

后来，在卡俄斯内诞生了大地女神该亚、爱情神厄洛斯、地府神埃里伯斯和黑夜神尼索斯。

传说大地女神该亚在自己的指尖分裂出星空神乌拉诺斯，乌拉诺斯俗称天神，也是第一代神王。该亚又和自己的受造物乌拉诺斯结为夫妻，第一胎生了十二位提坦神，这十二位提坦神分别是六男六女，清一色都是巨人。随后该亚又生了三位库克罗普斯三眼巨人，他们的额头上多长了一只圆溜溜的眼睛。克洛诺斯是该亚最小的儿子，也是最早和最古老的神之一。

乌拉诺斯不喜欢提坦神和库克罗普斯巨人，在他们出生后就把他们重新束缚在大地该亚的体内。该亚对乌拉诺斯的行为十分愤怒，就指使克洛诺斯用弯刀割伤了乌拉诺斯。最先从乌拉诺斯伤口里流出的血变成了复仇三女神——阿勒克图（不安女神）、墨纪拉（妒忌女神）和提希丰（报仇女神），这三位复仇女神合称厄里倪厄斯，在罗马神话中被称为芙厉恩，她们还是法律女神。在复仇三女神之后，乌拉诺斯的血又变成了可怕的巨人吉冈特。

乌拉诺斯死后，他的儿子克洛诺斯放出了十二位提坦神，并且娶了他的姐姐生育女神瑞亚，瑞亚生了宙斯。克洛诺斯是第二代神王，他的统治时期是希腊神话中的黄金时代。后来宙斯长大了，开始和他争夺神王的位置，克洛诺斯不肯放弃王位，就召唤提坦神前来助阵。但是只有九名提坦神应召而来，另外三名包括他的妻子瑞亚都站在宙斯一边，反对克洛诺斯。众神在奥林匹斯和奥特律山上展开了恶战，这场战争持续了十年，但是一直没有分出胜负。后来，宙斯按照母亲瑞亚的建议，解救了被乌拉诺斯束缚在大地中的库克罗普斯巨人。在库克罗普斯巨人的帮助下，宙斯战胜了克洛诺斯，成为第三代神王。

根据罗马人的传说，巨人们把克洛诺斯放逐到了台伯河边的一个小小的村庄里。这里属于拉丁姆王国的领域，拉丁姆王国传说是古罗马国家的发源地。克洛诺斯在这里被称作萨图恩，他的另外一个妻子俄普斯——俄普斯是播种和丰产女神——继续留在天空上。

在烦琐杂乱的罗马神系中，宙斯被称为朱庇特，掌管天神和统治凡人的大权，是万能之父。在卡皮托尔山峰顶端有一座圣庙，就是专门祭祀最仁慈最伟大的朱庇特神的，他是拉丁联盟的保护神，后来成了罗马国的主神。

朱诺是天神朱庇特的妻子，她十分忠于婚姻，是女性、婚姻和母性之神，集美貌、温柔、慈爱于一身，被罗马人称为"带领孩子看到光明的神祇"。人们用母牛和圣鹅作为她的祭品，只有处女和品行端正的人才允许走近她的祭坛。

灶神维斯太是保护家庭的女神，家神珀那忒斯和拉瑞斯是她的助手。珀那忒斯和拉瑞斯也是城市和公共生活的保护神，负责物品储存的安全，因为这关系到每个家庭的幸福和富裕；他们还是农作物的保护神。拉瑞斯的母亲是阿卡·拉伦梯亚，传说拉伦梯亚生了十二个男孩，但是不幸夭折了一个，于是就抱养了一对孪生儿子，分别是洛摩罗斯和瑞摩斯。

珀那忒斯和灶神维斯太居住的神庙内燃烧着永恒的火焰，里面还建造着国灶和神圣的珍宝馆。侍奉女神的女仆被叫作维斯太侍女，或者称作维斯太祭司，她们必须放弃爱情和婚姻。如同贞洁的女神一样，她们也应该洁白无瑕，因此不能和任何男人有私密性关系。如果维斯太侍女失去了贞洁，或者由于过失而熄灭了圣火，她便会被残酷地处死。不过，如果有一位女祭司平白无故地遭受诬陷，说她违背了神圣的誓言，那么女神也会亲自前来加以干涉。

伏尔甘是火与工匠之神，锻造之神，性情温和，热爱和平，在天庭和人间都拥有极高的声望。他是诸神的工匠，在锻造方面有着高超的技巧，打造了许多著名的神兵利器。传说阿波罗驾驶的日车、厄洛斯的金箭银箭、宙斯的神盾等都是他的作品，而火山就是他的工坊。凡间的人们把伏尔甘看成房屋和炉灶的保护神。

战神玛尔斯是天神朱庇特和朱诺的儿子，主管战争和破坏。他还是生长神，牲畜和农作物的保护神，甚至还是预言神。狼——也是罗马的标志——是玛尔斯神的信物，啄木鸟是玛尔斯传达神谕的使者。在罗马古时候的历法中，每年的第一个月份是三月，这就是纪念玛尔斯的，表示他是春天之神。

在玛尔斯发动战争时，复仇女神柏洛娜总是不离他的左右。玛尔斯圣地上那幢巍峨的庙宇就是祭献给柏洛娜女神的，就在玛尔斯祭坛的旁边，也是罗马青年人在运动中显示自己青春活力的地方。

密涅瓦是智慧及战争女神。如果说战神玛尔斯象征着战争的残酷和罪恶，弥涅耳瓦则代表着军事策略，象征着在计谋和智慧上更胜一筹，也代表正义之战。她是万灵之父朱庇特的女儿，深受朱庇特的宠爱，圣庙也立在罗马的卡皮托尔山上，位于朱庇特的庙旁。她也是艺术和手工业的保护神，即工艺神。

众神之子阿波罗不仅代表着光明，还掌管着医药、文学、诗歌、音乐等，以美好和高尚的情操熏陶着人们，给他们送去精神的享受。库玛城有一个叫作叙皮勒的神谕宣示所，阿波罗就是通过这里向人们转达诸神的意志。

作为生长神，每当春回大地，玛尔斯就要照料着世间万物的生长。在玛尔斯给万物的生长赐福时，春天女神安娜·佩伦娜会给他提供帮助。不仅春天女神，其他众多的神祇也给予了玛尔斯很多的帮助。

爱情女神维纳斯保护着春天的花卉，以便它们开花结果。就像花儿开了又谢一样，人们最后也会谢世而去，所以维纳斯还佑护死者，她教导人们砍伐木材，做成灵柩以装运死者。她还是玛尔斯的妻子，英雄埃涅阿斯的母亲，罗马民族的起始圣母。

妩媚可爱的福罗拉的主要工作是负责各种花卉的花期。她和维纳斯一起保佑着树木花卉以及人类的成长，给予他们祝福。古罗马的人们为了感谢她的恩德，专门设立了一个"花神节"来纪念她，甚至还把她的头像放在了金币上。

丰收女神刻瑞斯，就像母亲一样关心着大地上的各种农作物；手持镰刀的四季转换神维耳图诺斯负责收获；果树和果园的保护女神波莫那用小刀除去丛生的野草，把名贵的树木幼苗嫁接到粗壮的野树干上，给受旱的果园灌溉浇水，给果树的树干包上温暖的外壳以度过寒冷的冬天。

波莫那把她全部的精力都投入到了果树和果园的保护上，除此之外的一切她都无暇顾及，包括爱情。例如繁殖与植物之神，同时亦是牲畜、农田与农夫守护神的西尔瓦诺斯，前面提到的四季转换神维耳图诺斯，以及田野神法乌诺斯、自然神皮库斯和森林神西尔瓦诺斯等，都追求着波莫那，希望向她求婚。但是她一直没有答应他们，甚至不让他们走近自己的园地。

不过维耳图诺斯有着锲而不舍的精神。他曾经变成割草的人和收庄稼的人，以及农民、渔夫、园丁、种植葡萄的人，甚至变成威严的武士，试图赢得波莫那的芳心，可是波莫那根本不屑一顾。最后，他变成一个鬓发花白的老太太，头戴花冠，拄着一根拐杖步履蹒跚地来到波莫那的果园，称赞波莫那种植的水果又大又甜，在波莫那赐给她水果吃的时候，还感激万分地吻女神的手。当老太太看到一棵榆树上攀缘着紫藤时，便开始跟女神谈起幸福的婚姻。她盛赞波莫那对婚姻的慎重态度，说波莫那宁愿独自生活，也不愿将就着跟野蛮的树林精怪周旋往来。

不过，有一个人却是值得波莫那爱慕的，那就是四季转换神维耳图诺斯，他对波莫那一往情深。接着，老太太又说："维耳图诺斯身材魁梧，英俊帅气，他热爱在园林里辛勤耕耘。不过他最近情绪不高，听说您拒绝了他的求婚。"

波莫那微笑着倾听着老太太的话，然后摇了摇头，表示自己并没有拒绝维耳图诺斯。维耳图诺斯大喜，立刻变回自己的相貌，器宇轩昂地站在女神面前：这是一位精神饱满的年轻人，神采飞扬，风华正茂。波莫那的双颊上顿时泛起了红晕，心脏像小鹿般怦怦乱跳，她知道自己已经爱上了这个青年。当维耳图诺斯握住她的手时，女神波莫那没有拒绝，后来他们结成了夫妻。

维耳图诺斯抱得美人归，而田野神法乌诺斯、自然神皮库斯和森林神西尔瓦诺斯只好失望而归。他们是大自然中的精灵，喜欢跟山林水泽的女仙们一起嬉笑取乐。法乌诺斯也是牧民的保护神，他到处捕杀野狼，让牧群平安兴旺。人们又称他为卢泼库斯，一直在每年的二月十五日举办卢泼卡利恩节，祭奉法乌诺斯。尽管法乌诺斯有着慷慨、善良的一面，可是如果人们无意中轻慢了他，他也会毫不犹豫地表现出睚眦必报的一面。

如同太阳神索尔主宰着白天的天空一样，狩猎女神狄安娜也是月亮女神，主宰着夜晚的天幕。她的衣衫是银白色的朦胧月光，树林间浓浓的阴影就是她的领地。每当她来到纳米附近的巨爵湖时，她总喜欢对着清澈的湖水观赏自己娇美的容颜，所以巨爵湖又被人们称为"狄安娜的镜子"。

比起山林神仙，凡人更加受到水泽女仙的喜爱，例如最可爱的女仙埃格里亚就嫁给了一位凡人。法力最高的那个女仙叫朱图耳那，在阿尔巴纳山岭，她把自己的名字赐给了许多泉水、一条河流和一处湖泊。女仙们都拥有治愈疾病以及清洁自然的宝物。

在诸多的河神中，台伯律奴斯拥有至高无上的地位。他经常穿着海蓝色的衣衫，用芦苇花环紧紧地扎着头发，安静地仰卧在汹涌澎湃的河水之间。河神不喜欢桥梁，他们认为每座桥梁都是束缚他们的一道枷锁，所以时不时地掀起波浪冲坏人们建造的桥梁，甚至毁掉人们的房屋、农田，以此来发泄心头的怒火。人们害怕河神的怒火，所以在相当长的一段时间内都不敢在河流上建桥。人们称能够建造桥梁的精英人物为朋提弗克斯，这些人后来都成为了古罗马国的最高祭司。

尼普顿和他的妻子萨律茨亚主宰着海洋。萨律茨亚夫人管辖着海潮，尼普顿的战车就在海潮上肆意拍击着海岸。不过港口神普尔图诺斯丝毫不惧海潮的冲击，在他的保护下，港口的工作、生活一切如常。

除了以上这些生活在天空、大地和水域中的神，阴间的冥府还有一个神的王国。死神俄耳库斯负责收取凡人的生命作为他的猎物。不管是无所畏惧的勇士还是胆小如鼠的懦夫；不管是富甲一方的财主还是一贫如洗的穷人；也不管是王侯将相还是平民百姓，他都会一视同仁，将他们的灵魂交给阴司冥国的主宰普路托。如果死者生前品行高洁，虽然灵魂脱离了肉体，却仍然能幸福地继续生活下去，这类死者称为玛嫩，由玛尼亚负责掌管他们——玛尼亚是高尚灵魂的母亲。如果死者生前罪孽深重，那么他们的灵魂就会备受折磨，永世不得安宁，成为人世间的孤魂野鬼，这类死者称为勒莫恩。

凡人受到天空、大地和冥府的各路神灵的管制，他们的生活质量完全取决于神的意志：天空中的诸神不仅可以赐予人类福祉，也可以给人类降下灾祸。在人类受到灾祸时，只有向神奉上祭品，以及虔诚的忏悔才能取得神的谅解。不过，真正主宰人类命运的，却是罗马人的幸福女神福耳图那。福耳图那一手拿着象征丰饶和富裕的羊角，一手拿着主宰人类命运的方向舵，站在旋转的飞轮之上。如果她把羊角倒下来，那么在墨丘利——他是商业神和赢利神——的保佑下人们就会财源滚滚、兴旺发达；如果福耳图那从她的飞轮上跌下，那么带来的无疑就是家破人亡，这肯定是令人担忧和伤心的，所以人们总会来到福耳图那的神庙，祈求她的保佑和赐福。福耳图那喜爱罗马民族，是罗马民族的保护神。

诸神时代是一个黄金时代，神仙跟凡人生活在一起，如果凡人能够努力提高自己的品德和修养，也可以成为神。

第二章 「四大时代」

双头亚奴斯

在世界上有许多国家，只要它们所培育的精神能继续存在，那么它们的国家就不会随着外部权力的结束而消失，这种精神会穿越时空，无论经过多少轮回转换，都一直存在于世间之中。罗马民族就是最好的例子。罗马发源于台伯河下游的一段狭长地带，当意大利刚刚出现之际，这条河流在朱庇特还没有执掌权柄时就已经存在，当时它并没有名字，但它已经存在很长时间了。最古老的信息告诉我们，这条河流上曾经居住着一个土著民族，他们听命于亚奴斯，而亚奴斯是谁？来自哪里？却无人知晓。这些土著人从来没有离开过台伯河，他们的作风粗俗野蛮，不知道外面的世界还有别的民族，还有更加美好高尚的生活。他们善于弯弓搭箭，围捕狩猎，却不会农耕。他们除了要面临自然环境的艰险外，还要时刻防御凶猛动物的袭击。另外，四周的沼泽地看似松软平静，实则凶险无比，不知情的人踏进去就会陷入它那一双双邪恶的软臂中。在山间的洞穴里居住可怕的妖魔鬼怪，他们时刻暗中观察着人类的一举一动，伺机准备伤害他们。

亚奴斯的城堡简单原始，可能是当时能力有限，只能就地取材建造。城堡建在台伯河的右侧一个叫亚尼库罗姆的小山坡上，不远处便是河流的入海口。在河流另一侧，耸立着七座长满参天古树的山峰，其中一座叫帕拉丁，另一座叫阿文丁，没有人知道其他山峰的名字。

从来没有外人来过这里，直到有一天，台伯河中驶来一艘大船，停在河岸不远处。一位看上去精神饱满的男子走出来，在桅杆下站定，微笑着向土著人打招呼，邀请他们上船参观。土著人瑟缩着登上船，在看到圈在一起的几头公牛和母牛之后，他们吓得扭头就走，他们哪里见过这些东西？外来客费了老大劲儿才给他们讲明白，这几头牛是通人性的，非常温顺，跟原始森林里只懂得吃草的野牛是不一样的。接着，他们又看到了一群与山羊长相相似的通体雪白的动物，正发出咩咩的叫声。在男子的解说下，他们才知道，这就是绵羊，羊身上那层厚厚的羊毛，要是织成衣物，穿在身上要比他们身上的这些熊皮和貂皮软和得多。

听过男子的解释，这些居民好不容易安静下来，热情地跟新来的客人打招呼。就在这时，外来客把一个大竹篓从船舱里搬出来，一阵阵奇怪的嗡嗡声从竹篓中传出来，居民们差点被这声音吓破胆。最后，他们才知道这些嗡嗡叫的小东西叫蜜蜂，有了它们，人们自己就能制造出甜美的蜂蜜，他们再也不用去集市，在家就能吃到喜欢的甜汁了。人们热情高涨，他们从来没见过这么多新鲜玩意儿。更别提现在正被外来客抛撒在空中的谷粒，以及其他的根茎植物。居民们从没见过面粉、面包这类东西，也没喝过酒，任那名男子磨破了嘴皮，说尽了好话，哪怕说这些都是上天的恩赐，大家也不敢轻易尝试。

这时，国王亚奴斯悠闲地走来，一位金发男子迎上前去介绍道："尊敬的陛下，我叫萨图恩，在一个实力雄厚的国王的压迫下，我不得不来到这里，我希望你们能相信我，留下我。同样，为了表达我的感激，我可以帮助你和你的人民，教他们如何酿造蜂蜜与美酒，制作面粉与面包。"在看到他的诚恳后，亚奴斯满口答应，最终，萨图恩在台伯河附近的乡村安顿下来。

这个不速之客的闯入，改变了这个民族原有的生活习惯。萨图恩见多识广，在他的指导下，当地人不仅学会了砍树造屋，把植物种在砍树留下的空地上，还学会了使用农具，种植果树，果林长得葱葱茏茏，硕大而又丰美的果实挂满了枝头。通过历代人的努力，以前粗野的生活不见了，取而代之的是高尚而又美好的生活，在这些前所未有的变革的影响下，人们沉浸在巨大的幸福中。在这里，人们不知道律师为何物，不受法律的束缚，人人平等，也不用怕智慧和财富被他人所妒忌。人们无忧无虑地生活在这片土地上，处处呈现出祥和与平静。人们异口同声赞扬着，神奇而又美好的黄金时代来临了。

在接下来的很长时间里，亚奴斯和萨图恩一起管理着这片土地。亚尼库罗姆是亚奴斯的领地，在亚尼库罗姆的另一边，一座名叫萨图尼亚的城市被萨图恩建造而成，两人分地而治，和平共处，经过不懈努力，他们开创了一个空前的太平盛世。

有一天，精神焕发的萨图恩（在这里人们也称他为萨图奴斯），看到这个国家的改变后，想到自己对这个国家付出的努力，不禁有些沾沾自喜。他骄傲地对亚奴斯说：

"这个国家应该有个名字，不能无名无姓地存在于世，我想叫它拉丁姆，就是'藏匿的国家'的意思，因为我躲藏在这里，这个国家收留了我，使我远离了神的怒火。我希望这里能够永远宁静安详，人们都能过上幸福的日子。"

亚奴斯并不赞同，一直摇头："依我看，你的愿望太不现实了，哪有永远的和平，既然有和平就会有战争，国家不是万能的，战争与灾难是不可避免的。"

听到这些话，萨图恩脸上阴云密布，亚奴斯看了他一眼，继续说道："我说的都是事实，从宇宙的开始到结束，我都一直存在着，宇宙间万事万物的发展变化是谁都左右不了的。"

这并不是一个合乎人心意的预言，但萨图奴斯还是执意称那里为拉丁姆，这就是意大利最开始的名字。

萨图奴斯害怕眼前美好的一切都会成为过眼烟云，那些神祇、幸福和他创造的太平盛世都会不复存在。每每想到这些，他都万分伤痛，不再愿意见到大家。人们对萨图恩非常尊敬，但却不知为什么他总是不愿意见大家，现在，国王亚奴斯终于对人们说出了其中的缘故。

原来，萨图奴斯是天神的父亲，天神把他从王位上推了下来，他无处可逃，只能来到凡间。听到这里，大家都震惊了，他们欣然同意亚努斯想要为萨图奴斯建立一座神庙的请求，用一座神庙来感谢萨图奴斯给他们带来的幸福。在神庙建成后，为了表示尊敬，人们还定期举行规模盛大的萨图那利亚庆典，萨图奴斯教会了人们耕种和种植果树，人们现在过的日子就像神仙一样幸福。当一年就要过到头的时候，人们纷纷戴上萨图那利亚节日的面具，涌向街头，盛装出行。过了晚上十二点，人们就会进行角色互换，仆人变成主子，主人变成奴仆。通过举办这种活动，让人们想起之前那个没有等级、没有法律，不知道律师为何物的幸福时光。

过了不久，亚奴斯即将完成他国王的使命，但是，没有人知道他要如何结束使命，直到有一天，亚奴斯悄无声息地消失在他居住的宫殿中。在那之后，人们为了纪念亚奴斯，把他奉若神明。作为神，他是最难以捉摸、最高深莫测的那一位。意大利人对他尤为尊敬。据说亚奴斯是神的起源，他掌握着宇宙的开始与结束，比萨图奴斯取得权力的时间还要早。萨图奴斯在天空失掉了权力只能来到人间，而亚奴斯却不同。就算推翻了朱庇特的统治，对他也是毫无影响，因为他一并执掌着开始和结束。同时还从旁注视着各家各户，又被称为"门户总管"，由于亚奴斯的两面性，人们常常把他画成拥有两个头的怪物，称他为"双头亚努斯"，而这个称呼一直沿用到今天。他象征着这个相互排斥又相互依存着的世界，就像是开始与结束、白天与黑夜、太阳与月亮、天空与大地、战争与和平、阴险与善良，既对立，又相互依存，从而成就了世界，使万事万物成为一个整体。

法乌诺斯犯下的罪恶

　　萨图恩在台伯河定居后，娶了一位凡间女子，两人举案齐眉，没过多久，就生了一个名叫皮库斯的儿子，皮库斯如同他爸爸一样，英俊潇洒，勤劳勇敢，既是一名驯马师，又是一名人人称赞的农艺家和无所畏惧的好猎手。

　　有一位青春年少的少女，是国王亚奴斯的女儿，她的舞跳得能让周围的人和动物都纷纷驻足观赏，她的歌声能穿破云层震碎石块，就连植物都忘记摆动自己的藤蔓，每当她想要高歌一曲时，时间如同忘记了摆动，就连河水也停止了流淌。她正值嫁人的好年纪，国王就把她许配给了萨图奴斯的儿子皮库斯。他们婚后不久，生了一男一女两个孩子，这两个孩子就是法乌诺斯和福娜。

　　在亚奴斯结束使命后，皮库斯当上了拉丁姆的国王，很久以来，他一直在管理着这个国家。后来，一座被月桂树环绕的豪华宫殿在台伯河入海口建造而成，当地人都把这座宫殿叫作劳伦图姆。"劳伦"就是拉丁语中"桂花"的意思。皮库斯就住在那里。随后，在这座宫殿的周围又相继建造了很多房屋，慢慢地形成了城市的雏形，在那里，人们又把自己称呼为劳伦特人。

　　一天，皮库斯在外出狩猎途中迷了路，误闯巨魔妖女喀耳刻的领地，喀耳刻一看到皮库斯长得相貌堂堂，就无法抑制自己心中的爱意，她使出浑身解数，想把这个高傲的男人留下。但皮库斯并没有被她的妖媚所迷惑,喀耳刻见皮库斯不为所动,便开始吓唬他。这个妖女的森林里分散居住着许多动物,它们都是由那些误入这里的人们变成的,把人变成动物是这个妖女的看家本领。现在,这些动物径直冲到喀耳刻住的洞窟门前,面目凶狠地围着皮库斯吼叫,但勇敢的皮库斯依然面不改色,他知道自己是神的后裔,觉得喀耳刻的魔法对他起不了多大作用,他不会被变成动物。

但是,事与愿违,喀耳刻见到皮库斯拒绝了自己的求爱,怒火中烧,她分别在日出和日落的时候,念起咒语。国王皮库斯的全身都像被火烧着了一样痛苦万分,然后他就什么也不知道了。过了好久,皮库斯终于醒过来了,他发现自己已经无法像正常人一样走路了,他四下里瞅了瞅,发现女妖和她的住所以及那些动物通通不见了,枝叶繁茂的森林里,只躺着孤孤单单的自己。突然,他听到了潺潺的流水声,他无法走路,只能蹦着过去,水面波光明亮,就像是一面镜子,在溪水的倒映下,他终于看清了自己现在的容貌。原来在女妖喀耳刻的咒语下,他变成了一只啄木鸟。看到自己的模样,他又悲伤又愤怒,正当他悲愤交加的时候,一股充满着力量的声音在他的耳边响起:"勇敢地飞吧,皮库斯,往天上飞吧!战神玛尔斯想让你成为他的圣鸟。"

听到这话,皮库斯毫不犹豫地直冲云霄,站在战神的肩膀上,成了战神玛尔斯肩头上的一个标志。空闲的时候,战神也会给他放假,让他变成人形,自由穿梭在他曾经居住过的拉丁姆森林里。

从那之后,皮库斯的儿子法乌诺斯继承了王位,并居住在海边的宫殿里。在法乌诺斯统治国家的时候,出现了一些不和谐的声音,和平幸福的生活慢慢被打破,之前标榜的太平盛世已经名不副实了。

就在这时,从亚奴斯统治时期就住在阿文丁山上的巨人卡科斯醒了过来。他非常畏惧萨图恩,一直藏在阿文丁山上不露面。卡科斯是众神的铁匠——火神伏尔甘的儿子。卡科斯长得与他的父亲没有一点相似之处,他长得十分丑陋,经常会把人吓得昏死过去。他的身体不像是一个正常人该有的形状，经常会变来变去，并且会喷出炽热的烈火；嘴里流着口水，还不停有散发着剧毒的蒸气从他口中吐出。卡科斯醒过来之后，他会把路过这里的人们吓昏后背进山洞，把这些受害者作为自己的食物，很快山上就堆满了骨头。然后，妖魔卡科斯用大石头把山洞口堵死，连一根针都插不进。偶然路过的人完全不清楚这是个会吃人的魔窟。作为国王，法乌诺斯也无计可施，只能眼看着拉丁姆的人被卡科斯迫害。直到和神一样伟大的英雄赫拉克勒斯出现。

英雄赫拉克勒斯经过连连征战最终完成了欧律斯透斯交给他的十项艰巨任务：与尼密阿的森林猛狮缠斗；砍杀长有九个头的蛇怪许德拉；用箭射中刻律涅亚山上的雄鹿；徒手抓住厄律曼托斯野猪；清洁奥革阿斯牛棚中的粪便；用铜钹吓跑斯延法罗斯湖的怪鸟；驯服克里特发狂的公牛；追踪狄俄墨得斯凶猛残暴的吃人雄马；收下亚马孙女王的腰带；赶着革律翁的牛群到了希腊。做完这些任务之后，他经历了漫长而又艰难的跋涉之后，来到一个物产丰富、人口众多、河流密布的地方。在这里，一座名叫赫卡托姆皮洛斯的庞大城市拔地而起，其名寓意为"百座城门"。然后，他又把两根大柱子立在大西洋沿岸，这就是举世闻名的赫拉克勒斯大柱。在凯旋的途中，他赶着牛群途经台伯河山谷。一路上为照料这些牛群，他与一条双头狗恶战了一番，还一棒子打死了看守牛群的巨人。赫拉克勒斯已经非常疲惫了。就在这天，他打开随身携带的酒壶，灌了一口烈酒，这酒是劳伦特人特意用他们种的葡萄酿造而成的，酒性非常烈，他喝上一口就醉倒在路边，迷迷糊糊地睡着了。

不巧的是，饥饿的卡科斯正在四处寻觅猎物。卡科斯看到赫拉克勒斯醉卧在草地上睡觉，以为是个普通人，但是走近时，才意识到眼前的这个人是神的儿子，虽然还只是半个神，但却已是一位力大无比、不可小瞧的大力神。卡科斯饥饿难耐，虽然在心里一直告诫自己不能惊醒这个年轻人，但看到在不远处吃草的牛群时，还是心里直痒痒："看，这些牛是多么肥壮啊，要是能把这些牛牵走，最起码也能够吃上几天的。"卡科斯对这些牛垂涎三尺，久久不愿离开，他一直在想怎样才能在赫拉克勒斯不发现的情况下饱餐一顿。终于，他计上心来，抓住那群牛的尾巴，倒退着把它们牵进洞里。然后再把地上留下的牛蹄印擦掉。这么一看，牛蹄印消失的地方刚好是洞口的反方向，它们一定会迷惑大力神，让他向洞口的反方向去找牛，根本不会留意到自己的洞。卡科斯得意忘形，非常兴奋。

出人意料的是，这群牛刚被卡科斯牵进黑暗的洞穴就发出了一声又一声令人害怕的狂叫，这叫声惊醒了赫拉克勒斯，他发现自己从革律翁赶回来的牛都不见了，他顺着牛的叫声寻找，一路来到阿文丁山的山洞口。在那里，赫拉克勒斯做了一件到现在为止都没有人敢做的事，但这对于他来说简直就是小菜一碟：他搬开洞口堆积着的堵路大石，把在拉丁姆横行霸道的妖怪卡科斯一棒子打死了。为了庆祝自己的胜利，他献上牺牲，郑重地酬谢天神朱庇特的庇佑。

时光匆匆流逝，许多世纪过去了，世界上的第二个时代——白银时代出现了，罪恶在这个时代开始萌芽生长。关于罪恶的故事是这样的：

法乌诺斯有一个妹妹，名叫福娜，是个崇尚贞洁的姑娘，她从不让人看到她的胴体，甚至连名字也十分珍爱，不想让外人知道，就算人们知道王宫里有一位视贞洁为生命的女子，但他们却连这姑娘叫什么名字都不知道。

这天，法乌诺斯去探望福娜，他一迈入妹妹的房间，整个人都呆住了，只见福娜头发散乱，衣服随便地在身上套着，露出整个肩膀，晃晃荡荡地朝哥哥走来。国王大惊失色，高声叫道：

"你怎么了？！你是不是被精神错乱的复仇女神附体了，你的举止为什么这么失常，你到底是受了什么刺激？"

福娜对哥哥的连番质问置若罔闻，疯狂地唱着酒醉的歌谣。国王看到大理石餐桌上的杯子盘子横七竖八地倒着，鲜红的葡萄酒汁顺着倾倒的酒杯流下石桌，发出滴滴答答的声音。心里顿时明白了，妹妹已经喝得烂醉，不再是那个乖巧听话又保守的姑娘了。国王走上前去，靠近还不知道发生了什么事的妹妹，大怒道：

"是谁把这象征着罪恶的饮料送给你的？又是谁教你唱这般疯狂的歌谣的？！告诉我，他是谁？！"不管国王怎么问，年轻的妹妹就是不发一言，像是知道了自己的错误。

国王大发雷霆，冲向他可怜的妹妹，一把抓住她的胳膊，扯下她的衣服。国王随手抓起一根桃金娘树枝，对着她的身体，劈头盖脸就是一顿猛抽。福娜哪儿受得了这种罪，一头栽倒在地，死了，看到妹妹倒地而亡，国王又开始心疼，懊悔不已。为了让自己的良心好过些，他把心爱的妹妹奉为神明，赐予她"波娜·特阿"的荣耀。在希腊语中，"波娜·特阿"就是"善良女神"的意思。

虽然法乌诺斯也及时悔过了，但他所犯下的罪恶却丝毫没能减轻。罪恶在这个纯真的世界萌芽发展，这是无法避免的事。多年之后，国王法乌诺斯与森林女仙玛利卡联姻，生下了一个名叫拉丁奴斯的男孩。

俗话说得好，不是不报，时候未到。神的处罚终于降临了。这是法乌诺斯的劫难，想逃都逃不掉。为了弥补他所犯下的罪责，法乌诺斯不能再生活在这片土地上。这是朱庇特对他的惩罚。但是，天神与他开了个小小的玩笑。朱庇特觉得法乌诺斯之所以把福娜打死，也是为了维护她的名节，也是一番好意。既然他已经有悔过之心，就惩罚他变成一个长着羊蹄、头顶羊角的丑八怪，让他整日游荡在森林里，追在美貌的仙女后面，慢慢地，他再也没有精神追逐了，垂垂老矣。

与法乌诺斯一样，随着时间的流逝，白银时代的任务也完成了。随之而来的是青铜时代，这是世界上的第三个时代。在那个时代，青铜武器得到了很大的发展。这也是一个战乱的时代，英雄辈出。经过英雄们的无数次奋勇抗争，最终迎来了一个长时期的和平年代。乱世出英雄，这个英雄说的就是特洛伊人的国王埃涅阿斯。

神的旨意

国王法乌诺斯死后，他的儿子拉丁奴斯继承王位，掌管了整个拉丁姆国。在他执政初期，拉丁姆国还是很强大的，国民生活得甜蜜幸福，国家获得了很多荣誉。太阳神索尔非常喜爱拉丁姆国，把灿烂的阳光毫不吝地撒在拉丁姆的土地上，在阳光的照耀下，枝头上挂满了丰硕的果实。这让拉丁奴斯有了炫耀的资本，总夸耀自己是太阳神的后裔。拉丁奴斯非常任性，他要求自己的臣民必须自称"拉丁人"。后来，拉丁奴斯国王娶了阿玛塔这个高傲的女人，他深深地爱着这个女人。萨图奴斯一族已经没多少人了。但阿玛塔没能给国王生下个儿子，只生了个女儿。这个名叫拉维尼亚的姑娘就是整个王国的继承人。

转眼间，拉维尼亚姑娘出落成一个温柔美丽、落落大方的大姑娘，到了该谈婚论嫁的时候了，王后阿玛塔一心想要为她美丽的女儿寻找一位能与之匹配的夫婿。很快，这个消息就像是长了翅膀的鸟儿一样，传遍了整个意大利。拉丁姆和邻近地区的很多达官贵人的儿子摩肩接踵，争先恐后来求娶拉维尼亚，他们都想与拉丁奴斯国王结亲家，拉维尼亚的房门槛儿都快被他们踏平了。

在这些追求者中，一位青年脱颖而出，他叫图尔奴斯，来自拉丁姆国南部一个叫阿尔特阿的城市，他是达瑙斯国王的后代子孙，他统治着罗图勒人的王国。图尔奴斯年少有为，有勇有谋，在那个时候名气就已经很大了。王后阿玛塔非常看重这位追求者，至于图尔奴斯到底是不是萨图奴斯一族的分支这件事，虽然尚未被证实，但毋庸置疑的是，流淌在他血管里的血液一直都是最高尚可贵的。很显然，王后对这门亲事非常满意。

不过，单是得到了王后的首肯还不够，最终的选择权还是在美丽的拉维尼亚公主手中。这天，图尔奴斯差遣媒人再次造访，想弄清楚公主的心意。公主邀请媒人来到位于宫殿正门前的祭坛处，请示神明的旨意。在那里，她庄重地把王冠戴到头上。刚要开口讲话时，一件不同寻常的事情发生了：只见火盆中用于祭祀的火焰蹿得老高，很快就烧到了拉维尼亚的头发上。她的头发就像是着了火，被包围在火光之中，说时迟那时快，就连戴在发间的王冠中也迸发出一道道闪电，这真是太不可思议了。由于闪电的加入，火光冲天，很快，整个王宫乃至整个国家都笼罩在这圣火之中。占卜师们匆匆赶来，他们口中念念有词：

发间的火焰预示着将要有一场可怕的战争，

战争将要毁灭一个王国。

拉维尼亚和她的夫君将会建立起一个王国，

王国统治着地球上的东南西北。

听到这里，拉维尼亚非常兴奋。她深呼一口气，正在此时，熊熊燃烧着的火焰突然熄灭了。公主想，这一定是神的旨意，希望自己与图尔奴斯成婚之后，共同努力，代替天神打击罪恶，主持公道。她自顾自地想着，完全没注意到又有几位勘破天意的占卜师喘着粗气向自己飞奔而来，他们向国王拉丁奴斯汇报道：

我们从园中驻着一群蜜蜂的桂花树上，

看到了一位英雄即将远涉重洋，

来到拉丁姆海岸，

他将成为拉维尼亚的夫君，

跟她一起建立一个伟大的帝国，

帝国将威震天下，将统治世界。

听完这番话，国王拉丁奴斯婉拒了图尔奴斯的使者们，并让他们回去转告他们的国王，拉维尼亚的夫婿乃是天定，他们的婚约取消了。

几个月后的一天，从海边匆忙跑来几位渔夫，向国王汇报道：

"海上有几艘大船正驶向我们的领地，桅杆上的帆被风涨得满当当的，水手们热情高涨地划动着船桨，顺流而下，冲着我们海岸边来了。"

又过了一小会儿，几个人跑过来，其中一个边跑边喊着：

"又驶过来一艘小船，船头上还绑着一只老虎。"

没一会儿又来了一批人，他们显然是被吓坏了，战战兢兢地说：

"一半是人一半是马的肯陶洛斯人，坐在船栏杆上，朝着我们扔石头，吓死我们了……除此之外，还有个四不像的妖怪喀麦拉，它上半身长得像狮子，下半身像蛇，腰间又像是一头山羊，火焰还经常从它嘴里冒出来……还有长着六个头的女魔头斯库拉，面貌极其凶恶，快把我们吓晕了。"

国王拉丁奴斯看着七嘴八舌的居民，微笑着说：

"我纯洁的居民们，别害怕。你们看到的只是海市蜃楼而已，并不是真的，那些幻象不过是那些船的标记和特征。"

正说着，一个年轻人跑过来，汇报说：

"大船的船头已经露出来了，那上面拴着一头凶猛的狮子，还有一百个人在划船。在船面中央的空地上，堆着一座小山，山上站着一位出众的男子，穿着金光闪闪的盔甲，指挥着他的船队。"

听完这番话，国王拉丁奴斯从宝座上站起来，说："它就是名扬天下的埃涅阿斯的平底船，无人不知无人不晓，它的调度室就像是克里特岛上的最高峰——爱达山一样，高耸入云，据说宙斯就诞生在爱达山。这么说来，神谕中的那位外乡人快要来到我们身边了。站在船面中间山上的指挥者就是埃涅阿斯。"

国王心里想着那则预言，有感而发："我有幸目睹了世界的四大时代变革。和平的黄金时代，人人平等，人们单纯而又质朴。在萨图奴斯死后，这个时代也消失了。随之而来的是罪恶的白银时代。这个时代在法乌诺斯和福娜犯下罪恶的事件后，就消失得无影无踪了。我们现在所处的就是青铜时代。在这个时代，战争将取代和平，埃涅阿斯就要踏平拉丁姆。再过不久，世界就会沦落到黑铁时代。到了那时，人人善妒，争名夺利，将永远陷入战争，但经历过长时间的战争后，阳光将重新照耀大地，有人将会享受到无上的荣誉。哦，这将是一个炮火连天的时代！"

第三章 「埃涅阿斯」

神谕中的家乡

此时在爱达山号大船上,英雄埃涅阿斯高高地站在指挥塔上,这是一条拥有百名桨手的战船。这次航行非常顺利,他环顾四周看着海面,透过波浪,他看到远处有一道细细的海岸线。"这是什么地方,我们到了哪里?"他自言自语地说,"难道这里就是友好的家神给我指示的地方吗,这就是意大利,终于让我找到家乡了吗?"自从希腊人攻陷了特洛伊并一把大火烧毁了它后,他率领伙伴,带着年迈的父亲安喀塞斯逃离了特洛伊城。已经在海面上漂泊了多久,经历了多少磨难,恐怕连他自己也说不清楚了。他们的战船长年漂荡在万顷碧波间,时而停泊在这里,时而停泊在那里,却没能找到一个可以久留的避风港口。他们在风浪中颠簸,经历了众多苦难,还要时不时遭受众多海妖的威胁,战船时而下滑入地狱,时而上升到天空,人们一路劳顿,苦不堪言,非常凄楚。

火光冲天的特洛伊城顿时从脑海深处冒了出来,埃涅阿斯打开了回忆的闸门,往事历历在目。在这座城池里他们抗击希腊军队达九年之久,双方进行了无数次激烈的战斗,希腊人围困特洛伊城久攻不下,后来,希腊人先是说好话,又派了使者,要求送回被普里阿摩斯的儿子帕里斯无耻诱拐去的国王墨涅拉俄斯的女儿海伦。当时国王墨涅拉俄斯得知女儿被帕里斯劫走的消息后,便迅速与他的弟弟阿伽门农召集了全希腊的君主们,一致要求他们参加征讨特洛伊的战争。可是,那个时候特洛伊人全然不理会，帕里斯并没有意识到自己的错误，他们不顾对方的强大，决心跟闻名于世的大英雄阿伽门农、阿喀琉斯、奥德修斯、帕特洛克罗斯等人抗争。他们这一行为必将给特洛伊带来毁灭性灾难。就这样，特洛伊战争不可避免地爆发了。经过激烈战争，双方都损失惨重，后来，他们的英雄首领赫克托耳不幸阵亡，在城池久攻不下之下，希腊人想到一个计策，他们把希腊士兵都藏进一个大木马的腹内，而特洛伊人又把腹中藏有希腊士兵的大木马从城外拖进城内。著名的木马计成功，特洛伊城遭受到内外夹击，整个特洛伊城顿时崩溃。

埃涅阿斯又想起了那个恐怖的夜晚：面对燃烧、屠杀，埃涅阿斯那时所做的，只能携带年迈的父亲，拉着妻子和儿子阿斯卡尼俄斯，匆忙逃离火海。逃离时，他的妻子克瑞乌萨被冲散，遭到了希腊军队的杀害。当时一部分特洛伊人因参加普里阿摩斯酒宴而侥幸存活，他们逃到了爱达山下的小城安唐特海湾，埃涅阿斯逃出特洛伊城后也来到了这里，这些特洛伊难民看到埃涅阿斯，纷纷上前聚合。四周环山的海湾都受到了希腊密探们的监视。人们不知要往哪里逃，最后在埃涅阿斯的鼓励下，人们打起了精神，他们从爱达山下砍伐树木，打造船只，埃涅阿斯的整个舰队就是在那个特殊的冬天里建造起来的，包括天下闻名的爱达山号平底船。次年春暖花开时，埃涅阿斯率领船队，载着人们告别家乡，扬帆击桨，驶入茫茫的大海中。现在，船只鱼贯而行，在大海中漫无目的地朝着不知名的陆地奋勇前进。

"哦，这是多么久远的事情了啊！"埃涅阿斯又想起半人半鸟的哈尔庇的预言，当时埃涅阿斯带领着逃难的特洛伊人首先航行到了克里特岛，这是他们漂泊途中的首站，在那里他们遇到了半人半鸟的哈尔庇。趁着风浪，它呼啸而来，并断言埃涅阿斯和他的人只有当特洛伊人桌子上的面包被饥饿的人们一扫而光时，他们才能重建特洛伊。想到这里，突然，他的肚子发出了咕咕声，现在他已经是饥肠辘辘，是不是哈尔庇的预言快要应验了。大英雄思量着。"不过，若是真有一个民族，在海岸边上可以友好地设宴款待他们，那是一件多么令人难以相信的事呀。"

第三章 埃涅阿斯

埃涅阿斯的心剧烈地跳动着,他用手紧紧地按着它,不时地告诫着自己:要镇静,镇静!我不会又像平时一样犯傻了吧?!陆地总会出现在我的眼前的,在这场逃难漂泊中,历经种种苦难,特洛伊的家神总是对我不离不弃,又在梦中给我指点迷津,给我指引正确的方向。在克里特岛时,我带领人们开始建造新城,正当大家为重建家园而大肆欢庆时,一场灾难——干旱却来临了,大地一片焦黄,颗粒无收,死了许多人,我们都陷入了绝望之中,可是特洛伊众位家神却安慰我,给我指点:"你的家乡在遥远的地方,朝着太阳西落的地方远行,那里有一望无际的平原,又有重山叠峦,那是赫斯珀尼亚国,即日落之国,那里被称为意大利,是根据当地的国王意大罗斯命名的。你快去寻找吧!"

埃涅阿斯依旧矗立在爱达山号的指挥塔上,他的思绪跳跃到了特洛伊城的由来上:

"在古希腊神话中,提坦神阿特拉斯和大洋神女普勒俄涅生下了七个女儿,她们七姐妹统称为普勒阿得斯,普勒阿得斯其中一位叫厄勒克特拉,后来宙斯和厄勒克特拉在伊特卢利阿国的库尔图那古城生下了两个儿子,两兄弟分别是达耳达诺斯和伊阿索斯。伊阿索斯自认为是神的儿子,就有恃无恐地热烈追求生育女神得墨忒耳,后来遭到了惩罚,伊阿索斯被父亲用霹雳杀死,而他的兄弟达耳达诺斯对伊阿索斯的死一直十分悲伤,于是,他离开了库尔图那古城,来到了透克洛斯,友好的国王透克洛斯收留了他,并热情地款待了这位从远方而来的客人。并且把爱达山旁边的一块肥沃的土地赐给了他,还把自己的女儿嫁他为妻,后来,达耳达诺斯就在这块土地上建立了达耳达尼亚城。他们夫妻两人成了特洛伊人的始祖。达耳达诺斯有两个曾孙子,其中一个曾孙伊洛斯继承了王位成了特洛伊国王,另一名曾孙阿萨拉扣斯就成了我们氏族的曾祖。我是安喀塞斯的儿子。在特洛伊被希腊人摧毁后,众家神召唤我,给我预示,要我回到祖先的家乡,那是多么美好的梦想啊,请让我拥抱你,我要把你变成一个活生生的现实。意大利,请接受我的问候吧!"

此时，海面上晨风习习，他们这次航行非常顺利。没有遇到一点风波。特洛伊人经过一夜休息，他们的心情也变得轻松愉快起来，男子汉们又浑身充满着使不完的力气，他们起劲地划动着船桨，面前的海岸越来越清晰了。突然驾船的舵手从高高的座位上站起身来，快步走上甲板，大声喊："伙伴们，加油划吧！！我已经看到岸边了，前面有一片苍绿连绵不断的树林，我还看到一条大河，浩浩荡荡地流向汪洋大海。"舵手止不住惊讶地欢呼起来，挥舞着手里的船桨，不由得侧转身子问道："尊敬的大英雄埃涅阿斯，请问这是什么地方？"

埃涅阿斯一声不吭，他深情地望着那边，"是神谕中说的家乡意大利吗？"他还不敢肯定前面即将抛锚停泊的地方就是让他们历经磨难要寻找的新家园。

这位特洛伊人又陷入了沉思中，在这场寻找的旅途中他们经历了太多磨难。女神朱诺对特洛伊并不友好，甚至充满仇恨，她觉得特洛伊是个可怕的民族。埃涅阿斯的母亲是女神维纳斯，在一次众神的宴会上，因为不和女神一起偷偷地把一个上面刻着"献给最美的女神"的金苹果放在餐桌上，由此而引起了天后朱诺、智慧女神弥涅耳瓦和维纳斯三位女神的争抢，她们纷纷表示自己才是最美丽的。最终维纳斯获得了金苹果，成了奥林匹斯山上最美丽的女神，天后朱诺此后对维纳斯心生怨恨，后来便成了特洛伊的宿敌，她对特洛伊以及它幸免于难的人们都充满了仇恨，在埃涅阿斯带领大家逃难的途中，朱诺为了阻止埃涅阿斯寻找新住地，使尽诡计使埃涅阿斯及其一行人在途中遭受了无数的劫难。而每当他遇到危险时，母亲维纳斯女神就会来帮助他们，最终才使得他和他的伙伴们化险为夷，免遭厄运。

后来他们又驶过了很多岛屿，在登陆西西里岛时，埃涅阿斯年迈的父亲安喀塞斯不幸遇难，这一路上已经死了不少人了，他无暇于对父亲的哀悼，他要带领大家去寻找新的家园，从爱达山出发的二十艘大船，现在只剩下十三艘了，其余的全被海神尼普顿的双手掀起的旋风咆哮着卷入浪谷，最后葬身于第勒尼安海底，指挥台上的舵手也被密塞诺姆角的惊涛骇浪推入汪洋大海。唉，原先的一大群特

第三章 埃涅阿斯

洛伊英雄现在只剩少数几位了。

风暴吞没了前往迦太基的船只,埃涅阿斯和他的船队被吹到了迦太基的海岸上,女王狄多无比仁爱,对他们深感同情,并收留了他和他的伙伴。为他们摆下盛宴,她和埃涅阿斯一样都是被驱逐的人,埃涅阿斯与多灾多难的女王情深意笃,十分相爱。只是当时朱庇特的圣命难违,埃涅阿斯只得收拾行装再次出发。狄多竭力劝说,却毫无效果,狄多彻底绝望了,她不忍跟心爱的人分别。不过,埃涅阿斯没有想到狄多会用自杀的方式结束自己的生命来捍卫她的爱情。

悲伤的埃涅阿斯用一只手按了按额头,似乎想要驱逐回忆的阴影。他再次转过头来,对着划桨的伙伴们,大声地鼓励说:"伙伴们,努力划呀!努力吧,你们马上就到目的地了,爱达山号、斯策拉号和如风疾驶的肯陶洛斯号的划桨手,你们努力划呀!"

海岸越来越近,越来越清晰了。埃涅阿斯看到不远处有一道港湾,紧靠大河的入海口,非常适合他的船队停靠。他深吸了一口气,使自己平静下来,而后又自信地下达着命令,用手打着方向引导船只缓慢地往前行驶。不一会儿,船底搁浅了,还发出了嚓嚓的响声。男人们纵身一跃跳入浅平的大海,涉水走上沙滩,走进一片茂密的树林里,凉爽的树荫即刻把他们笼罩住。四周悄无声息。他们没有发现什么动静,于是,他们决定先愉快地饱餐一顿,然后再去城内打探消息。

船上装载着不少面粉。大家把食物都搬上岸来,寻找滚烫的石板来烙饼和烤面包。另外一些人又找来许多水果。为了让它们快速冷却,大家把水果摊开跟糕饼堆放在一起。英雄们围着一大堆美味佳肴席地而坐。他们相互谦让了一番后,开始动手取用,享受美食。最后大家又吃了一些面包,用以垫底止饿。阿斯卡尼俄斯,有时也被叫作尤鲁斯,是埃涅阿斯的儿子,不由得站起来哈哈大笑,他大声地呼喊着:"你们快看呀,哈哈,我们终于把桌子上的食物统统吃完了!"

埃涅阿斯也起身站了起来,他的眼睛里闪烁着喜悦的光芒。他招了招手,让特洛伊人紧紧地围成一圈,说道:"长翅膀的妖怪哈尔庇曾预言说我们把所有食物都吃完后就到达目的地了,现在预言要实现了。预言给我们指出的先祖故乡名叫意大利。这也是我们的新家园,很久以前,达耳达诺斯和伊阿索斯兄弟二人就是从这里出发,漂洋过海,长途跋涉,在远方创立了特洛伊。如今,我们回到了先祖的故乡意大利,这是块陌生而又肥沃的土地。它将会给我们赐福,让这里肥牛满地,麦浪滚滚;让这里森林遍野,景色迷人。"说完,埃涅阿斯命令伙伴们全都跪下,亲吻这片神圣的土地。等到大家重新站起身时,他兴奋地继续说道:"虽然我们已经到达了意大利的国土,但我们还不清楚应该在意大利的哪条河岸旁抛锚停泊。现在我们需要打听清楚这里是否是人迹罕至的不毛之地。如果不是,我们还要打听一下这里的居民都是谁,他们性格及品性怎样。"

拜见国王拉丁奴斯

临近天黑，埃涅阿斯派出去打探消息的人纷纷回到岸边，他们激动愉快地报告说："我们带来了好消息。正如埃涅阿斯所说的，这儿就是意大利，但它已经分裂成许多个国家了。我们脚下所站的地方名叫拉丁姆，是拉丁人繁衍生息的地方，现今由国王拉丁奴斯治理。他的臣民们自称劳伦特人，也称拉丁人。"埃涅阿斯虔诚地感谢众神赐福，接着又问道："这个民族为什么会使用两个名称呢？感觉很奇怪呀，你们有没有打听一下其中的原因？"

为首的探子打断埃涅阿斯的讲话回答说："打听了，国王，请听我们详细汇报。我们穿过栎树林，来到一条大河旁。面前是一片辽阔的大平原，景色迷人。我们来到一座布满桂花的山坡上，那里耸立着一幢带有百根大柱的宫殿。他们以此为中心，形成了一座巨大而又美丽的城市。我们就悄悄地走近城墙。突然，从洞开的城门里跳出来一队年轻人。他们在广场上又是投枪射箭又是赛马奔跑，哄笑声不绝于耳，玩闹得十分热烈和愉快。几个男孩看到了我们，我们很害怕，惊恐得正要往后退，男孩却招手叫我们过去。从他们那里我们才知道这块土地上还没有过屠杀和战争。我们受到了拉丁人的热情款待，他们是一个热情、善良的民族。此外，我们听说由于国王拉丁奴斯在劳伦图姆宫殿执掌权柄，所以，他的臣民们有时候称呼自己为劳伦特人，有时称自己为拉丁人。最后，我们还打听到这条大河名叫台伯河，居住着一位善神。"

埃涅阿斯听罢心中大喜。第二天，他迅速挑选了一队杰出的青年，组成一个使者团，由勇敢的伊里俄纽斯率领，前往拜见拉丁国王拉丁奴斯，请他格外施恩，施舍一块新的生活处所给逃难的特洛伊人安居乐业。使者们身穿漂亮的衣甲，手中擎着作为和平象征的橄榄枝来到劳伦图姆，他们给国王送上珍贵的礼物，那是一只漂亮的金盏。从前，埃涅阿斯的父亲安喀塞斯常用金盏调制祭祀用的葡萄酒。听说城内来了陌生人，百姓们纷纷从四面八方拥上来，围观着，赞叹着。

他们被引进国王的宫殿大厅，宫殿富丽堂皇，高贵优雅，在劳伦图姆宫殿，国王拉丁奴斯坐在紫金王位上，右手旁坐着王后阿玛塔，左手旁坐着美丽的拉维尼亚。使者们都恭恭敬敬地站在大厅的中央，然后伊里俄纽斯独自走上前去，说："尊敬的国王陛下圣安！我们是特洛伊人，在神的指引下，我们来到了这里，我们带来了首领埃涅阿斯的问候。他是伟大的宙斯的外孙，他的母亲是女神维纳斯，他继承神的血脉，宙斯在这里的名字叫作朱庇特。我们的家园被希腊人毁灭，我们从那里逃出来。尊贵的国王陛下，相信你一定也听到特洛伊城陷落的消息了。这正是大英雄埃涅阿斯对国王法乌诺斯儿子的请求：他长途跋涉，历经磨难，在海面上四处飘荡，居无定所，请可怜他，给他一块安居乐业的地方吧。这是应了预言指示的，落难的特洛伊人将在意大利的土地上找到新的家园。"说完，伊里俄纽斯献上了金盏，把它放在国王拉丁奴斯的脚前。

国王听完陌生人的一番话，陷入了沉思。他想起先前的一则神谕，明白了陌生人口中所说的埃涅阿斯不是别人，他正是上天给自己女儿选定的如意郎君，将来，他会继承自己的王位当上国王，治理拉丁姆国。于是，他从宝座上站起身，神色庄重地对使者伊里俄纽斯说："请回去告诉你们的国王，我已经从神的预言中知道了他的到来，我衷心地欢迎你们到拉丁姆来。埃涅阿斯是朱庇特的后裔，虽说我的族第不如他煊赫，但却比他还要古老。这里是农神萨图恩的故乡，他是一位元始老神，被他的后代罢黜，定居到这里，而我是萨图恩的后人，萨图恩又是朱庇特的父亲。萨图恩的王位经过我的爷爷皮库斯和我的父亲法乌诺斯而传给了我。而我的任务就是等到时机成熟后把我的王国交给特洛伊国王。我的女儿将要嫁给他为妻，一旁坐着的拉维尼亚正在迎候她的夫君。"

说罢，拉丁奴斯命人挑选了百余匹壮马，配上漂亮的马鞍，牵到城前，作为送给特洛伊人的礼物。另外，他还给埃涅阿斯备下了一辆双驾赤兔马的镶金马车。使者们神采飞扬，带着满满的礼物回到岸边的营房。那边一片篝火，欢闹声响彻晴朗的夜空。使者们把拉丁奴斯国王的话向埃涅阿斯进行了汇报，埃涅阿斯激动得半天没有说出话来，他们终于盼来了和平、安宁、幸福和美好的未来。想到即将进入热闹繁华的劳伦图姆，想到特洛伊人马上就要和拉丁人生活在一起了，大家都兴高采烈，分外激动。他们想，明天要好好修理一下器具和衣甲，后天就可顺利进城，到达他们最后的目的地。他们开始无限地憧憬着，久久不能入睡。

可是这些刚刚感受到幸福的特洛伊人并不知道，众神另有打算。特洛伊人抬脚可及的目的地又要山隔水阻了，他们将再度被推入无边无际的远方。

女神的仇恨

女神朱诺跟特洛伊结下了深仇。她听说埃涅阿斯和他的伙伴们好运来临了，甚至在不久的将来，他们将要建立一个新的特洛伊，顿时怒火中烧。她不允许他们有如此的好运，"他们怎能逃脱我的仇恨的惩罚？"她大发雷霆，"我决不能让维纳斯取得最后的胜利。哦，我是天后，不能成为众神耻笑的话柄。"说完，她把冥府深处的复仇女神阿勒克图叫到跟前，狠狠地说："你速去拉丁姆国地区制造战争，在特洛伊人和拉丁人以及他周边的罗图勒人之间散布仇恨挑起事端，让他们彼此产生不和睦。"阿勒克图是头发间盘踞着毒蛇的复仇女子，听到命令后，盘曲在她头上的毒蛇们喜不自胜，好似也听懂了朱诺的话，它们发出嘶嘶嘶的欢呼声，为能够再一次放毒而欢呼雀跃。阿勒克图高擎火把，面目狰狞，她驾起乌云，然后降落云头，来到地面。

夕阳西下，四周一片宁静和安详。爱情女神维纳斯和平时一样正在欣赏落日余晖，赞叹漫天晚霞宛若玫瑰般娇美，却看到复仇女神驾着云下凡去了。维纳斯立刻想到这肯定和自己的儿子有关，于是她就前去求见父亲朱庇特，希望得到他的佑护，朱庇特对这位女儿非常宠爱，他愉快而又慈祥地接见了心爱的女儿。她走近父亲朱庇特身旁，悲伤地说："高贵的主啊，请保佑我的孩子吧，我的儿子埃涅阿斯在特洛伊被希腊人占领后一直四处漂泊，受尽苦难，现在终于到达目的地

第三章 埃涅阿斯

了,在那里他将要重建家园,我刚才看到了阿勒克图那个残酷的女子从天后朱诺那里出来奔去人间了,朱诺是天庭中地位最高的女神,她一定不会放过我的儿子的,不会让埃涅阿斯获得幸福的,更不会让他经过数年漂泊后重新寻到一处安稳的避风港口,我十分担心我的儿子,他刚刚看见和平的灯塔又被朱诺推入战争的汪洋大海。尊贵的父亲,我请你保佑我的孩子。"

朱庇特从黄金宝座上站起身。他眉头紧锁,脸上布满了不快。"争端无穷无尽,几时能休。"他叹息一声,接着,他不忍心让女儿维纳斯难过,便把她拥入怀里,吻了吻她的额头,继续说道:"亲爱的女儿,不要为此担心。你佑护的人命运稳如高山,不会改变。我所答应你的一切都会信守到底。只不过埃涅阿斯还必须要经过许多艰苦的斗争,才能取得最后的胜利。他会在拉丁姆国的大平原上建造一座新城,即拉维尼乌姆城池。他会统治那里直到使命结束。埃涅阿斯死后,将由他儿子阿斯卡尼俄斯接管王位。他会把国家移到阿尔巴纳高山上,即阿尔巴·隆伽城。这座高山犹如一只向天伸出的巨拳,它耸立在拉丁姆国的大平原上,旁边紧靠着一池神秘莫测的湖水。请相信,阿尔巴·隆伽城将会永远欣欣向荣,蒸蒸日上。

"他们的后人将在这里统治几百年,几百年以后,这里将成为拉丁族国王的天下,直到阿尔巴的儿子洛摩罗斯在台伯河畔的七座山峰间建造新的居住地。那座城市叫罗马,由特洛伊人后裔居住。最后,罗马将主宰世界!"

朱庇特中断了讲话,他的目光穿过云屏雾障注视着地面,大地是他的奴隶,应该听命于他。他对大地分外青睐,他精心培养了大地的万事万物,他觉得大地终会脱离他的管辖。他热烈地搂抱着宇宙的手臂,现在却开始颤抖起来,他害怕会失去这一切。

凶神恶煞的阿勒克图先在拉丁姆大地上飘荡一圈,然后神不知鬼不觉地潜入劳伦特人的宫殿。她从发间取出一条毒蛇来,朝正在酣睡的王后阿玛塔扔去,吐着芯子的毒蛇正好掉在王后的身上立即变成了金首饰,戴在王后阿玛塔的脖子和手腕上，紧紧地箍住了她。蛇毒悄悄地从金手镯和金项圈内慢慢地渗漏出来，钻进皮肤，滴入血管，流进王后的心脏。刚刚还平静着的阿玛塔顿时充满了女神的仇恨，无厘头地劈头盖脸抱怨自己的丈夫，说："拉丁奴斯，你不应该把女儿拉维尼亚许配给一个落难的外乡人，不应该拒绝让女儿嫁给罗图勒人的国王图尔奴斯。每当女儿步上祭坛时，她的心总是向着图尔奴斯的，并且女儿发誓要嫁给他。你为了一名逃难的陌生男子而拒绝了高贵的英俊少年，这是多么的罪孽，多么的可耻可笑呀。"说完，阿玛塔的内心还是充满了愤怒。

当然，拉丁奴斯丝毫没有动摇自己的决定，因为他对神谕的真实性坚信不疑，于是对妻子的抱怨不加理睬，并告诫她说："神的意志威力无比，不可违抗，更何况我们是凡人，更无权改动。"

听罢讲话，王后身体里的蛇毒在血液里滚滚燃烧。她目露凶光，嘲笑地说："哦，法乌诺斯的儿子，你是个残忍的父亲，你怎么就不理解高尚的心地呢！我要直接去找你的臣民们，让他们来评判，让我女儿的未婚夫获得他应有的权利。"说完，王后急忙地离开了宫殿。这时，复仇女神阿勒克图又驾起乌云飞落到罗图勒人的首都阿尔特阿，此时，她给正在睡梦中的少年英雄图尔奴斯送去一梦，附在他的耳边恐怖地说："勇敢的图尔奴斯，我是复仇女神阿勒克图，专给人间制造灾难和死亡。谁也无法违背我的意愿，拉丁姆国拒绝了你的求婚，为了美丽的拉维尼亚，你应该起来武装你的人民，去攻打那些逃难的特洛伊人。"沉睡的图尔奴斯顿时深受噩梦折磨，仇恨的种子慢慢地渗入他的身体，他躺在床上痛苦地滚来滚去。可怕而凶狠的女人在他的胸前见机又塞进了一支火把。烈焰腾腾，转眼间火焰已潜入梦中人的皮肤，一股疯狂的复仇欲望在他的胸腔里翻滚着，他从床上坐了起来，像发疯了一样，只听到他不停地高喊着："拿武器来！我要骑上奔驰的骏马，率领我的人民，冲出我的国土。去攻打特洛伊人，我要把那里的一切夷为平地，给拉丁人一些教训，用他们的鲜血来洗刷我的耻辱，快拿武器来！"

第二天还不等天亮，图尔奴斯就迫切召集了一批图勒青年，组建了一支军队。

第三章 埃涅阿斯

士兵们装束停当后，紧随他身后离开国土，朝拉丁姆国去了。

阿勒克图得意扬扬地看着自己的杰作，见大功告成，转过身，驾起乌云又回拉丁姆去了。

就在准备要攻打特洛伊人的那天早晨，特洛伊人醒来后，神情轻松地走出营房，他们为很快就要能生活在拉丁姆国感觉十分快乐。埃涅阿斯的儿子阿斯卡尼俄斯更是兴奋不已，他自告奋勇地说："亲爱的伙伴们，我们趁尚未拔营前往劳伦图姆这段时间，不如来一场外出狩猎吧，以犒劳犒劳大家近日的辛苦。"说罢，他便带领伙伴们、手里牵着猎犬进入附近的树林中去了。女神朱诺在天空俯视着这里的一举一动，她急忙暗中作法，她让特洛伊人很快察觉到一头驯鹿的踪迹并追逐它。这头驯鹿远近闻名，拉丁人园艺总管的女儿尤其喜爱它。人群不时发出一连串嘀嘀嘀、哗哗哗的呼喊声。猎犬惊扰得高贵的驯鹿不由得惊慌逃窜，逃到台伯河岸边，最后跳进波涛滚滚的台伯河中。阿斯卡尼俄斯猎兴正浓，哪里肯放过这么好的猎物呀，尽管他知道已经捕捉不到猎物了，可还是弯弓搭箭，嗖地射了出去，一箭射中了驯鹿的内脏。驯鹿拼尽全力攀上斜坡，拖着血淋淋的身体回到了主人的家中。

当园艺总管的女儿西尔维亚看到它中箭的身体时心中十分悲痛，给驯鹿包扎好伤口后她紧紧地抱住了它的脖子。驯鹿发出凄惨的叫声，惊动了周围的农民。不一会儿，附近的农民就手执棍棒，赶到园艺总管家中，愤怒地高呼：

"所有拉丁姆地区的人都认识这头温驯的鹿。干下这等伤天害理之事的，只有这群恶毒的陌生人，他们乘海船刚刚来到这里就打伤了它，是不可饶恕的。"

阿勒克图抓住时机飞上了园艺总管家的屋顶，她吹起战斗的号角。顿时，嘹亮的号声响遍全国。"亲爱的族人，你们快过来，快拿起你们的棍棒长矛，带上你们的宝剑！快来吧，把那帮恶毒的家伙赶下大海，赶出拉丁姆，把他们送到他们该去的地方——阴曹地府！"

听到呼喊，拉丁人从四面八方会聚过来。他们随手操起各式各样的武器挥舞着，那是些脱粒的连枷、铁杆，淬过火的铁棍、匕首和刀剑。他们要为驯鹿讨回公道，找特洛伊人算账。

阿斯卡尼俄斯及其伙伴们看到一群拉丁人群情激愤地呐喊着朝他们这边跑过来，不由得大吃一惊。面对眼前的景象，埃涅阿斯的儿子毕竟不是惧怕危险的泥塑木雕。他引弓搭箭，大喝一声："你们都给我站住，我承认在我不知情的情况下射伤了驯鹿，请说说你们想把我怎么处置吧。请不要愤怒，若是有谁胆敢再继续往前来，休怪我无理，请做好遇到抵抗的准备。"

牧人总管的儿子阿尔摩根本不听埃涅阿斯的儿子说些什么，他唆使农民们："亲爱的族人，请不要听特洛伊人说的瞎话，我们要给他们一些教训。"农民们听到他的话失去了理智和思考。他们奔跑得越来越快，喊声越来越激烈。阿斯卡尼俄斯举起弓箭嗖的一声，箭如闪电般飞驰而去。阿尔摩正要呐喊，箭镞不偏不倚正中他的咽喉。阿尔摩咕咚一声，跌倒在地，死在赶来援救的人的怀里。可怜阿尔摩就这样死于非命，他还很年轻，尚未建立功业，也无英雄声名。不过他作为拉丁姆土地上第一场战争的第一名烈士也算死得名垂青史了。从此以后，拉丁姆大地开了杀戒。

可怕的事情接踵而至。阿斯卡尼俄斯的朋友们闻讯也赶来参战，他们手执武器迎面射去，箭犹如飞蝗般扑向野蛮冲杀而来的农民们。这时，特洛伊人的暴行使拉丁人更加愤怒了，连拉丁姆国最富有、最年迈的老人也都踊跃前来参加战斗。这位老人的家产十分殷实，土地成片，草地上放牧着大群肥牛，还有一群群肥羊和一百多张供耕作用的铁犁。他性格平静，为人温和，在拉丁姆国德高望重，深得众人的爱戴。但不幸的是，这位老人正好死在了阿斯卡尼俄斯射出的第二箭下。

拉丁人没有经历过战争，不知道战争的残酷，他们见状即刻停战。他们扛着烈士尸体庄重地穿过拉丁姆国一条条大街，禁不住心中悲愤，顿时，整个拉丁姆国哭声震天。

这时，图尔奴斯的部队开进了城。他们是一支衣甲精良的队伍，他们举着寒光闪闪的兵器，一路高呼着"要战争！要战争！"好不威风凛凛。沉浸在悲愤中的满城百姓看到他们，犹如救星从天而降，喜出望外。他们和图尔奴斯的队伍一路来到拉丁奴斯的王宫，请求国王对特洛伊人发动战争，四千名武士朝国王拉丁奴斯齐声呐喊："快打开亚奴斯神庙的大门，我们要战争！要战争！"

国王拉丁奴斯痛苦而又绝望地搓动着双手，说："你们赶快丢开这种罪恶的念头！神的意志是不能违背的。"按拉丁人的规矩，当要对外战争时，需要国王穿上作战的盔甲，亲自去打开亚奴斯神庙的大门。亚奴斯在罗马是双面神，他主管事情的始末，为此有往前向后的两副面孔。当时为了确保和平的幸福永无止境，国王拉丁奴斯曾经下过命令，他让人把亚奴斯神庙的前后大门用一百副铁栓彻底关闭了。"快打开，快打开大门！"的呼喊声接二连三，众人的眼睛里闪动着复仇的凶光。可是，一旦这场战火风暴被煽动起来，又有谁能够重新镇压得住？！谁又能够重新止住世上一切走向灭亡的步伐？！而双面神亚奴斯比在努马·庞皮利乌斯国王时期强大多了。努马国王指令：战争时期一律关闭亚奴斯神庙。瞧，几千年以来，它开放还不到百年时间！呼喊声越来越紧，拉丁奴斯不愿听到。他心疼他的人民，又不能违背神的旨意，他蒙住脑袋，不想成为在拉丁姆土地上发布命令、挑起第一场战火的罪魁祸首。这时，女神朱诺已经等不及了，她亲自降落云头，来到亚努斯神庙前，举手撞击神庙石柱。神庙内的铁门轰的一声被打开了，就此，战争的火焰熊熊燃烧起来！

埃涅阿斯到达帕朗图姆

  在特洛伊人没来到之前，意大利和众多国家之间根本不存在战争，举国上下生活在一片宁静、祥和之中，而现在，自从那群家伙到来，整个意大利就完全陷入了一片混乱的骚动之中。嘹亮的战号响彻整个拉丁姆大地，自此，家家磨剑，户户造盾，人人烧铸箭镞。磨刀石霍霍作响，大烟囱突突喷火，风箱发着呼呼的声音拉个不停。拉丁姆各路军队从四面八方向劳伦图姆陆续挺进。使得各条大路尘土飞扬，原野中武器林立，战车轰鸣。头盔在光的映射下发出冷冷的寒光。一批出身高贵的英雄们从各自的城堡中走出，图尔奴斯一马当先，他是他们当中地位最为显赫的，他是罗图勒人国王道奴斯的儿子。图尔奴斯的盾牌上雕刻着精致的花纹，头盔上饰着狮头羊身蛇尾的吐火女怪，上面镶嵌的三根羽毛迎风招展，煞是威风。

  各路首领统率着步兵、骑兵，他们分别来自赛拜恩的崇山峻岭、拉丁姆的茂密森林和西卡尼亚的宽阔平原，走在他们后面的是佛尔西安骑兵队，可是当大家看到女王卡弥拉骑着高大的白马率领佛尔西安骑兵队时，个个都惊讶得目瞪口呆，说不出话。这位身穿铁甲的亚马孙女人从未蹲坐在织机前织过布，更没有和任何一个男人恋爱过。她的身上全无女人的风韵和习性。她喜欢与风比速度，喜欢在原野上飞驰疾奔，有时连头盔都不戴，喜欢在海浪间跳跃出没，甚至连鞋袜都不

第三章　埃涅阿斯

会被沾湿。她全身充满了英武之气！此时的她身穿帝王紫金袍，黄金发夹束住一头秀发，腰间佩着弯弓和箭筒，右手高擎长矛，着实是一位女中豪杰，她的威武一点也不比男人逊色。

一批批意大利的军队开始云集在拉丁姆地区，埃涅阿斯闻听后忧心忡忡。一场激烈的暴风骤雨即将来临，这么少的特洛伊人如何能抵抗得了比它多百倍的敌人？！情急之中，他忙命令男人们迅速构筑工事，营造烽火台。还在河边建造掩体堑壕，以备不时之需，寻得退路，逃向大海。不过，大英雄埃涅阿斯并不打算退避和忍让，他是多么希望占领这里的陆地，建设新的家乡，让特洛伊再次崛起。可眼下大敌当前，埃涅阿斯要想实现愿望，除了获得援助之外别无他选。

平时埃涅阿斯喜欢沿着台伯河散步。他一面走上长长的一段路，一面思考着繁杂纷纭的问题。一天，他心事重重地散步，想着"特洛伊人刚来到这块陌生的地方，要想获得外援是多么的困难呀"，他走累了倒在白杨树林里休息，不知不觉中竟然睡着了。他在睡梦中恍恍惚惚，见到一位身穿海蓝衣衫、满头银发、头顶芦苇编的花环的老人从树丛间飘然而至，犹如蒙上面纱的雾神。只听他说道："大英雄埃涅阿斯，请你别害怕，我是河神台伯律奴斯，神的意愿是偏向你的，你的将来已被安排好了。为了让你觉得今天的梦并非无足轻重，你且听好，我要给你一则预言：一会儿你醒来后继续沿着台伯河往前走，经过一片橡树林时，你会在林中发现一头野母猪，它刚生下了三十头小野猪，那里将是三十年后你的儿子阿斯卡尼俄斯建立"罗马之母"阿尔巴城的地方。你把动物祭献给朱庇特，然后接着往前走到一块山地，那是虔诚的埃姆城，国王叫埃汪特耳，你将从埃汪特耳那里获得支持和帮助。"台伯律奴斯说完就不见了，他说话的声音清脆响亮。

埃涅阿斯醒来后，按照河神台伯律奴斯的指示行事。果然在一座森林的边缘一棵巨大的橡树下发现了一窝野猪，母猪正给小猪喂奶，白色的皮毛还闪烁着亮光。大英雄遵照河神的指示，把大小野猪全部祭献给诸神之父朱庇特后，赶忙回到营地，把神的预示告诉了大家，然后挑选一艘船，率领众位英雄沿台伯河溯流而上。台伯河像是一面镜子，沿途绿树丛林，许多村庄一晃而过。船儿扬帆前进，如一枚没羽的箭，在平静无波的河水中来去如飞，一丝风也没有，连周围的树梢也停止了晃动，看到此景大家感到非常奇怪。就这样神奇地航行了一天一夜，第二天清晨，大家站在船头上望见远处高山上有一座城堡，城堡脚下是连绵不断的大小房屋。埃涅阿斯吩咐大家朝山脚下一路驶去。他们果然到达了帕朗图姆，这是河神预示的目的地。

正当特洛伊英雄登陆上岸的时候，亚加狄亚国王埃汪特耳和儿子帕拉斯正忙碌着给赫拉克勒斯准备年祭。英雄赫拉克勒斯曾经打败了可怕的恶魔卡科斯，使这块地方免遭生灵涂炭。他们聚集在祭坛前正要献祭时，却看到一队陌生人沿着台伯河迎面走来，亚加狄亚人顿时感到不安和害怕。帕拉斯正当年少，血气方刚，是个勇敢的少年英雄。他命令暂停祭祀，独自拿起一杆长矛，迎着来人走上前去。他向远处大喊一声："喂，你们给我站住，你们是什么人？你们要给我们带来战争吗？听闻拉丁姆地区已经战云密布了。"亚加狄亚人不由得警戒起来。

这边埃涅阿斯双手高举着象征和平的一根橄榄枝，即刻回答道："尊敬的亚加狄亚人，我们是特洛伊人，无奈前来亚加狄亚，拉丁人正准备用明晃晃的武器攻打我们，我们已经遭受了特洛伊城的毁灭，如今势孤力单，难以跟他们抗衡，面临巨大灾难，在神的指引下，我们特来向亚加狄亚求援，希望得到国王埃汪特耳的支援和帮助。"

当帕拉斯听到他们是特洛伊人时，兴奋不已。特洛伊英雄浴血奋战、英勇迎敌的消息早已传遍了整个亚加狄亚。那是一个多么勇敢的民族啊，他认为能够结识这批闻名天下的英雄十分荣幸，于是连忙真挚地说："热烈欢迎你们，我是亚加狄亚王子帕拉斯，现在我带你们去见我的父亲。"

埃涅阿斯一行人被带到国王的宫殿里，国王埃汪特耳的宫殿极其简陋，与其说是宫殿不如说是茅草房。亚加狄亚国王在这里接见远方客人。特洛伊英雄们在铺设熊皮的长凳上耐心等待。不等埃涅阿斯开口谈自己的处境和愿望，一批挑选

第三章 埃涅阿斯

出来的青年端上炖牛肉为他们摆下盛宴,接着,他们又送来面包,解开酒囊,给大家杯子里倒上葡萄酒。等到大家酒足饭饱以后,只听主人埃汪特耳开口说道:"高贵的特洛伊英雄们,我的儿子帕拉斯已经给我讲述了你们的处境和愿望。若是让我年轻几岁,我是多么希望和你们一起并肩作战;若是让我拥有无限的财富,我是多么希望添置锋利的武器给你们,让你们驰骋天下,所向无敌。可是我老了,我的国家又十分穷困,除了给你们出一些好主意,其余一无所能。不过,因为我的百姓对特洛伊人一向怀有崇高的敬意,所以我对你们有一颗诚实坚韧的心。大英雄埃涅阿斯,从你的身上我又看到了你伟大的父亲安喀塞斯的英姿,你的父亲和普里阿摩斯曾并肩路过亚加狄亚。当年我还是只是一名年轻的武士,却亲眼见到了他们,并怀着无比敬畏的心情迎接了他们,他们都是英雄。普里阿摩斯那时正在讨伐他的妹妹赫西俄涅的萨拉密斯王国。我从未忘记过你的父亲,因为他临别时曾把箭筒和利箭赠送给了我,他还送给了我一件金丝镶就的战袍和两个镀金的马辔头。这些现在都由我儿子帕拉斯保管,他感到莫大的荣幸。因此,今天,请接受我的主意。离开这里后,你可以转道前往伊特卢利阿的阿格拉城。那里的国王墨策提沃斯不久前被居民们驱逐了,但这位残暴的国王却在图尔奴斯处受到了友好的接待。由于罗图勒族人对图斯克族人心怀不满,两族因此结下仇恨。在阿格拉城,你将会得到一支强大的军队。埃涅阿斯,你会实现自己的愿望的。"

说到这里,老国王停住了,他的目光如风云似乎能穿透历史,消失在远方。然后,他像极了占卜师轻轻地继续说道:"这批茅草房即将消失,会长出一片森林。帕朗图姆城会变成帕拉第奴斯山,特洛伊子孙会在这里迅速建立罗马城,它将是世界的主人。"说完,老人又是一阵庄严的沉默,他缓缓地站起身,默默无言地离开了小草房。埃涅阿斯及其伙伴们回到住处,他们放松疲惫的四肢,躺在皮褥上,美美地进入了梦乡。当夜,女神维纳斯看到特洛伊人与骄傲的意大利人之间的战争迫在眉睫,一触即发,而自己的儿子还没有一件像样的武器,怎么和敌人抗衡呢?于是她请求丈夫火神伏尔甘为儿子埃涅阿斯打造一件武器,火神伏尔甘答应了维纳斯的请求。为了能亲自给埃涅阿斯锻造武器，他亲自动身前往炼铁作坊，来到库克罗普斯的埃特那火山深谷，他纵身跳进雷声隆隆的山洞，只见作坊里火花飞舞，光焰照人。满面煤灰的库克罗普斯巨人们正率领无数奴仆忙着锤炼电闪。电闪中镶嵌了十二道不同形状的尖齿痕，它们分别由三道冰雹形、三道暴雨形、三道火光形以及三道飓风形组成。他们还把惊雷和畏惧也铸造其中。另外一边有许多铁匠，一边忙碌着冶炼战神玛尔斯的新战车的轮子，一边还要紧张地把弥涅尔瓦神盾上的墨杜萨头像磨光擦亮。

火神一进山洞便站在较高的位置上，大声喊道："把手上的活全都停下，现在我要让你们赶一项更加紧急重要的活。我们要给英雄埃涅阿斯打造一件作战用的武器，库克罗普斯的巨人们，立即动手吧，战争马上就要开始了！"

在众人齐心协力下，不一会儿，冶炼的矿石流动如水。钢铁也在炉子里烧得通红。它们被灌进圆圆的模具，一连制成七块钢板，然后把它们投进熊熊烈火，最后再把七块钢板连在一起，经过千锤百炼，终于铸成了一块巨大的盾牌，这就是后来闻名于世的埃涅阿斯盾牌。曾让多少英雄为之敬畏，多少诗人为之歌唱。因为在盾牌的最后一层盾面上布满着精美的花纹，它叙述了罗马的历史。其实，有关罗马未来的历史，当时还孕育于胚胎之中，只有众神才能看懂，凡人是无论如何也不知晓的。

第二天清晨，大英雄埃涅阿斯向埃汪特耳国王告别，准备启程前往图斯克国。他突然看到身后有一队人马朝他们奔驰而来，原来是年轻的英雄帕拉斯奉国王埃汪特耳的命令，率领着四百名骑兵前来支援他们，当埃涅阿斯得知帕拉斯准备加盟特洛伊队伍时，心中着实惊喜不已。埃涅阿斯感动得热泪盈眶。他忙伸出右手，紧紧地握住亚加狄亚国王的手，感谢他的大力支持和盛情款待。

经过一阵紧张的奔波，埃涅阿斯率领人马在路旁坐下稍事休息，他自己也靠在一棵高大的冷杉树下微微打起了盹。维纳斯时刻都在关注着自己的儿子，急忙利用眼下的机会，降落云头，来到地面，变化成一个凡人模样，她走近儿子身旁把盾牌、剑和盔甲都堆放在埃涅阿斯的脚边，这些武器和盔甲全是火神伏尔甘及其巨人伙伴为他打制的。慈爱的女神悄悄地说："孩子，不要害怕，这些坚不可摧的武器都是给你的，凭着它们，你尽管大胆地去奋战迎敌，你将最终取得胜利，夺取拉丁姆国。"

埃涅阿斯睁开双眼，渴望地张开双臂拥抱他的母亲。但维纳斯已化作一道云雾蓦地消失不见了。他痴痴地看着面前这幅景象，母亲的神态是多么的迷人，看到脚下闪闪发光的武器盾牌上面还布满了花纹，他不知道其表达的意思。不过，他知道，由他开创的帝国的历史已经从这里掀开了它的扉页。他怀着神圣的心情拿起放在脚下的武器，用这些武器把自己武装起来后，又带领人马继续往前行进了。

图尔奴斯的袭击

正当埃涅阿斯迫近阿格拉城时,朱诺趁着黑夜悄悄地来到图尔奴斯面前,小声地告诉他,打响战斗的时刻已经来临了,让图尔奴斯乘虚袭击留在拉丁姆的特洛伊人。她说埃涅阿斯动身外出只带走了少数人马,如今留在营地的特洛伊人群龙无首,是很容易被制伏的。图尔奴斯立即命部队沿台伯河向特洛伊的营地进发。他自己身先士卒,由几位朋友伴随,率先领着一队人马,来到特洛伊人的营地前。

特洛伊的哨兵看到庞大的意大利军队,警告伙伴们不得轻举妄动。让大家都撤到营墙后面,固守阵地。图尔奴斯怒气冲冲地骑着马围着堑壕转了一圈,希望能找到一个缺口,以便冲进对方的营房去。这就像一头围着羊圈外面来回转悠的饿狼,看到圈内惊吓的羊群却安然无恙,只听到咩咩叫声,自己已被激怒得暴跳如雷!最后,图尔奴斯瞥到了停泊在港湾的船队,不由得心中大喜。"哈哈,"图尔奴斯高兴地呼喊起来,"怯懦的特洛伊人,你们最后想从海上逃跑活命,休要指望,我要把你们的船只烧掉,我要让你们的希望化成泡影。"

此时,图尔奴斯的大部队也赶过来了。他立即命令士兵拿来火把往船上投掷。当时如果不是有神奇迹般地保护了他们,那么不管留下的特洛伊人有多少甚至连同他们的船队都会被彻底烧成灰烬。原来,当年埃涅阿斯命人砍伐爱达山上的松木和槭树等神树赶制船只时，诸神之父朱庇特曾经答应爱达山上的众神，当这些船到达目的地时，若途中遇到各种危险它们可以变幻为摆脱生死轮回的神器，或是成为永远生活在大海上的仙女。当年朱庇特的许诺现在终于应验了。

还没有等岸上投掷的火把碰到桅杆，天空突然出现一道亮光，只听见一个神奇的声音从空中传来："图尔奴斯，你要烧毁埃涅阿斯的船队，那是不可能的，除非你把大海变成一片火海，朱庇特的许诺保护了这些船只，它们是烧不毁的。一切运载器具已经迅速变成了海中仙女，行动起来，赶来救援了。"

果然，船只的甲板开始忙碌了起来。船立刻有了生命，用一只只无形的手扯断了缆绳后潜入水底。等到它们重新冒出水面时，一艘艘船竟变成了一个个风姿绰约的少女。罗图勒人看到此景，不由得慌作一团，害怕得开始后退，连战马都吓得高声嘶叫，图尔奴斯却镇定地安慰大家，说服他们，这一现象其实不是对特洛伊人的救助，而是反对特洛伊人的吉兆。而对于特洛伊方面来说，他们的逃跑后路被切断了，混战中又死伤了不少人马，已无路可逃。于是，特洛伊人的领队挑选了十四名军校，每名军校率领一百个士兵，士兵们通宵达旦地把守营房，站岗放哨，不敢有丝毫懈怠。其他的人则团团围坐在营火旁，酒罐在欢笑声中轮番传递。大家不敢稍微松懈，站在壁垒上的特洛伊人已全副武装起来，时刻注视着敌人阵营的动静。青壮年们争相放哨，每个人都很担心和恐惧，根本没有人能够睡去，大家不时地眺望着远方的路，希望埃涅阿斯的队伍快些回来。

两个英雄朋友

这些日夜坚持轮流站岗放哨的特洛伊人当中，有两个亲密无间的好朋友——尼索斯和欧律阿罗斯。他们两个都非常勇敢，具有无比的胆识，不管哪里出现情况，他们两个总是挺身而出，身先士卒，站在斗争的最前列。他们既是熟练的投枪手和弓箭手，也是勇敢的骑士和游泳家，奔跑起来迅疾如风。相比尼索斯，欧律阿罗斯年纪还尚轻，他还是个没有长胡须的少年，他是特洛伊士兵中长得最英俊的人，虽然尼索斯的年龄远远大于欧律阿罗斯，但他们两个却成了忘年之交，而且受到了大家的羡慕和推崇。他们同甘共苦，面包同餐，美酒共饮，同住一个营房，一旦有战事发生，两个人便并肩作战，共同把守一道营门。现在，尼索斯和欧律阿罗斯正在留心地观察着敌人的动静，小声地议论着战事并交换着各自的想法。

"快瞧，欧律阿罗斯，"尼索斯说着，一面用手指着前方的罗图勒人，"你看那些呼呼大睡的罗图勒人，他们竟敢在我们眼皮子底下无所顾忌地饮酒作乐，现在又躺在火堆旁，还能睡得那么自在，表明他们一点儿都不惧怕我们，你说是吗，我的朋友？他们那盲目自大、旁若无人的模样让我很生气——难道他们把特洛伊人当作怯弱的孩子，当作懦夫吗？我早就不想待在营房里了，我们的祖先是多么的勇敢呀，欧律阿罗斯，你知道我现在想干什么吗？有一种驰骋疆场建功立业的精神正驱使着我冲出营阵，跃过敌人的营房去帕朗图姆城迎回我们众心所归的国王埃涅阿斯，哦，我的朋友，你是不是觉得很惊讶，我的想法太强烈了，我要采取一些行动去实现它，我要先去找商议会的那些智慧老人商量一下，向他们汇报我的计划，不过，你要留在这里。"

尼索斯正要起身，欧律阿罗斯却立即上前拦住了他，激动地说："怎么，我的老朋友，你想独自一个人踏进黑夜，把我一个人留在这里吗？你以为我比你年轻就怕死吗，就不能分担你的忧愁了吗？到现在为止，我们同甘共苦，一起渡过了多少艰难险阻，你要知道，我也并不是看重自己生命的人，如果我能够以此在战斗中建功立业，能够给特洛伊的人民带来平安和幸福，我愿意立刻献出自己的生命。"

尼索斯紧紧地握住欧律阿罗斯的双手，真诚地对他说："世上还有谁比我更能明白你的心意啊！没有人比我更能理解欧律阿罗斯的高尚情操和英勇胆识了，不过，我希望你留在这里。一旦我在途中遭遇不测，被抓了或者死了，你还可以设法救我或者替我收尸，在坟丘旁设立祭供，那样死后我的灵魂就可以在斯提克斯河旁的幽冥世界里获得安宁。再说，你在你母亲的心中是一轮朝阳，多么的重要呀，她是那么地爱你，我怎么能忍心给你慈爱的母亲平添忧愁呢，我又怎能让她遭受失去儿子的巨大痛苦呢。我的朋友，欧律阿罗斯，我难道说得不对吗？"

"不对！"年轻人竭力反对，"不对，一万个不对！如果我已经知道你独自身处陌生的异乡外地，知道你随时随地面临着生命危险，那样我会度日如年，像行尸走肉，痛苦得很，根本无法生活。一个人容易遭遇挫折，但两个朋友在一起互相帮助就容易渡过难关。忧虑放在一个人的心上会使人受不住，可是一旦搁在两个人的肩膀上，也就失去了它原有的重量，变得轻多了，我跟你一起走，不管前方是生与死还是高山与大海，我都将和你一往无前，谁都动摇不了我的决心！"

"欧律阿罗斯，我的好朋友！"尼索斯大喊一声，伸出双臂拥抱并且吻着这个高尚的年轻人。他们把看守大门的任务交给其士兵后，便动身去找商议会的老人去了。

这群智慧的老人，围坐在营房中间，有的靠着盾牌，有的靠着长矛，正跟阿斯卡尼俄斯一起商量如何给国王埃涅阿斯报信的事。尼索斯和欧律阿罗斯一头撞了进来，请求参加会议的讨论。

阿斯卡尼俄斯看见这两个深受大家爱戴的好朋友走了进来，立即起身迎上去，把两人领到尊贵的老人们跟前，他们请年龄稍微大的尼索斯先发言。勇敢的尼索斯一番慷慨激昂而又冷静的言辞精辟地分析了自己的计划，介绍他们两人准备趁着敌人睡梦之际防守最薄弱时，跃过敌人的阵营，然后秘密潜入树林，登山越岭，继续往前一路直奔帕朗图姆城。他们希望能够在那里找到埃涅阿斯国王。

大家都被两人的忠诚和勇敢所感动，智慧老人阿勒脱斯把双手搁在他们的肩膀上，高兴又激动地说："佑护特洛伊的神还存在着，他们不会看到自己的民族遭受灾难而不管的！勇敢而又年轻的朋友，请不要害怕，你们是真正的见证人！我以商议会的名义以及代表全体特洛伊人民感谢你们！我们的国王埃涅阿斯将会亲自奖励你们的英勇行为的。他的儿子阿斯卡尼俄斯正用满意的目光瞧着你们，他会亲自告诉你们，说他如何高度地赞赏你们的慷慨之举。"

"对，事实上确实如此，"阿斯卡尼俄斯随即热情洋溢、满面春风地走近他们说，"朋友们，对于你们的想法，我的内心已充满了欣赏和感激。我期待着它的实现，勇敢地去吧，去唤回我的父亲，我们是多么热切地盼望他的归来！多么地想和他在一起，那么我们就不必有丝毫的忧虑和恐惧了，正像一轮红日喷薄而出、发出万丈光芒时，朝霞一定充满着无限希望，我将给予你们丰厚的报酬，你们立刻可以先得到两只银杯、两个三足鼎、两块金锭和古老的陶罐，那是王后狄多从前送给我父亲的。将来，等你们迎回我的父亲，凯旋时，我会赠送给你们更多的礼物。尼索斯，你见过罗图勒国王图尔奴斯那匹高贵的名马和他那金光闪闪的甲胄吗？等到我们打败面前的敌人时，我要把它们当作礼物送给你。欧律阿罗斯，"他一面说着一面朝英俊的少年走上前一步，"你知道，你的年龄和胆识都跟我的差不多，所以从今以后，你就是我最亲密的朋友。"

说完，他张开双臂拥抱年轻的英雄。欧律阿罗斯说："亲爱的阿斯卡尼俄斯，放心吧！请相信我们的友谊，我决不会让你感到羞愧的。你要知道，我的母亲还留在营内，她爱我胜过爱她自己。她和你一样，出生于普里阿摩斯的帝王家族，为了我，她受尽了颠沛流离之苦。现在我离开了，我受不住她的眼泪和恳请——也就不去跟她告别了。请接受我的嘱托吧，阿斯卡尼俄斯！如果不幸，我们死了，请你安慰我的母亲！不要让她悲伤，并替我照顾她，关怀及爱护她，我们的道路是通向死亡的，那么就请安慰我的悲伤的母亲吧！照管她，关怀她，爱护她，不要让她因为失去亲爱的儿子而悲痛流泪。你能对我发誓做到这一点吗，我的朋友？"

"能！"阿斯卡尼俄斯斩钉截铁地回答说，"请一万个放心，从今以后，你的母亲就是我的母亲，她因有你这样勇敢而高尚的儿子将会受到全体特洛伊人民的爱戴和尊敬。来吧，朋友，请接下这把有着吕卡翁的精湛雕刻艺术的宝剑，宝剑配英雄。"

最后，尼索斯还得到一张昂贵的狮皮，围在身上，年迈的阿勒脱斯又把自己的金头盔戴在他的头上。接着，大家把英雄尼索斯和欧律阿罗斯送到营门口，挥动着手跟他们告别，祝他们一路顺利。

两人踏进夜色，越过战壕，在夜幕的掩护下，不一会儿，便来到了敌人的营前，罗图勒放哨的哨兵正在呼呼大睡。这两个年轻人看到敌人的士兵个个都酒气熏天地睡着了，三三两两或者成群结队地躺在草地上，有的睡在战车内或者战车下，有的还挤在一堆堆的马鞍间、盔甲旁和各种式样的武器间和酒桶旁。他们都已进入甜蜜的梦乡，是怎么叫也叫不醒的，而那些备好鞍具的战马则在草地上悠闲地嚼着青草。

尼索斯走在前面，他察看了一下形势，转过头来，小声地对欧律阿罗斯说："你走在我的后面，小心敌人从后面袭击我们。我将用剑杀开一条血路从中间穿过去。"

此时敌人营中一片寂静，拉姆纳斯正躺在软软的垫被上，他既是罗图勒人十分推崇的骄傲的预言家，又是图尔奴斯的朋友。尼索斯挥动着利剑，拿拉姆纳斯第一个祭刀，接着又一连杀了三个仆人。尼索斯一路砍杀，就像一头饥饿的狮子扑进了羊群。

欧律阿罗斯也不甘示弱，他运剑生风，犹如砍瓜切菜一般，可怜这些还沉浸在梦乡中的士兵，竟没有一点反抗就成了剑下之鬼。只有豪饮过量的酒徒律杜斯一个人突然被惊醒，他半蹲着身子吃惊地看着面前发生的一切，惊讶得目瞪口呆。他正要钻到酒桶后面躲藏时，被欧律阿罗斯一剑刺去，他便当场倒下，一股紫红的鲜血从他身体里喷溅而出。

怒气冲天的欧律阿罗斯已经杀红了眼，一直杀到敌方首领墨萨帕斯的营房前。这时，尼索斯赶紧拉住了他，小声地说："够了，欧律阿罗斯，天已经快亮了，我们要趁着睡着的人还没有醒来抓紧时间冲出去，我们还有更重要的任务！"

欧律阿罗斯虽不愿意，但尼索斯说得有理，也只好停下手中的剑。顺便从地上拾起一个闪闪发光的将军头盔戴在自己头上，可是，他完全没有料到，他的这一举动将要毁灭自己。

两个人悄悄地穿过了罗图勒人的营区，最后来到了野外的小路上。他们感到已经十分安全便放松了警惕，一路闲谈着往前走。突然，他们看到一队骑兵朝这边急奔而来。早晨的光亮映照着冷冷的衣甲，两个行路的人心里扑腾腾的，不免有点儿害怕，他们不知道来人是谁，不知道对方是敌是友——也可能是埃涅阿斯率领的援军回来了！若是真的，那可就有罗图勒人的好戏看了！

可是对面的不是朋友，而是拉丁人。骑兵的首领是伏尔斯肯斯，是专门去援助图尔奴斯的。欧律阿罗斯头上戴的金盔闪烁着光亮。骑在前列的兵士们看到亮光觉得十分奇怪，他们走上前去仔细观察，很快发现这是两个佩带兵器的行人。

伏尔斯肯斯顿时警惕起来，一声猛喝："喂！对面头戴战盔的男子，你们这一

第三章　埃涅阿斯

大早的要到哪里去？"

两个人没有想到会遇到敌人，没有答话就慌忙跳进路旁树林中去了。"这两个人逃跑显然是很可疑的！"于是，他命令骑兵们迅速包围树林附近的出口。栎树丛中一片昏暗，如同黑夜。两个朋友慌不择路，不一会儿，便走散了。等尼索斯好不容易从树林里跑了出来，却不见了他那年轻的朋友，他的心情变得十分沉重，立马停了下来，向四周瞅了瞅，嘴里不停地喊道："欧律阿罗斯，你去哪儿了？你为什么不跟我一起共同躲避敌人的追赶呢？你知道吗，没有你我一个人干不了活，我们必须同生共死，共同抗击灾难。"

尼索斯一转身又重新回到树林里，去寻找他的朋友。突然，他听到一阵马蹄声和士兵的喊叫声。接着一队骑兵走了出来，被制伏的欧律阿罗斯也在他们中间。看到这些，尼索斯惊吓得几乎喘不过气来。他立即闪身躲进密林丛中来逃避敌人。可是，敌强我弱，他怎么才能救出自己的朋友呢？——他默默地向众神做着祈祷，请求他们给予智慧和帮助，保佑他逃出险境。然后，他冷静地拎起一根长矛，又在空中顿了一下，最后他用尽全力朝押解欧律阿罗斯的武士背后投去。

只听一声惨叫，敌军士兵惊恐地朝四周张望着。"是谁？哪里来的这杆长予？"伏尔斯肯斯问着一面寻找着这位看不见的投枪手。只听到又是嗖的一声，凌空飞来一根长矛，唰的一声结结实实地扎入另一名武士的太阳穴。武士登时毙命。

伏尔斯肯斯看到此景，勃然大怒。他举起手中利剑朝着捆绑着的欧律阿罗斯冲了上去，一面恶狠狠地说："必须用你的鲜血来给这两个人偿命！"

突然，一声惊恐的喊叫声从密林后面传出来，稀疏的灌木向两边分倒。尼索斯冲了出来，大声叫喊道："住手！你们立即住手！我就是那个投枪的凶手！与那个人无关，他是无辜的，你用剑来砍我吧！永恒的神可以为我做证，我独自一人担当全部责任！"

可是事与愿违，伏尔斯肯斯还是举起了手中的利剑给了欧律阿罗斯狠命的一击，欧律阿罗斯轰然倒地，犹如一朵紫色的花卉被锋利的耕犁拦腰斩断，又像被狂风吹折的罂粟花倒伏在地上。欧律阿罗斯静静地躺在那里,一个年轻的生命,希望还没来得及实现,可怜壮志未酬便就进入了另一个世界。

尼索斯看到这些,狂暴地怒吼着,像猛虎发疯一般径直朝敌人首领扑了上去。敌人首领从马背上滚落下来,啪的一声,重重地摔在地上,跌得半死。接着,尼索斯又扑在朋友的尸体上痛哭起来,却不料毫无抵抗地被身后的敌人一连戳了十枪,当场死去。

尼索斯和欧律阿罗斯没有能够完成他们的使命便牺牲了。不久,两个朋友不幸死亡的消息很快就在特洛伊人的营房里传开了。开始时消息是从敌人那里传出来的,谁也不相信他们牺牲了,认为那是谣言。可是不久以后,所有的特洛伊人都亲眼看到了这个可怕的事实。要知道罗图勒人为了报复特洛伊人,多么残酷的事情都干得出来的。他们割下两个不幸英雄人的脑袋,高高地挂在木杆上,然后把木杆插在离特洛伊人不远的围墙前示众,一面还肆意地嘲笑着:

"怯弱的特洛伊人,快出来看看你们派出的报信人的凄惨下场吧!你们当中还有谁胆敢把脚伸到拉丁姆的土地上,那么就将跟他们遭受同样的命运!"

顿时整个特洛伊营内哭声震天,大家对这两个遇难的将士表示深切的哀悼和由衷的崇敬,尼索斯和欧律阿罗斯的英勇故事众口传颂,与日月同辉。英烈少年不幸夭折的消息也很快传到了年迈的母亲耳中。母亲端坐在织布机前,惊骇得双手抖动,甚至连梭子都从手上掉了下来,一张脸涨得通红。"欧律阿罗斯死了?"她从悲痛中发出一声呼喊,随即号啕大哭,悲愤之情直达蓝天。听到老人悲痛的哭声的人,又有谁不为之动容?老人颤颤巍巍地站起身,穿过营房来到围墙前。她两手扒开士兵,无声无息地站在行列中默默地注视着对面儿子的面容,她几乎已经认不出那是自己的儿子了。终于,她又回过神来,不由得打起冷战,只听见一个令人毛骨悚然的声音问道:"我的欧律阿罗斯,我难道就该这样看到你吗?哦,你怎么能够忍心跟你的母亲不辞而别,更没有留下一句话,就去冒天大的危险呢?哦,天上的神啊,你们不是长有眼睛吗?为何还要让年轻的躯体躺在烈日下,任凭拉丁姆的恶狗和鸟儿撕抢它。我要到哪里才能找到你？又有谁愿意陪着我越过敌人的无数投枪，让我的儿子入土为安呢？哦，你们这些特洛伊的男子汉们，请你们大发慈悲，举起你们手中的刀剑，把我那正在滴血的心戳个粉碎吧！对面残暴的敌人，把你们的枪对准我，对准我吧！——或者，永恒的父亲，快显示你的阴灵，可怜可怜我吧，投下你的闪电，把我的脑袋炸裂吧，我再也无法忍受生活的这番折磨了！"

母亲撕心裂肺的哭喊声惊天动地，无论是敌人还是朋友都为之动容。阿斯卡尼俄斯也是难以自制，失声痛哭起来，一时竟找不出话来安慰这位不幸的老人。最后，他命两名将士上来，扶住这位老人，领着她走下围墙回到自己的住处去了。

围攻堑壕

图尔奴斯命士兵吹响了嘹亮的号角，带领罗图勒人冲向特洛伊人的堑壕。特洛伊人这边却正对着女神卢那祈祷。卢那是夜间的守护神和仁慈女王，管理着月亮的运转。镰刀似的月牙上轻轻泻出一片银色蒙蒙的光，洒在童话一般的灌木丛间。

敌人从四面八方冲了上来。他们个个身披铠甲，架着盾牌，试图踏破城池，登上围墙。面对来势汹汹的敌人，特洛伊人也不甘示弱，毫不畏惧。早在他们的家乡惨遭希腊人围困时，特洛伊人经过十年浴血奋战，已从战斗中总结了丰富的战斗经验，知道该如何抵御敌人的进攻。他们全副武装地站在围墙上，把石块顺着塔楼和城堡往下朝上来的罗图勒人投掷，然后又齐齐弯弓搭箭，箭矢如飞蝗般齐刷刷地一起射向敌人。

图尔奴斯在一旁观察着战局的形势，大批大批的罗图勒人从城头上掉下来，伤亡惨重，他意识到这种攻城的做法难以奏效。他看到特洛伊人的堑壕内有一座塔楼，他在塔楼下转了好一会儿，他觉得从城墙上攻城有困难，倒不如集中兵力进攻塔楼，可能会有意想不到的进展，于是，图尔奴斯调集一切兵力来围攻这座塔楼。塔楼前堑壕陡峭，由一座吊桥在中间连接着两头，供人马进出。他们把火把奋力地向吊桥扔去，顿时，火把宛如一条条长龙飞上吊桥，并迅速地舔食着塔

第三章 埃涅阿斯

楼，火苗越蹿越高，越蹿越猛。特洛伊人根本没有注意到吊桥着火了，他们正在混战中与敌人进行着激烈的厮杀，守卫的特洛伊人还没反应过来，没有来得及逃走，吊桥便轰的一声断裂了。阿斯卡尼俄斯眼见伙伴们将进入孤军奋战、进退两难的境地，心急如焚，好像热锅上的蚂蚁，不由得发出一声绝望的狂叫。不一会儿，塔楼也倒塌了。罗图勒人一拥而上，踏着废墟，朝堑壕冲了过来。面对强敌，伊利阿姆的英雄好汉们却毫不畏惧，他们手拎木棍、石块准备和敌人决一死战。但不幸的是最后全部被罗图勒人乱刀砍死了。

这场胜利鼓舞了罗图勒人的士气。他们顿时杀心大起，又一鼓作气朝特洛伊的营房大门冲去。守卫大门的巨人兄弟潘达洛斯和皮梯阿斯是透克洛斯族人，兄弟俩为了跟敌人面对面搏斗，做出了一个敞开大门的大胆决定。

大门吱的一声打开了，罗图勒人看到，心想这一定是阴谋诡计，不敢贸然进入，有少数几人小心翼翼地探入营门，却立刻遭到两个巨人一顿暴打，瞬间都送了性命。罗图勒人看到自己的队友死了，又呐喊一声，如潮水一样涌进敞开的大门。此时的图尔奴斯正在别的地方进行着战斗，他突然感到战局有变，便立刻带领士兵冲了过来。

两个巨人兄弟面对蜂拥而来的敌人抵抗不住，不由得开始后撤。他们的朋友也赶来援助，但是无济于事。图尔奴斯一马当先，他甩手扔出从不偏斜的投枪，不偏不斜正中不幸的皮梯阿斯。皮梯阿斯大叫一声，轰然倒地，血如泉涌，死去了。特洛伊人的防线逐渐收缩。图尔奴斯却乘胜追击，一路肆意砍杀，如入无人之境。不一会儿，他用枪挑、剑劈，从特洛伊人中杀出一条血路，直朝特洛伊人的营房中心扑去。增援的罗图勒人也赶到营前，他们准备冲进大门，彻底围歼特洛伊人，结束战斗。

特洛伊人的防御战线彻底崩溃了，伊利阿姆将面临第二次毁灭，形势万分危急。巨人潘达洛斯急中生智，他凭借无可阻挡的勇猛穿过敌人的重重包围，直奔大门前来顽强阻击敌人的进攻，然后，他两手顺势抓住门边，只听咣当一声两扇大门猛地合上，把敌人的主力切断了，把挤在门外的罗图勒人震得纷纷滚落，掉入沟坑里。然后，满头大汗的巨人潘达洛斯又急速一个转身，直朝图尔奴斯的人群冲去。大吼一声："受死吧，罗图勒人，我要为我的兄弟报仇，你们休想活着出去。"说罢，他从地上拎起一根长矛，狠命朝图尔奴斯投去，图尔奴斯并没有注意到眼前突然跳出一个巨人，若不是女神朱诺有意佑护他，把锋利的枪尖引开的话，图尔奴斯肯定当场毙命了。可是，潘达洛斯拼尽最后一丝气力终寡不敌众，踉跄几步，饮恨倒地。图尔奴斯愤怒地跳起来，挥舞利剑，咬牙切齿地怒斥潘达洛斯说："你这回难逃惩罚了，今天就是你的死期！"说完，快步上前，一剑劈开了潘达洛斯的脑袋。吓得特洛伊人目瞪口呆。

图尔奴斯一路往前，剑锋过处，所向披靡。图尔奴斯非常了得，他的利剑所到之处，只见一摊鲜血。特洛伊人死伤惨重，有的甚至被吓得浑身发抖，他们慢慢地撤出贴身战斗，慢慢与敌人拉开距离，试图从远处用投枪来战胜图尔奴斯。女神朱诺一看大事不好，便左推右挡，不让投枪刺中图尔奴斯。此时图尔奴斯也感到危险就像利剑一样悬在自己头顶上，随时都面临着丧失生命的危险，便小声地祷告着说："令人敬畏的众神之母，谢谢你，在你的佑护下，我已经长久地滥用了你的好意。看来结束战斗的时刻快要到了。我的退路已经被切断，已无路可逃，在我的前面是汹涌湍急的台伯河，既然没有了生还的希望，那么我将把自己托付给它。"

之前特洛伊人在背靠河流的地方安营扎寨时，根本没有设防。图尔奴斯完全被一股杀气笼罩着，愤怒地挥舞利剑，左砍右刺地一直杀到台伯河的沙滩旁。背后是如飞蝗般的投枪，他把盾牌背在身上，投枪飞至，瞬间盾牌上中了许多投枪，又沉又重，压得他动弹不得。绝望之际，图尔奴斯连衣带甲，纵身跳入水流湍急的台伯河。只听扑通一声，河水裹挟着图尔奴斯前行，一直到罗图勒人的营地。

夜幕拉开了，冰冷的月光映照着阵地前惨烈的死者，他们成了拉丁姆大地第一批给战神祭献的牺牲品。

埃涅阿斯归来

另一边,埃涅阿斯到达图斯克国的阿格拉城后,所发生的一切正如亚加狄亚国王埃汪特耳所预言的那样,特洛伊国王埃涅阿斯受到了热情的款待,而且很受伊特卢利阿人的推崇和尊敬。人们答应通过种种方式帮助他,愿意参加到与意大利的战争中来。同时伊持卢利阿人的十二座同盟城市共同出兵,靠近海边的城市还各自组织一支舰队,每支舰队由十五艘海船组成,一艘艘船上装满了援助特洛伊人的武器、衣甲和粮食。一时间,只见海船沿着水路,骑兵沿着陆路,一起出发,齐头并进,一眼看去煞是威风强大。

夜已经深了,埃涅阿斯独自坐在摇舵旁,在漆黑的夜幕下凝视着远方,正在沉思。突然,看到水面上一队仙女围着战船翩跹而来。其中不乏伶牙俐齿的女子,呼唤着英雄的名字,说:"伟大的埃涅阿斯,我们都是爱达山上的千年古树,当年被特洛伊人砍伐下来造成了效忠于你的船只。罗图勒人把火扔到船上,想把我们烧毁,由于神的怜悯,我们才得以逃脱,全都变成了海上仙女涅瑞伊得斯。"

听罢,埃涅阿斯大吃一惊。看来和罗图勒人的战斗已经打响了,留在营地的伙伴们一定面临着巨大的危险,正处在水深火热中,他越想越担心害怕,忙问道:"哦,我的忠诚的船儿们,请你们赶紧告诉我,第二个特洛伊现在是不是已经完全被敌人摧毁了?"

仙女们紧紧围着船舵，她们推动船只全速向台伯河前进。那个刚才说过话的女子回答道："战斗还没到达无法挽回的地步。不过，大英雄埃涅阿斯，你得快点航行！务必在天亮前赶到台伯河的入海口处，然后亲自站在船头，高举火神伏尔甘特意给你打造的金盾，率领士兵直朝营房冲去，迅速投入战斗给敌人一顿痛击。这样，你才会取得胜利。"

埃涅阿斯向仙女们表示感谢，请求她们让船加快速度，一霎时，海船好像装上了翅膀，竟在波浪间飞驰了起来。

当晨曦初现时，船队果然驶进了台伯河的入海口。埃涅阿斯听从仙女之前的吩咐，他站在甲板上，迎空高举金光闪闪的盾牌，犹如一轮红日从万顷碧波中冉冉升起。特洛伊人看到是埃涅阿斯回来，发出一阵欢呼声，不由得勇气倍增，一起奔到岸边。罗图勒人突然看到台伯河岸上帆樯林立，不由得倒吸一口冷气。特洛伊人的英雄埃涅阿斯正神采奕奕地站在甲板上，好不威风凛凛，像极了一颗红通通的彗星。可是，图尔奴斯并没有丧失勇气，镇定自若地大声说道："他们一旦下船，我们就给以迎头痛击，坚决不让他们喘息，然后，他们踏在水里的双腿就会摇晃打战，那时他们的武器就不能发挥威力。战神已经把争取荣誉的时刻给了我们，相信胜利是属于罗图勒人的。"罗图勒人受到了鼓舞果然听从命令，一起奔向海边去了。

当然前来救援的伊特卢利阿人，他们自然是不会让图尔奴斯如愿的，人们不准备就在齐膝深的港道海水中登陆，他们向来不这么干。他们发现前面有一块地方，便说："用平底船开进沼泽地，让我们的船快速靠岸，士兵们迅速踏上岸边，随时准备战斗。"船只长驱直入，一直驶到海湾的碎石堆前。他们成功了。船只刚一靠岸，留在拉丁姆的部分特洛伊人便呐喊着迎上前来，跟援助的士兵们聚集在一起，然后迅速准备迎战。

特洛伊人并没有按图尔奴斯的意志登陆，使得罗图勒人处于十分被动之中。他们急忙调集兵力，气喘吁吁地赶了过来。经过好一场浴血奋战，双方居然不分上下。亚加狄亚人在国王埃汪特耳的儿子帕拉斯率领下正在一旁厮杀，突然，正在混战的这位少年英雄在人群中瞅见了劳素斯，劳素斯是被驱逐了的伊特卢利阿人国王墨策提沃斯的后裔，也算得上一位了不起的少年英雄。帕拉斯看到他时，便要求跟他单独决战，两人棋逢对手拼得不相上下，最后应该由命运裁定，是让图尔奴斯的人还是让埃涅阿斯的人取得最终胜利。

图尔奴斯率领队伍驾着战车飞驰而来，他一眼看到前面两个少年怒气冲天地打得不可开交，"住手，劳素斯，"他大喝一声，声震如雷，"帕拉斯应该死在我的手上。嘿，可惜埃汪特耳不在，应该让他亲眼看到他的儿子是何下场才对。"亚加狄亚的小英雄面对趾高气扬的图尔奴斯毫无惧色，大胆地接受了他的挑战，手执长矛，迎着罗图勒人的队伍走去，图尔奴斯从战车上跳下来。当两人相距一箭之地时，帕拉斯将长矛变成投枪奋力地投掷出去。投枪正好击中图尔奴斯的盾牌，只是由于盾牌坚硬，枪尖根本没有刺中他的身体。现在该轮到这位身材魁梧的罗图勒人了，他拿起沉重的投枪在手中掂了许久，然后加快速度向前，朝着帕拉斯扔了过去。投枪势沉力重，击穿了帕拉斯的盾牌和衣甲，牢牢地刺中了他的心脏。年轻人忍着剧痛只来得及把枪头从温暖的伤口里拔出来。顿时血花乱贱，不一会儿，便倒了下去。亚加狄亚人站在帕拉斯尸体四周大声悲号，痛哭流涕。图尔奴斯转过身子，看到他们犹如木偶一般站着，略带同情地说："你们可以将这位年轻人安葬，我并不阻挠。将他抬走运回到亚加狄亚，不会有士兵阻拦你们这支送葬的队伍的。"

侧翼军队受损和帕拉斯牺牲的消息传来，埃涅阿斯悲痛之余，鼓起了百倍的勇气和力量，亲自率领军队，手执利剑，浩浩荡荡地朝图尔奴斯杀了过来。

埃涅阿斯被帕拉斯的死激怒了，在他的英勇奋战下，战场上幸运的天平终于发生了偏移。罗图勒人开始溃败，纷纷夺路逃命，灭亡的威胁，乌云似的降落在朱诺宠儿的头顶上。众神之母感到不妙，忙去请求朱庇特恩准，让她把图尔奴斯从埃涅阿斯的巨大威胁下解救出来。当她的请求获得了朱庇特的同意时，她立刻伸手从天空中抓起一片云雾，又用云雾塑造了一个假的特洛伊国王埃涅阿斯出来。这个假影身披盔甲，能骑马，会战斗，只是一副没有灵魂和不能说话的躯壳。然后，朱诺把这个假的埃涅阿斯送到战场。假埃涅阿斯很快就投入到了战斗的行列。朱诺在一旁继续作法，想方设法让图尔奴斯迎面朝假影闯过来。图尔奴斯是个好胜的英雄，看到面前的强敌，心中的愤怒像野火一样燃烧起来。他把长矛举在头顶上，鼓足气力，朝着敌人的身形投掷过去，枪尖几乎要刺中了对方的身体。假埃涅阿斯假意吃了一惊，背对着图尔奴斯拔脚就跑，逃了下去。图尔奴斯看到埃涅阿斯如此怯弱不堪一击，又是嘲笑又是谩骂，来不及多想就毫不犹豫地追了出去。他们一前一后，离开了战场，一路朝海边跑去，假埃涅阿斯在前面健步如飞，罗图勒人图尔奴斯则挥舞利剑紧追不舍。假埃涅阿斯猛地一步跳上了一艘停在海边的大船上，藏身在一个角落里，吓得不敢露面，躲了起来。图尔奴斯紧跟着纵身一大步也赶上船来。正在这时，朱诺看到图尔奴斯中计了，忙把系在岸上的缆绳扯断了，让船像断了线的风筝一样飘入大海。图尔奴斯在船上四处寻找，可就是找不到这个逃走的埃涅阿斯，于是，他站在船舱板上开始破口大骂。图尔奴斯并不知道这一切都是朱诺为了救他而使的计策，不知道这位假的埃涅阿斯早已重新变成云雾潜回云端里去了，云雾是随水汽而直上天空的。图尔奴斯又徒劳地寻找了一通，便纵身跳入水中，想重新游回战场。但是波浪不遂人愿，波浪托着他顺流而下，一直把他冲到了他的家乡阿尔特阿港口附近，那里是罗图勒人的京城。众神之母朱诺终于成功地让她的宠儿避免了灭顶之灾。

此时，真的埃涅阿斯正在苦战，战场上血肉横飞。他指名道姓地要求图尔奴斯前来决战，可是却不见他的踪影。罗图勒人眼看败局已定，不料，又有人马前来增援，是一直殿后的被驱逐出阿格拉城的图斯克国王墨策提沃斯率领部队赶到了，罗图勒人不由得喜出望外，立即又投入战斗之中。这边埃涅阿斯的士兵们已经拼杀已久，相当疲惫，面对敌人的支援部队眼看不敌，开始节节败退。墨策提沃斯意识到战局对自己十分有利，便跃身杀入特洛伊人的士兵行列。左冲右突，如入无人之境。放眼望去战场上尸横遍野，血流成河。图斯克国王墨策提沃斯一路杀来，无人可挡。他一脸狰狞，手上的武器寒光闪闪，着实令人胆战心惊。这时候，埃涅阿斯正在另一边迎战。看到来了新的对手，他便一个转身扑了过来。墨策提沃斯看到了儿子劳素斯便招手示意他过来，大声地吩咐说："劳素斯，我的儿子，众神给了我一个机会，我现在就把这个可恶的特洛伊人送入阴曹地府，他那闪闪发光的甲胄应该属于你。"说毕，他甩手扔出去一杆长矛。长矛顺势呼啸着朝埃涅阿斯飞来。可是，正如一头水牛抖动牛皮驱逐一只讨厌的苍蝇一样，埃涅阿斯只用盾牌轻轻地一挑，长矛就哐当一声落到地上，根本奈何他不得。轮到埃涅阿斯了，他看准时机，向前猛跑几步，速度极快地朝墨策提沃斯投出一根标枪。标枪在空中挥舞出破空声，墨策提沃斯的战服仅仅由三片皮子叠在一起缝制而成，轻而易举地就被击穿了，标枪铁镞深深地插进了他的臀部，墨策提沃斯当场大叫一声，呻吟着倒在地上。劳素斯看到自己的父亲受了重伤，不由得眼泪直滚。他怒气冲冲拔出利剑朝埃涅阿斯扑了过来，士兵们纷纷跟在他的身后，随之而来的是狂野的呐喊声，他们齐刷刷地投出长矛。埃涅阿斯不得不迅速离开墨策提沃斯，举起盾牌掩护自己。"你这个疯子，"埃涅阿斯望着疯狂的劳素斯说，"你小小年纪，你是想找死吗？你的孝心让我很欣赏，我不忍心伤害你，可是我警告你：想救你父亲非你能力所及，不要太高估自己！"年轻气盛的劳素斯全然不顾敌人的劝告，他怒气冲冲地奔了过来，不料却和埃涅阿斯挥舞的利剑撞个正着。劳素斯只感到胸口一阵冰凉，惊愕地看着，只见一把利剑刺透了他的胸膛，瞬间胸前血流如注，就连母亲亲手为他编织的金线内衣上也沾满了鲜红的血迹。埃涅阿斯看到劳素斯在自己面前死去，无限感慨地说："你呀，真是个可怜的孩子，像你这样身穿盔甲和金线衬衣的人应该得到隆重的安葬，真不希望你做这种无谓的牺牲。"

　　身负重伤的墨策提沃斯在儿子的掩护下，拖着身体一直来到台伯河前，他疲倦地躺在一棵柳树下休息，哀叹着儿子的悲惨命运。"哦，我的孩子，"他叹息一声说，"我担心我的儿子战胜不了可怕的敌人。会被杀死，哦，可怜的劳素斯，你不该盲目行事，我该多么为你感到心痛啊，还有你那不幸的母亲该多么悲痛呀！"这时候，果然有一群士兵悲伤地走了过来，他们用盾牌当担架抬着已经咽了气的劳素斯。国王看到这些欲哭无泪只深深地叹了一口气，他强忍着伤口的剧痛，又穿上了甲胄，命人把他扶上战马。于是，满怀着复仇的强烈愿望，他精神抖擞却神志狂乱地又重新回到了战场。

"感谢朱庇特。你还真是自不量力呀，又敢回来，今天将成为你的忌日。"埃涅阿斯看到墨策提沃斯又来跟自己决战，高兴地大喊起来。伟大的决战时刻顿时让对面的图斯克人勇气倍增。悲愤的墨策提沃斯向埃涅阿斯扔去第一杆投枪，紧接着第二杆、第三杆……投抢如飞蝗般瞄准突驰而来的埃涅阿斯。可是，对方闪着金光的盾牌戏弄般地迎击着这些无力的远击。墨策提沃斯丝毫没有退却。他策动战马奋勇向前，围着埃涅阿斯转了三圈，然后鼓足气力，又把投枪朝埃涅阿斯扔出去。可惜，这一切只是徒劳！在火神伏尔甘的神器保护下迎面而来的任何射击和威胁都丧失了全部的威力。埃涅阿斯风驰电掣般地尾随着他的敌人，接着埃涅阿斯开始了反击，他用长矛一枪刺中了图斯克国王墨策提沃斯的战马。战马惊得腾空而起，把墨策提沃斯重重地摔在了地上。埃涅阿斯急忙上前一步，朝着仰面朝天的墨策提沃斯就要刺出一枪，结束他的性命。这时，倒在地上的墨策提沃斯双手高高地举起，哀求般说道："骄傲的胜利者，能死在你的枪下我感到十分荣幸。但在我死之前，请答应我一件事情。请把我埋葬在拉丁人的土地上，挨着我儿子的坟墓，这样我才可以瞑目，我们在这里才可以得到安心的长眠；如果把我送回到家乡阿格拉，图斯克人会敲碎我的尸骨，并弃尸原野。"

无法停战

  墨策提沃斯死在了埃涅阿斯的枪下,罗图勒人和他们的援军从四面八方蜂拥上来。霎时间,喊杀之声震慑天地,只见大批大批的敌人纷纷倒下,侥幸存活的则四散溃逃,埃涅阿斯取得了巨大的胜利。战场上堆满了累累尸体,鲜血染红了整个大地,连太阳也黯然失色,悄悄地降落下去。特洛伊人已疲惫,全部就地躺下,借睡觉稍事放松。第二天,天方拂晓,他们便一骨碌起身,准备庆祝胜利。特洛伊人把祭坛架设在田野里的一块巨石上,埃涅阿斯趁着祭献牺牲的熊熊大火,把墨策提沃斯的盔甲充当祭物献给了众神。然后,他几步跨到停放不幸的少年英雄帕拉斯尸体的担架旁。埃涅阿斯泪流满面,哀悼着说:"可怜的孩子,帕拉斯,面对强大的敌人你是多么地英勇善战,你将英名长存,你和你的父亲帮助了我,可是我现在除了死亡以外,几乎没有更好的礼物奉送给你了!你躺在这里,宛如一朵干枯的鲜花,脸颊上浮现着残存的青春和美貌。现在,你应该回到自己的故乡去了!"说毕,埃涅阿斯命令图斯克和亚加狄亚的士兵护送少年英雄的遗体前往帕朗图姆城。

  正在这时,拉丁奴斯城内派来了一队使者,他们请求埃涅阿斯恩准把他们的士兵尸体带走,并安葬他们,埃涅阿斯脸上并没有露出敌意而是仁慈地对使者说:"你们拉丁人是多么盲目啊!特洛伊人一开始就带着友好,期盼和平而来到这里,你们却不屑于我们的友谊，制造战争，结果把拉丁人自己推入了一场恶仗的深渊，死了那么多的人，难道这不是事实吗？你们现在要为死者求得和平，但人已经死了，我多么愿意把它提供给还活在世上的人们啊！为了避免更大规模的流血牺牲，我现在邀请图尔奴斯穿上战甲，与我单独决战，输赢将决定我们特洛伊人是应该留在拉丁姆这块土地上重建特洛伊，还是将永无止境地继续漂洋过海，忍受流浪生活的巨大煎熬。"

使者们没有想到埃涅阿斯会如此通情达理，听了这番话后深受感动。他们答应一定竭尽全力，帮助拉丁奴斯国王与埃涅阿斯达成谅解。

劳伦图姆沉浸在深深的悲哀之中。失去爱子的母亲，失去丈夫的女人，失去父亲的孩子开始在城里胡乱地转悠着，他们找不到生活的方向。他们诅咒战争，甚至诅咒图尔奴斯的婚约。只有这个骄傲的罗图勒人还不甘心于命运的失败。海浪把他推到家乡阿尔特阿的岸边，他在那里又重新招兵买马，又回到劳伦图姆，附近又有许多拉丁男子也奋勇前来。为了继续扩大他的队伍，他还派出使者前往南意大利，那里是希腊国王狄俄墨得斯的治下，请求国王狄俄墨得斯的支持和援助。

正当拉丁人和罗图勒人为准备战争忙碌得热火朝天的时候，远方传来了消息，说希腊国王狄俄墨得斯拒绝帮助图尔奴斯对特洛伊人作战。拉丁人顿时感到了巨大的恐慌。人们纷纷涌向广场，看到国王拉丁奴斯高高端坐在王位上。大家一致要求召开民众会议，来决定是否继续战争。人民的怨声如湍急的山间溪流在国王拉丁奴斯的耳旁响起。"如果希腊人真的拒绝了帮助，连最后的希望也破灭了的话，那么战争再继续进行下去，到头来将会是什么结果呢？"老国王左右思量着。

其实没有得到希腊人的援助对图尔奴斯来说影响并不大，这时，图尔奴斯纵身一跃登上石桌。人们看到他一副威风凛凛的模样，顿时停止了抱怨以及对和平的呼吁。"如果时代要求战争，那么任何象征和平的语言都是没有用的，战争总会发生。"人们听到他大声地喊叫着，"你们就那么畏惧战争吗，既然埃涅阿斯已经向我挑战了，我将前往应战，与他一决高下。在决定胜负的时刻到来之前，我请求大家：你们应该紧紧地团结在我的周围！和我共同奋进！这也是为了你们的共同荣誉。"

图尔奴斯的舌尖如同喷射的火焰，把那些好战的拉丁人和他们的同盟军煽动得热血沸腾。这时候，年迈的国王拉丁奴斯缓缓地从王位上站起来，他环视四周聚集的子民，警告似的说出了自己的顾虑："我们真的要全副武装，准备跟那些战无不胜的人作战吗？埃涅阿斯他们是神的族人。连希腊的大英雄狄俄墨得斯都拒绝对特洛伊人作战，让我们也结束这场无谓的战争吧。因此，希望你们记住我今天的讲话：在我属地管辖中，离台伯河不远的地方有一块肥沃的土地，那儿有着茂密的松林。我想把这块土地送给特洛伊人，以便让他们在那里建立自己的第二故乡。"

国王话音刚落，各种意见立刻像火焰般迅速燃烧起来。有一部分人欢呼着站起来，他们认为：英明的国王，你的决定真是太好了，不过，除了把这块土地赠送给特洛伊人以外，首先还应征求你的女儿拉维尼亚的同意，把她的爱情一并送上，只有那样才可以取得跟特洛伊人的和平。另外一部分人则主张血战到底。就这样，民众会议上群情激昂，针锋相对。正在吵得不可开交之际，突然使者们从城门拥了进来，他们报告说，埃涅阿斯已经拔寨起营，朝劳伦图姆方向来了。听到这一消息，人们一哄而散。图尔奴斯立即命令士兵们拿起武器迅速去固守城池，严阵以待，准备和特洛伊人决一死战。霎时间，号角震天，战鼓擂动，战争再次奏响了那可怕的乐曲，充满了血腥味，冷冰冰的，凉飕飕的，让人不寒而栗。

决战在所难免

拉维尼亚正是这场折磨和灾难的起因,为了减轻女儿的罪过,王后阿玛塔带着漂亮的女儿拉维尼亚动身前往神庙,祈求保佑这场战争的胜利,这边图尔奴斯已经全副武装停当,急忙扑向战场去了。图尔奴斯身穿鱼鳞甲,下裹黄金护腿,头戴寒光闪闪的战盔,盔旁装饰着迎风飘动的羽毛。他一路来到防护工事面前,遇到了女王卡弥拉,卡弥拉正骑马率领一支佛尔西安人的骑兵队伍在城墙下巡逻。看到图尔奴斯迎面走来时,年轻的女王卡弥拉从马背上一跃跳下,尾随在她后面的士兵也一起迎了上来。女王友好地对图尔奴斯说:"哦,高尚的英雄,你好。据探子们回报,埃涅阿斯正率领大军翻山越岭朝劳伦图姆而来。依我看,你可以率领军队在前面山谷里寻得时机,来抗击这位特洛伊人的国王。埃涅阿斯的骑兵队全是由精壮的特洛伊男人和图斯克盟军组成的,我愿意率领佛尔西安人的骑兵队阻挡这支精锐的骑兵,放心,佛尔西安人的骑兵队足可以应对。"

听完这话,图尔奴斯对她的提议满心钦赞,并向年轻的女王卡弥拉深深地鞠了一躬,说:"你不愧为女中豪杰,竟有如此的胆略和建议,从现在起,我很高兴委托你担任城防最高司令,我将亲自前往城外山地,设下伏兵,迎候这位该死的敌酋埃涅阿斯,我要让他死在我的剑下。"

吩咐完毕,图尔奴斯便率领步兵出发了。卡弥拉拍马纵骑狂奔,佛尔西安人

第三章 埃涅阿斯

骑兵则紧随其后，他们一声长啸，冲出城门。远处尘土飞扬，预示着敌人已越来越近了。两支军队如旋风一般冲撞到一起，顿时投枪如雨一样落下，两方士兵纷纷倒地，情状甚是惨烈。

佛尔西安女人卡弥拉一身单薄的衣甲，腰带紧束，她一会儿弯弓搭箭，一会儿扔出长矛，一会儿又手执利斧，肩挂着黄金箭筒，里面铿锵作响，好一位女煞星。随队而行的年轻姑娘也都是百里挑一的战士，个个勇武好战，她们在敌人丛中肆意砍杀，凶狠得像极了晦气的死神专使。战场犹如汹涌澎湃的大海，起伏不定。一位图斯克人嘲笑般地呼唤佛尔西安女英雄，"佛尔西安女王，你不需要去追赶逃跑的士兵，你要是够胆量的话，为何不下到地面上与我们进行决战？佛尔西安人是不是只会骑在马背上作战呀？"话音刚落，卡弥拉就飞身跳下马背，图斯克人惊呆了，开始犹豫不决，最后为安全起见，他自己没有从马背上下来。他感到厄运临头，吓得赶紧勒紧缰绳掉转马头，急忙逃命。可卡弥拉哪里肯放过向她挑战的人，她一个跨步飞起一脚，踢中仓促逃窜者的战马，然后赶上一步，把一把利剑插入了图斯克人的前胸。佛尔西安人齐声欢呼起来，称赞卡弥拉的英雄胆略。

不过，卡弥拉也遇到了克星阿耳隆斯，阿耳隆斯是伊特卢利阿人的英雄，当他看到这位战无不胜的女战士，便提着投枪紧随卡弥拉的左右，伺机寻找下手的机会，卡弥拉全然不知，卡弥拉在血战中刀劈剑砍，所向披靡。而且，她身轻如燕，动作敏捷，似疾风闪电般地出没在敌阵中，阿耳隆斯一直苦于找不到投枪的机会。突然，卡弥拉看到不远处一位特洛伊人的武器十分漂亮，她目不转睛地盯着，异常羡慕。她也许有意让这把刀挂在自己家乡的神庙里，显示荣耀，也许想独自占有它。卡弥拉勒住战马，全然不顾危险地向那位特洛伊人走去，想稳稳地射出一箭把他射死。可是天哪，这也正是她的厄运所在！阿耳隆斯看得真切，急忙提起投枪，他默默地向太阳神阿波罗神祈祷着，保佑他和伙伴们不再受对面这位亚马孙女人的凌辱。祈祷完毕，他举起一杆投枪朝着卡弥拉投去。佛尔西安人紧随着他们的女王，突然看到投枪呼啸而来，不由得惊恐地叫喊起来。而这位亚马孙女人却只顾全神贯注地欣赏着意欲夺取的武器，全然忘记了自己正身处战场，对迎面而来的投枪也忘记了提防。她的箭还没来得及射出，阿耳隆斯的投枪正中她的前胸，顿时血涌如注。她痛得跌倒在地，临死前凑近一位女伴耳际，用微弱的声音说："亲爱的，你快逃命去吧，快把我死亡的消息报告给图尔奴斯。让他迅速撤兵，固守城池，以防备特洛伊人攻城。"

失去女王的佛尔西安人顿时陷入绝望之中，他们惊慌失措，急忙掉转马头逃命去了，他们为了躲避身后穷追不舍的特洛伊人和图斯克人，冲进劳伦图姆城内。大地上尘土飞扬，妇女们哭声震天，她们站在城墙上，急得不知道该怎么办好。月亮女神狄安娜十分宠爱卡弥拉，女神一看大事不好，便在云端里从正朝着劳伦图姆城奔驰而来的骑兵队里找到了杀害卡弥拉的凶手阿耳隆斯，趁乱往下射了一支金箭，箭头正好击中阿耳隆斯的喉咙。阿耳隆斯当场死于威严的女神箭下。女神也以此为卡弥拉报了一枪之仇。

图尔奴斯接到了佛尔西安女王阵亡的消息后，悲愤之余，急忙率领人马往回撤退，一路往劳伦图姆疾驰飞奔。敌方骑兵正要催马进城，看到图尔奴斯率队从城外直冲过来，吓得一时间竟然不敢动弹。图尔奴斯离开了布满森林的山谷，而埃涅阿斯却为此躲过了一场灾难。他正从山地来到平原，看到面前全是图尔奴斯的士兵，便立即停止了向劳伦图姆发起的进攻。他希望与图尔奴斯单独决战，与他分个高低，以此来决定这场战斗的胜负。埃涅阿斯当即派出使者前往劳伦图姆，使者来到劳伦图姆，向图尔奴斯重申了埃涅阿斯的建议。图尔奴斯面无惧色，坚定地接受了挑战。但罗图勒人全部反对，而美丽的拉维尼亚也泪流满面，可是图尔奴斯的决定是没有人能够改变的。骄傲的英雄看了一眼心爱的女人，只见她着急得面红耳赤，便叹息一声，说："亲爱的拉维尼亚，请不要用埋怨和胆怯干扰我的心绪。我图尔奴斯已经别无选择！"

决战在所难免。日期定在了次日清晨。

与埃涅阿斯决战的场地在高大坚实的劳伦图姆城墙前划了出来。人们端来了牺牲，在这里设立祭坛，取来火把和花环，恭请祭司上供祭品。祭祀过众神之后，双方部队进入决战场地，对面排开仅隔一箭之遥。国王拉丁奴斯坐在华丽的四驾马车上威风凛凛地朝决战场地走了过来。头顶上镶着十二颗星星的王冠闪闪发光，他认为今天的决战是最重的国务活动所以才戴这顶王冠的。武士们看到受人尊敬的国王时，都纷纷恭敬地弯腰低头。图尔奴斯端坐在两匹白马拉动的战车上，两只手各提着一根投枪。埃涅阿斯从另一端特洛伊人的营房里走出来，他的盔甲和盾牌闪烁着非同寻常的光泽。他的儿子阿斯卡尼俄斯跟在他身旁，阿斯卡尼俄斯是位杰出的少年英雄。英雄们战场相逢，各自朝对方稍微点了点头，也算是打招呼。随后，双方各自站在一边，庄严祈祷，订立盟约。埃涅阿斯如果输了，那么特洛伊人将在阿斯卡尼俄斯的率领下离开拉丁姆大地；如果获得胜利，拉丁奴斯的女儿将要嫁给他为妻，从此以后，拉丁人自愿与特洛伊人融合在一起，成为一个民族。

正在这时，突然，一头金色的山雕从蔚蓝的天空盘旋而下，惊飞了河间岸旁的许多飞鸟。接着，山雕忽然间伸出利爪，抓走了河里一只漂亮的天鹅。大小鸟儿吓得惊慌失措，等到那些被吓得惊慌失措的大小鸟儿惊魂稍定，回过神来的时候，便又立刻聚集一道，飞上天空，遮天蔽日地朝着山雕飞走的方向追去，边追边发出阵阵狂乱的呼叫。山雕见群鸟势众，便扔下天鹅逃命去了。可怜天鹅已被山雕撕扯得羽毛不整，幸好没有伤及筋骨，天鹅鼓动了一下翅膀，又重新飞回湍急的河流里去了。

激动的人群还没有从惊愕中安定下来，拉丁姆国资历最深的占卜师忙上前解释说："这是将给劳伦图姆城带来幸福的吉兆呀，意大利勇敢的士兵们，你们可以放心大胆地披挂上阵和敌人战斗了。"说毕，他还亲自向站在对面的特洛伊阵营内投了一杆投枪。投枪正好击中了亚加狄亚九兄弟中的大哥，这位大哥还没来得及提防，便倒在地上。其他的八位兄弟看到大哥惨死，哪里肯依，顿时发作起来。

他们咆哮一声，暴跳着拔出刀剑，便向罗图勒人的阵地冲杀过来。顿时间，祭坛前一片混乱，双方阵地上箭如飞蝗，投枪如雨，空中呼啸之声不绝于耳，两面的祭坛早被踩为平地。国王拉丁奴斯花费了巨大的精力才把众位神像搬到安全地带。

埃涅阿斯挥舞着右手，他把头转向蜂拥而来的人群，大声呼喊道："请大家不要激动，盟约已经订立了，这应该是一场误会，请你们保持安静，一切都会好起来的。"话音未落，不知从哪里射来一箭。正中埃涅阿斯的手臂，埃涅阿斯受了箭伤，不得不离开了战场。

图尔奴斯看到了这一切，知道特洛伊人的首领受伤已经被抬了出去，便一个纵身跳上战车，挥动长矛，急忙命令士兵向特洛伊人发动进攻。一时间，双方士兵短兵相接，直杀得鲜血淋漓，惨不忍睹。

正当战斗打得激烈的时候，埃涅阿斯只得在儿子阿斯卡尼俄斯的陪同下被抬回自己的营房，鲜血滴了一路。埃涅阿斯试图自己动手把箭镞拔出来，可是没有成功。不得已，他只好找医生帮忙，希望赶快把箭头从伤口里取出来。

一个医术精湛的医者进了营房。他首先给伤口做了清理并敷上药物，以便让金属箭头在伤口深处松动一点。然后，他再用一把钳子夹住已经断裂的箭杆，准备猛地一下拉出带倒钩的箭镞。最后医生用尽了办法，也没有把箭头取出来。

维纳斯看到儿子受了箭伤，心中十分不忍。她急忙到爱达山上采集了稀有的草药白藓，连同白藓鲜嫩的汁液和紫金色的花朵也一并送了过来。快到营门时，她用一片云雾把自己包裹起来，悄悄地飘进特洛伊人的帐篷。她看到医生正在熬草药，便向医生煎熬的药罐里挤了几滴白藓汁液。此外，她还稍带往里面掺了些长生不老丹和芬芳甘美的万应灵药。医生哪里知道有神的暗中相助，他慌张地把草药一滴不剩地全部都倒在埃涅阿斯的伤口上。说来奇怪，伤口立即奇迹般地愈合了，迅速长拢的肉芽自动剔除了嵌在里面的异物。埃涅阿斯感到浑身上下又充满了力量，一骨碌爬起来，抓起了自己的武器，便冲了出去。医生看到这些却百思不得其解，他只能说：

第三章 埃涅阿斯

"大英雄埃涅阿斯,你的伤口不是我们这些凡人给你治好的,你一定是得到了天神的相助,你将来会成就一番大事业的,众神保佑!"

在女神维纳斯的暗助下,埃涅阿斯的箭伤很快痊愈了,他为重新恢复健康并重新获得了力量而感到欢欣鼓舞。他披上金甲,戴上闪闪发光的头盔,好不威风。然后抖擞抖擞精神,伸出强健的双手,抓起一杆投枪。伙伴们打量了他一番,看到他神采飞扬,精神奕奕,心里都在想,"我们的大英雄回来了,这下该轮到图尔奴斯人头落地了"。

待到埃涅阿斯全身披挂停当,他激动地拥抱着儿子阿斯卡尼俄斯,吻了他一下,然后又高兴又严肃地说:"孩子,你看,是众神使我恢复了健康,让我身强力壮,我为此感到无限荣耀。众神是多么地厚待特洛伊啊,我们要感谢朱庇特,我马上就要重新奔赴战场了。你跟着我可以从中学到困境中的坚毅、斗争中的勇敢,而你如果要学在战斗中如何走运的话那你只能师从别人了!我的朋友,所有的特洛伊人,你们都应该振作起来,投入到炽烈的战斗中去!"

大英雄埃涅阿斯披挂着闪闪发光的衣甲,十分威武的样子仿如战神玛尔斯,世间少有,真乃盖世无双。特洛伊人、伊特卢利阿人和亚加狄亚人齐声欢呼起来,罗图勒和拉丁人却陷入了极大的恐慌,因为他们也看到了像神一样勇力过人的埃涅阿斯。图尔奴斯立即停止战斗,以烈焰般的眼神打量着这位不共戴天的仇敌,不禁心中涌起阵阵恐慌,连腿肚子也有点儿打战。

陪同图尔奴斯一起上战场的还有他的妹妹朱图耳那,当她看到哥哥已经面如土色时,便大声地喊道:"哥哥,我们快逃命吧!"

"逃命?"一听逃命这两个字,图尔奴斯便粗野地放声大笑起来。笑罢,他又高高地立在战车上,示威似的摇了摇手中的长矛。战马嘶鸣,激昂地抬起了前腿。

埃涅阿斯瞅见了他的对手,如狮吼般大喊一声:"站住,图尔奴斯,你这个自负的家伙!快来与我比个高低!让我们两人的决斗来决定这场战争的胜负吧!"说着,埃涅阿斯就扑了过来,杀向罗图勒人,第一回合埃涅阿斯便手起一枪,杀死了那个先前暗中施放投枪的占卜师。埃涅阿斯像猛虎下山，突进重围，兵锋所指，所向披靡，渐渐杀开一条血路，离图尔奴斯越来越近了。图尔奴斯早已吓得目瞪口呆，没有反应过来，只是怔怔地看着埃涅阿斯战斗的场面。

"我们赶快逃命吧！"朱图耳那又大喊了一声，她也早已被眼前像神一样的埃涅阿斯吓得脸色苍白，声音打战，几乎缩成一团。

可是图尔奴斯却不肯听妹妹的话，他像着了魔一样，屹立在战车上，圆睁大眼，目不转睛地看着对面仇敌的魁伟身姿，开始暗暗地对他赞叹不绝。

突然，朱图耳那果断地跳上高台，从驾驭副手墨提斯科斯手中接过缰绳，然后朝战马呼哨一声，催动着战马驾车狂奔而去，离开了战场。

埃涅阿斯看到图尔奴斯离开了战场，他愤怒地抖动着手上的长矛大喝一声道："哈哈，图尔奴斯，你想往哪里逃，你这个胆小鬼，休想逃脱我的手掌，哦，我还是省下这杆投枪，我要亲自追上你，我要让你看看自己的报应！"

两个人一前一后追逃着，前面的见路就跑，后面的见影就追，你逃我追。他们奔来奔去，搅动得周围大地尘土飞扬。任何敢于阻拦的人，都被立刻戳翻在地。不一会儿，谁也没有胆量再敢拦阻他们了。

朱图耳那不愧是一位杰出的驾车能手，尽管埃涅阿斯紧追不舍，有好几次都要抓到战车，可她还是一回回地让战车从一旁逃脱，战车有时向左，有时向右，时而又如风驰电掣一般往前飞驰，任何凡人几乎都难以赶上。这场逃亡追逐，消耗了英雄埃涅阿斯不少体力，直追得他气喘吁吁，十分疲惫。图尔奴斯的另一名将领墨萨帕斯眼看这个可怕的特洛伊人已体力不支，心想何不趁机拦住他，把他打翻在地。想罢，他就从战车上跳了出来，举起投枪奋力朝着逼近的埃涅阿斯扔了过去。埃涅阿斯闪身躲开，投枪从头顶飞过，把他的头盔掀落在地。

埃涅阿斯狮吼般地喝道："可恶的罗图勒人，你的这套把戏玩输了，你的投枪本领并不怎么样，现在该轮到我了！受死吧！"说罢，埃涅阿斯愤怒地举起长矛，准备投掷。墨萨帕斯一个转身逃了回去，立刻溜进士兵行列里不见了。埃涅阿斯十分生气，哪里肯放过羞辱自己的罗图勒人，骑马冲了上去，横砍竖杀，一路上砍杀了许多罗图勒人的士兵。

最后，这场战斗只剩下他一个人了。用长矛支撑着地，埃涅阿斯深深地呼吸了一阵，又向战场上看了一眼。胜利就在眼前，已经稳稳地属于他了，可是一边是图尔奴斯还活着；一边是劳伦图姆坚固的城池，稳固的城门，厚实的砖墙，毫无损伤，安然无恙地屹立在埃涅阿斯的眼前。

"怎么办，是继续追击还是攻击城池？"大获全胜的英雄自问自答，"如果我放弃追赶敌人，选择立刻攻占城池，那样我就会更早地接近目标了，现在守城的士兵只有少数人，国王拉丁奴斯也早已厌战了。罗图勒人四散溃逃，短时间内，根本不敢从后面袭击我们，事不宜迟，必须尽早行动。"

埃涅阿斯自言自语地说着，他登上一个山坡，山坡把城墙和敌人的士兵分作两摊，看到此景，便命令吹响号角，收拢队伍。听到嘹亮的号角声，特洛伊勇敢的武士们纷纷成群结队地聚拢过来，他们或者把盾牌搁在地上盘膝而坐，又或者用长矛支撑着身体，大家正用充满期待的目光注视着他们的国王。阳光高照，洒在他的头盔、衣甲和枪尖上，映照得整座山坡看上去就像着了火似的，烈焰腾腾。

埃涅阿斯高高地站立在人群中间，浑如钢铁铸成的英雄神像。他以锐利的目光扫视着一群群士兵，然后提高嗓门大声说道："受万能之父朱庇特佑护，我们终于来到了目的地意大利。意大利人对我们并不友好。我们已经和他们签订了盟约，但他们出尔反尔，违背和约，所以我们狠狠地惩罚了那群不守信义的恶棍。朱庇特既然把胜利交到我们特洛伊人手上。那么现在我宣布我的决定，请你们听好，对于我的命令，你们必须毫不犹豫地执行！你们已经见过图尔奴斯的窘态，他是如何在我的面前抱头鼠窜的——我难道还要等着他重新愿意前来跟我一决高下吗？不，我对这种徒劳的追赶已经厌烦了，只想用武器跟拉丁人谈判。你们看前面的主城墙，呈现一片祥和的气氛，好像城内压根儿就不存在敌人似的。难道真的没有敌人吗？我们现在就向拉丁姆发动进攻。如果国王不立刻向我们投降，我们就攻上城墙，炸开城门，放火烧掉房子，推倒所有山墙，把城池夷为平地。这就是我的决定。士兵们，拿起武器，前进，攻城！"

说完，埃涅阿斯披坚执锐，一马当先率领着特洛伊的勇士们朝城墙的方向奔去。到达城墙底下，城门全都紧闭。不管埃涅阿斯和他的士兵们如何叫骂，城门就是不开。埃涅阿斯下令开始攻城。士兵们十分踊跃，他们欢呼雷动，服从命令坚决执行。将士们一字排开，展开攻击。他们抡起利斧劈砸城门，在城墙边架设云梯。勇敢的武士们沿着云梯奋勇攀登，拼命向守卫城墙的士兵们发起攻击。虽然上面的许多人不断地倒栽着身子滚下来，但是特洛伊将士们越战越勇，更多的人继续跳了上去，一个跌下，一个上去，一个上去，一个跌下，反反复复，最终，他们冲破了缺口，登上了城墙，把熊熊燃烧的火把扔进了一座座塔楼。

不一会儿，火苗燃起熊熊烈火，火光冲天，特洛伊士兵们站在城墙上，他们弯弓搭箭，朝城里嗖嗖地射击，有的扔长矛，有的投标枪，有的甚至砸石块。烈焰腾腾的火借风势早就从塔楼卷进了附近的弄堂，烧着了许多房屋的山墙。眼前顿时变成一片火海，拉丁姆陷入了混乱之中，全城老少皆十分害怕、惊慌。城内子民到现在为止还都在全力以赴地保卫城门和城墙，这时，他们中却出现了分歧，激烈地论争着：一部分人要求放弃抵抗，立刻投降，打开城门，同时把国王拉丁奴斯从城堡内接过来，迫使他同意签订和约；另一部分人拒绝同意这种可耻的建议，他们要号召一切皆有战斗能力的拉丁人全部武装起来，拿起武器共同抗敌。包括有能力的男人和青年，甚至包括手无缚鸡之力的妇女和姑娘们，他们还运来了一切可供投扔的砖瓦石块和投枪，决定誓死保卫可爱的家乡。

此时，王后阿玛塔从宫殿的阳台上看到拉丁姆城将大祸临头，看到特洛伊人攻上城墙，看到燃烧的房屋和激烈的混战，听到拉丁人凄惨的哀号声，她把眼睛瞪得大大的，努力寻找着图尔奴斯，寻找着他的士兵。可是，不管她如何寻找，就是不见图尔奴斯的踪影，任何救援的希望也都盼不到。她那向来不可一世的骄横的心，这个时候也发出了绝望的哀鸣声。她拍打着胸脯，撕扯着衣衫，大声地

第三章　埃涅阿斯

抱怨着，咒骂自己是造成这一切罪恶的罪魁祸首。最后，她忍受不了良心的谴责，亲自系上绳索，绝望地悬梁自尽，结束了自己的一生。

王后惨死的噩耗很快在城内传开，城内的妇女听到后揪扯着自己的头发，大声号叫着，声音响彻了整座城市。这一凄惨的消息让可怜的拉维尼亚也不由得心惊胆战！她不禁从心底发出一声恐怖的惊叫，接着便昏死过去了。国王拉丁奴斯手足无措地站在死去的妻子和不幸的女儿面前，束手无策地望着快要沦陷的拉丁姆，"是啊，难道自己对这场灾难就一点儿责任也没有吗？天哪！可怜可怜我吧，可怜一下我那不幸的民族吧！"拉丁奴斯仅仅能做的也就剩下祈祷了。

图尔奴斯越战越勇。突然，一名骑着汗水淋漓的战马的罗图勒人跑过来向图尔奴斯报告说："特洛伊人已经攻入城内，他们在城里放火烧房。王后阿玛塔绝望地自杀了。国王拉丁奴斯正左右为难，摇摆不定，考虑着是否把拉维尼亚许配给特洛伊人国王埃涅阿斯为妻，以平息这场战争。图尔奴斯，快回去吧，回到王宫里去，趁着眼下还能救援的时候去救援一把吧！"

听到此番消息，这位强大的罗图勒人国王既羞愧又自责，痛楚、爱意在他的心头挥之不去，吞噬着他的心灵，"为什么有战争，为什么非要拆散我和拉维尼亚？"他痛苦地自问，猛地转过头看到亲自砌造的瞭望台上浓烟冲天，便对和他一起拼杀的罗图勒人大喊道："幸福已经离开了我，我必须跟埃涅阿斯决一死战，来赢得罗图勒人高贵的尊严，愿意和我一起冲杀的，全都跟我来！我不愿意做一个杀场失败连气节都要丢失的人！"说完，忽然腾身跳下战车，翻身上战马，留妹妹朱图耳那独自一人待在车上，自己则冲过敌人重重包围，朝着劳伦图姆奔驰而去，宛如一只敏捷的山间羚羊，迅疾跳下山峰，一路往下滚落，穿过层层树林和人群。图尔奴斯奋勇当先杀入重围，当他好不容易来到城门时，立刻大声吆喝道："众位罗图勒人听着，且慢拼杀，停下来听我说！众位拉丁国的子民，请放下你们手中的武器，还有特洛伊人和图斯克人，也请你们都立即住手，在此事上，我要独自一人担当，愿凭命运的裁决而战斗，来吧，埃涅阿斯，开始决斗吧！"

士兵们听到吆喝声都停了下来。埃涅阿斯也下令停止攻城，敌我双方组成了两道人墙，相互对峙。双方两个大英雄相互直扑过来，只听两块盾牌相撞发出一声巨响，大地一阵颤抖，似乎嘶哑着嗓子向大家宣布，为争夺在阳光下生存的权利，人间最为狠勇的两位武士正决斗着。他们一来一往，一上一下间已拼杀了许多回合，盔甲相撞迸发出一道道耀眼的火花。突然，盾牌后面的图尔奴斯直起身子，迅速挥出利剑，狠命地砍了过去。站在一旁观战的拉丁人和罗图勒人屏住呼吸，个个睁大眼睛盯着，紧张得手心里直冒汗，猛地发出一声惊叫，原来图尔奴斯的利剑刚碰到埃涅阿斯的衣甲时便断成了几截。图尔奴斯，这位来自阿尔特阿的王子也顿时心慌意乱，他才想起来，自己先前从战车上慌忙跳下之际，随手抓了一把驾车人的平常利器，竟然忘掉拿上父亲遗留下来的神剑，觉得这不是好兆头，不由得催动颤抖的双腿，想逃跑。他跟跟跄跄不停地绕着战场打转，一面大声呼喊，让将士们快去把那真正的神剑给他拿来。然而混乱和绝望笼罩着罗图勒人，惨叫声、呼喊声，响彻整个战场。他们根本听不清图尔奴斯在说些什么，图尔奴斯眼看埃涅阿斯大步流星地追赶上来，慌不择路，朝前面的一片树林逃窜而去。埃涅阿斯紧随其后也追进丛林。图尔奴斯听到后面追来的脚步声，便一个转身拐进了一片橄榄丛林。埃涅阿斯正在追赶，突然看到一棵橄榄树上露出一杆长矛柄，这是先前战斗时有人投中树干而留下来的。埃涅阿斯暂时放弃了对图尔奴斯的追击，用力地把那根长矛向外拔。图尔奴斯回头看到他的对手正在费力地拔刺中树干的长矛，立刻停下脚步默默地哀告上苍："哦，法乌诺斯和一切生活在意大利土地上的众神们，我对你们多么地虔诚信奉啊，请看在我一直给你们祭颂荣誉的分上，可怜可怜我，让那根长矛锈蚀深陷在树干上，让埃涅阿斯拔不下来吧！"

意大利的一方之神果然听信哀告，让来自特洛伊的陌生人埃涅阿斯使出浑身力气，也不能拔出长矛，埃涅阿斯还想着用这根长矛来击中在前面逃窜的对手呢，可惜没有从树上拔下来。

第三章　埃涅阿斯

这时候，图尔奴斯的妹妹女仙朱图耳那来帮助她的哥哥了，女仙朱图耳那扮作哥哥驾车手的样子，飞越战场来到丛林，给哥哥递上父亲遗留的神剑。利剑在手，图尔奴斯立刻信心满满，掉转身子，直扑埃涅阿斯，打算这次要彻底杀了他。此刻，埃涅阿斯还在费力地拔长矛，由于用力过度，一不小心把自己的宝剑却摔落到草地上去了。

站在半空中的维纳斯看到了这一切，她非常恼怒，一个平常的仙女怎么敢如此大胆妄为呢！于是，她使用法力帮助埃涅阿斯轻而易举地取下了长矛。图尔奴斯呼哧呼哧喘着气赶上来，埃涅阿斯立刻转身摆好迎战姿势，拿起长矛准备投扔。图尔奴斯突然看到埃涅阿斯手里的长矛时，他惊呆了，不由得心里慌张起来，因为这意味着图尔奴斯在这一次的战斗中将再次失去优势。

而此时，众神之父朱庇特和他的妻子天后朱诺正站在奥林匹斯山上说话，他们的声音透过云端传到了地面上，朱庇特说："是时候该结束这场不幸的战斗啦，特洛伊人被你驱逐，他们翻山越岭，漂洋过海，途中你用死亡、毒药更甚至烈火迫害他们，现在他们经历种种磨难终于到达目的地，也该让他们稳定下来好好生活了！倘若你再敢违抗我的意志，挑战我的极限，那么我会严肃考虑该不该和你维持我们的夫妻关系！"

朱诺知道，若是一意孤行的话，自己即将失去吸引朱庇特的任何魅力，于是，她只得做了让步并低着头说："好吧，我可以把图尔奴斯的命运交付给他自己，听凭你去发落吧。但是，我唯一的条件是：拉丁姆必须保留它自己的名称，语言和风俗习惯不可更改，特洛伊人可以融入到拉丁民族中去，但不能让拉丁人融入到特洛伊人的民族中，这样可以让我从此忘掉特洛伊的名字。"朱庇特如释重负地回答说："就按你说的办吧。图尔奴斯死期已到，埃涅阿斯却应该继续生活下去。特洛伊不再保持有自己的语言和风俗。将来这里行使罗马法律，使用的语言也只有拉丁语！"说完，朱庇特把一名复仇女神召唤到跟前，吩咐她立即驾着风翼前往人间，去杀死图尔奴斯。

三名复仇女神个个威势吓人，其中有一位最为悍勇，她独自前往人间去执行朱庇特的命令。女神果然迅猛异常，立即降入拉丁姆战场，进入战场以后，立刻变作一头小枭，围着图尔奴斯的头飞转不停，吓得大英雄图尔奴斯毛发直竖，他感到两耳嗡嗡作响，眼前一阵黑一阵白，一种不祥的预感再次涌上心头。埃涅阿斯抖动着手中的长矛，大喝一声："你为什么在那里犹豫着不敢靠前，你怕了吗，我们不是来比试武艺高低的，而是来生死决斗的。"

身材魁梧的图尔奴斯窒息似的回答说："特洛伊人，我什么时候怕过你们？你以为我会就此屈服吗？不，我并不畏惧你们，只是天意要亡我，神的预兆围绕着我嘤嘤作声，示意我大限在即，你难道没有听到死神的鸟儿在我的头上飞个不停，哀鸣不已吗？图尔奴斯快要死了。"说罢，他从地上抓起一块沉重的石头，准备把它投向埃涅阿斯，不料石块却从手上无力地掉落下来。图尔奴斯大吃一惊，本能地转身逃跑，可他的两条腿却怎么也不听使唤了，浑身的血液似乎已冻成冰块，一步也挪不动。他知道已无路可逃，为了不至背对着敌人而感受死亡，他又重新转身。就在这个当口，一杆长矛飞驰而来，击碎了图尔奴斯的衣甲，透过肋骨，直刺他怦怦跳动的心脏。图尔奴斯倒在地上无力地挣扎，看到埃涅阿斯急步而来，他发出一声最后的呼喊："拉维尼亚归你了！"说毕，死去了。

第三章 埃涅阿斯

埃涅阿斯去世

当罗图勒人和佛尔西安骑士们听到神圣的大英雄图尔奴斯阵亡的消息后,纷纷如鸟兽散,急忙朝他们各自的家乡奔逃而去。特洛伊人胜利后,他的同盟兄弟们,如勇猛异常的亚加狄亚人,喜爱华丽的伊特卢利阿人,也都要告别埃涅阿斯,纷纷回各自的故乡去了。

拉丁奴斯国王伸出手向胜利者埃涅阿斯示意和解,并让他娶自己的女儿拉维尼亚,还要把王位传给他。在海滨的高坡上,埃涅阿斯建了一座美丽的城市,根据妻子拉维尼亚的名字命名为拉维尼乌姆。于是,流落他乡的特洛伊人终于重建了新的家园。客籍的透克洛斯人也很快和土著人打成一片,遵照神的旨意,他们放弃了自己的语言和风俗习惯,很快与拉丁人融为一体,并开始尝试着尊奉意大利诸神。

后来国王埃涅阿斯又统治了拉丁姆很长时间,人民安居乐业,只是他的遭遇凄凉,十分悲惨。罗图勒人对在驱逐特洛伊人的战争中的失败一直耿耿于怀,当罗图勒人经过休养生息,觉得自己的实力足可以和拉丁姆国抗衡之时,他们再次大举入侵,纷纷拥入拉丁姆国。埃涅阿斯亲自披挂上阵率领拉丁军队前往迎敌。双方部队在奴弥科斯河前遭遇。仇人相见,分外眼红,在此展开了一场浴血奋战,两军直杀得天昏地暗。朱庇特看到罗图勒人和拉丁人之间爆发了战争,便亲自介入了战斗。他在天空频扔炸雷。一时间电闪雷鸣，大雨倾泻而下。借着电光，拉丁人横冲直撞，罗图勒人一个一个地倒下。另外，朱庇特把雨水的闸门拉开了，奴弥科斯河顿时暴涨，河水咆哮着奔腾起来，罗图勒人十分害怕，他们转身就想逃跑。而拉丁人也为自己的胜利付出了巨大的代价。国王埃涅阿斯被裹挟着卷入了奴弥科斯河中，从那以后，再也没有人看见过他。有人说他被众神簇拥着离开了人间，回到了天空；有的人却认为埃涅阿斯还活着，只是生活在阴间地府而已。

埃涅阿斯死后，他的儿子阿斯卡尼俄斯成了国王。这之后他更多地使用第二个名字，叫作尤鲁斯。当然尤鲁斯和他的父亲一样贤明通达，治国有方。在拉丁平原中部阿尔巴纳山的峰峦间，他建造了一座新城市阿尔巴·隆伽，拉丁语的意思是长长的阿尔巴，以此扩大王国领域。尤鲁斯把自己的住地迁到了阿尔巴·隆伽，而拉维尼乌姆也变得更加美丽了，那里建造了许多庄严的庙宇。阿尔巴高高地耸立在陡峭的山峦间，富丽堂皇，蓬勃发展，日胜一日，好一派欣欣向荣的景象。它周围是一片片茂密的树林，下面是深不可测的湖水，波浪拍击着湖岸，潺潺的流水声好听得如同悦耳的音乐。每当拉丁人提到这片湖泊时，就会说，它与地球的中心相连着。

光阴似箭，转眼间又过去了好多年。最终尤鲁斯也死去了。但是，在尤鲁斯去世后，阿尔巴·隆伽国王位并没有传给尤鲁斯的儿子。原来，在埃涅阿斯不明不白地死去以后，他的妻子拉维尼亚由于害怕新国王阿斯卡尼俄斯，就离开了王宫，远离尘世，来到劳伦图姆的树林之中生活，几乎深藏不出。不久，她在林中生下一子，取名为西尔维乌斯，这个孩子被老百姓看作敬爱的拉丁奴斯唯一的孙子，在阿斯卡尼俄斯死了以后便被推为新的国王。西尔维乌斯执政期间族第兴旺，王位世代相传，开创了一个辉煌的阿尔巴王国。在拉丁姆大地上出现了以阿尔巴·隆伽为最高首府的三十座城市间的联盟，由联盟的国王世世代代统治着富饶的拉丁平原。

自此，阿尔巴也就成了罗马的发祥之地。

第四章 建立罗马城

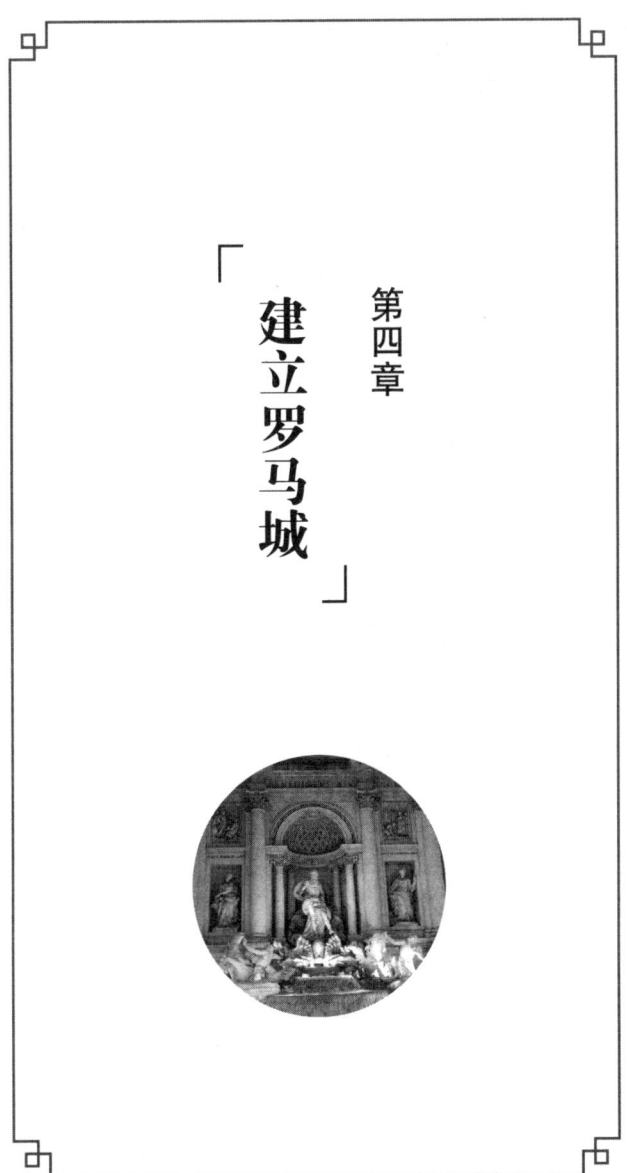

洛摩罗斯和瑞摩斯

拉丁姆在国王拉丁奴斯、埃涅阿斯、尤鲁斯和西尔维乌斯前统治下历经三百余年。一时间，拉丁姆大地上国泰民安，万事顺遂。一天，爱好战争的战神玛尔斯突发奇想，要在台伯河边新建一座城池。于是，世纪又进入了另一个新的转折点。

随着黑铁时代来临，人世间开始暴虐肆意横行，罪孽滔天。强者随心所欲，弱者忍气吞声。天下动荡四起，阴森恐怖至极。

阿尔巴国王普罗卡斯死后，留下两个儿子，即奴弥陀耳和阿摩利乌斯。按照惯例，王位由哥哥奴弥陀耳继承，弟弟阿摩利乌斯只能继承大片土地和财产。可是，弟弟阿摩利乌斯并不满足于现状，他贪得无厌，野心勃勃，他想改变自己的命运，试图从哥哥手中夺取王位。为实现自己的目的，他不惜使用任何诡计和暴力，阿摩利乌斯不仅笼络了一批驯服的男子，还获得了民众的欢心，等到时机成熟，便发动了一场宫廷政变，终于把哥哥奴弥陀耳赶下了台，抢得了王位。国内百姓认为他是一位贤明通达的君主，便顺从了他的统治。不过，有很多阿尔巴人认为这毕竟是一桩不义之举，为之愤恨不已。

当然，阿摩利乌斯没有胆量杀死自己的哥哥奴弥陀耳，而是把奴弥陀耳赶进一片幽寂森林中去了，奴弥陀耳在这里建造了一块小小的庄园，从此，十分安静地过着退隐的生活。而登上王位的阿摩利乌斯如坐针毡，备受良心的煎熬，终日不得安宁。他担心日后哥哥的子孙会前来报复，尤其害怕哥哥奴弥陀耳的儿子，于是便趁围猎之际派人残忍地杀害了这个无辜的少年。

虽然阿摩利乌斯阴险地杀死了哥哥的儿子，但他还是不放心，他的哥哥还有个女儿，名叫瑞亚·西尔维亚，是为了纪念先祖西尔维乌斯而起的这个名字，他又强迫瑞亚·西尔维亚当祭司，让她看护灶神维斯太神庙，而且立誓终身贞洁，不得嫁给任何男子为妻，也不得跟任何男子生儿育女。瑞亚·西尔维亚终日跟其他处女们苦守维斯太庙内的圣火，这是为表彰家灶女神而点燃的永不熄灭的火焰。

一个春天的早晨，瑞亚·西尔维亚肩上扛着一个双耳水罐穿过一片神圣的小树林，朝着台伯河急步走去，她准备取水回去供奉女神。一阵和煦春风吹来，吹拂过橄榄树和五针松林，犹如拨动天堂竖琴的琴弦，发出优美动听的乐声。姑娘把双耳罐打满了水，她抬头望着远方，透过微微发红的拉丁平原，看到了拉维尼乌姆的宫殿和一排排住房，看到了阿尔巴纳崇山峻岭间高耸巍峨的城池阿尔巴·隆伽。姑娘十分悲伤地想着自己的遭遇，目光久久地停驻在一座白色城堡上，城堡是由白色大理石砌造而成的，她出生在那里，而现在那里却成了不准她造访、不准她逗留的禁地。

瑞亚·西尔维亚刚离开台伯河边没有走几步，突然听到一阵闷声闷气的号叫，声音是从灌木丛间传出来的。不一会儿，两旁的树枝向外分开，只见一头巨大的狼跳蹿出来，径直朝她扑了过来。姑娘尖叫一声，扭头拔腿就跑。跑着跑着看到前面不远处有一座山洞，瑞亚·西尔维亚不觉大喜，急忙钻进山洞，躲了起来。正在这个时候，天空突然雷声大作，大地一片昏暗。瑞亚·西尔维亚在伸手不见五指的山洞里慢慢地挪动着脚步，摸索着往前走去。突然，山洞深处出现一片强光，把山洞照得亮堂堂的，她的眼睛也被光柱刺得昏花，等到瑞亚·西尔维亚再次睁开双眼，想重新适应那团如火焰般的亮光时，她才发现，那团强光是从一位神的头盔和衣甲上发出的。姑娘一眼认出那是战神玛尔斯的头盔和衣甲。因为圣林间挂着玛尔斯神的画像，他是一位威力强大的战神，永远执掌战马的缰绳。看到这里，瑞亚·西尔维亚已吓得腿脚发软，浑身颤抖，跌坐在地上。

战神玛尔斯从地上扶起姑娘，把她抱起揽入怀中。姑娘小声地说："哦，上神呀，怎么办，我这下完了，我是你的使女。"神答道："美丽的瑞亚·西尔维亚，不用害怕，你瞧，我已经给你点燃了新娘的火把。我从天空间撕下一片阳光，让它照亮了山洞，从现在起，你将成为我的妻子。"

台伯河边的岩缝形成的山洞成了这对夫妻的洞天福地。日复一日，瑞亚·西尔维亚不知道在里面住了多长时间，享受着天堂一般的美好幸福，人间的任何度量工具都难以度量这天堂般的美好。

一天早晨，战神玛尔斯突然不见了，他离开了人间，瑞亚·西尔维亚为他生下了一对双胞胎男孩。她吻着刚出生的孩子说："你们的父亲离开了，他不希望你们在他的光辉下长大成人，你们应该为自己挣得不朽的声名。"说罢，她把刚生下的两个孩子抱进圣林走进神庙，骄傲地走到祭司长面前。祭司长看到她抱着两个孩子顿时面如石像，阴沉沉地板着脸问："瑞亚·西尔维亚，这些日子，你到哪里去了？你从哪里回来的，这两个孩子是谁的？"

平日里十分胆小的姑娘，这时却昂起头，大声回答说："我已嫁给战神玛尔斯为妻，这是他和我的两个儿子。他们是神的孩子，我希望他们将来在这片圣林里为自己挣得不朽的前程。"

霎时间，天空中乌云翻滚，电闪雷鸣，紧接着一场暴风雨铺天盖地般冲着不幸的女人席卷而来。祭司长趁着风势厉声怒喝："你违背了你的誓言，你将受到神的惩罚。你还不知罪吗？"

瑞亚·西尔维亚觉得自己并没做错什么，她自豪地回答说："对凡人来说，面对神，任谁都是无法抵御的。"

祭司长勃然大怒："你真是厚颜无耻至极，你竟然自称是战神玛尔斯的妻子！你的胆子越发的大了，战神怎么会娶你这么一个小小凡人为妻，你是一个说谎的神经病，一定是给凡间男人做了情妇。你还敢狡辩？"祭司长见瑞亚·西尔维亚虽遭到侮辱，却坚持说自己说的话都是真的，便又继续更加嘲笑地说："照你这么说的话，玛尔斯就真的是你的丈夫了？可是他为什么不出来帮助你呀？他为什么没有留下任何凭证来让你证明你是他的妻子呢？为什么他不把我讲话的嘴巴用雷电棒堵上，好让你免遭侮辱呢？你这个说谎的女人！"

瑞亚·西尔维亚开始有点畏惧了，她哀求地抬起头来，望了望天空，可是天空中丝毫不见玛尔斯神援救的迹象；相反地，她却看到有几个女祭司从寺庙和祭台旁走来。这几个女祭司从前跟她生活在一起，这时候只听她们窃窃私语着，嘴角间还不停地露出嘲笑，说："多么不要脸啊！她还胆敢自称是玛尔斯的女人哩！真是厚颜无耻！"

这时候，田野里又有一群人围上来看热闹，人们窃窃私语的声音夹杂着嘲笑，说个不停，终于窃窃私语演变成一声声谩骂，最终演变成一声声恶毒的诅咒。不料那几个女祭司又一起拥上前来，她们报告说维斯太神坛前的圣火突然熄灭了。大家顿时觉得大事不好，神的惩罚将要降临了，一定是圣林间出了极大的叛逆女子，否则无法解释圣火熄灭的原因。瑞亚·西尔维亚，这位年轻的姑娘对神的救援真是彻底失望了。

祭司长立刻动身前往阿尔巴·隆伽，把丑闻事件报告给国王阿摩利乌斯。阿摩利乌斯听罢，不由得心中一震，他关心的并不是瑞亚·西尔维亚的丑闻，而是怕这一对襁褓里的孪生孩子将来夺取自己的王位，因为他们是国王奴弥陀耳的孙子，是合法的王位继承者，他们有权夺回被他霸占已久的王位，所以这时他的心里极其的阴暗，害怕远远地胜过了对这件丑闻的愤怒。他已预感到王位在动摇。

可是，阿摩利乌斯不敢和神作对，更不敢亲自加害瑞亚·西尔维亚和她的两个儿子。不过，维斯太女神的法律却给心怀恶念的国王帮了大忙：按照法律，依照瑞亚·西尔维亚的罪行，她和她的两个儿子必须判处死刑，被判决沉水而死。不幸的女子大声呼冤，连称无辜，可是没有丝毫作用。

在行刑那天，两名刽子手来到庙外。他们从母亲瑞亚·西尔维亚手上夺下两个孩子，将两个孩子投入一只空篮，准备遗弃。接着，刽子手们又把不幸的女人拖到台伯河边。正当他们把瑞亚·西尔维亚投入河水时，河面上突然升起一道又长又高的波浪，没等瑞亚·西尔维亚落入水中，波浪便迫不及待地合抱着接过了瑞亚·西尔维亚。两名刽子手见状大吃一惊，他们从水柱中看见了河神台伯律奴斯。他们没有看错，正是河神台伯律奴斯，他看到这位可怜而又不幸的女人被迫害便施展神威，把她揽入自己的怀中，保护起来。后来，忠诚而又善良的河神台伯律奴斯在得知战神玛尔斯移情别恋后，便娶了瑞亚·西尔维亚为妻，还赋予她不死之身，永远幸福地生活下去。

天空骤然间又重新阴暗了下来，乌云密布。不一会儿，大雨如注，河水徒涨，湍急的水流很快漫出了河床汹涌而下。刽子手们躲在一座寺庙的屋檐下，等着暴风雨过去。后来，他们又开始执行第二项任务，他们把瑞亚·西尔维亚的两个儿子装在空篮里，手拎着往外走去，篮子里不断地发出婴儿嗷嗷的啼哭声。可是，刽子手们走得离河越近，心里就越发对这个任务抵触。许多迹象已经警告过他们。于是，当他们看到河水漫过河岸，流经广阔无际的原野，有的地方已经形成水洼时，他们感到来得正是时候。顺手把篮子搁在一条缓缓流动的小溪间，心想："既然神已给我们警告，那么对这两个婴儿众神自有决断，或者引导小溪连同篮子一起归入大河，或者救下这一对可怜的孩子，生死有命，一切看天意吧。"

篮子在小溪间随着水流缓缓地漂动，等漂出圣林以后，慢慢地漂呀漂，终于漂到了一块四周有七座山围绕着的风水宝地，七座山之中有一座山唤作帕拉丁。篮子在帕拉丁山脚下的溪水间蜿蜒漂流，时而平缓时而弯曲。在前面岸边旁，有一棵茂盛的无花果树，伸展的树枝一直垂落到水面上，轻轻地吹拂着。无花果树是用来祭供女神罗弥娜的。罗弥娜是古老的意大利女神，掌管人母和兽母，使她们有足够的乳汁喂养幼小的生命。这次由于祭供罗弥娜的无花果树创造了奇迹，救下了两个孩子，它便在后世罗马时代一直受到祭祀、尊重。

漂流的篮子被无花果树的树枝挡住了。波浪拍击着篮子，篮子是由灯心草编织而成的，不管波浪如何拍打，都无法将篮子从树枝的拦挡下卷走。

两个孩子的啼哭声，把一头母狼从祭祀畜牧神卢泼库斯的山洞附近引来了，那是母狼栖身的地方。母狼打量着篮子里两个可怜的小生命，十分怜悯地张开嘴，把两个孩子一一叼回到狼窝。在狼窝里，母狼出于母性的本能，它伸出舌头轻轻地舔着两个孩子，直到他们半是僵硬的肢体重新能够动弹为止。后来，母狼把自己的奶汁喂给两个嗷嗷待哺的小家伙。吸足狼奶以后，两个小家伙很快恢复了元气，脸颊慢慢地红润起来，红扑扑的，圆鼓鼓的，甚是可爱，两条小腿蹬呀蹬，显得十分有力而健康。不久以后，其他一些喂养者也赶来帮助母狼，分担起抚养孩子的义务。啄木鸟是战神玛尔斯的圣鸟，它给孩子带来了谷粒和味道鲜美的种子。一只漂亮的凤头麦鸡站在孩子们身边，给他们驱蚊赶蝇。

一天，一个叫福斯图鲁斯的牧人经过这里，他只是一个普通的牧羊人，并不是那种专门在阿文丁山坡放牧的显赫人物。虽然他并不富裕，但却拥有一颗善良的心。就在两天前，他的小儿子遭遇不幸夭折了，所以心情十分沉痛。说来也巧，偏偏在这个时候福斯图鲁斯的羊群中有一只小羊由于迷失方向，不慎跌落在卢泼库斯山洞的缝隙间。福斯图鲁斯为寻找丢失的羊羔，不料，倒成了目睹山林动物是如何抚养两个孩子的证人。母狼见到这位牧人，立即逃进山洞去了。福斯图鲁斯急忙叫来他的妻子阿卡·拉伦梯亚。当他的妻子看到活泼可爱的两个孩子时不禁欣喜若狂，立刻惊叫起来："啊，啊，这是一对多么乖巧茁壮的孩子啊！我们刚刚失去了小儿子，福斯图鲁斯，我们要收养他们，这是天神赐给我们的，我们要把他们当成自己的孩子一样，要把他们抚养长大。"夫妻两人一拍即合。于是，这对夫妇连忙把这对孪生兄弟抱回了家，给他们起名叫洛摩罗斯和瑞摩斯。

看到洛摩罗斯和瑞摩斯这俩孩子在他们的照顾下茁壮成长，夫妻两个感到很是欣慰，最后洛摩罗斯和瑞摩斯出落成两个器宇轩昂的标致少年。他们很快和帕拉丁的牧民们打成一片，结交了许多朋友，每个人都有了一个追随自己的朋友圈子。洛摩罗斯圈子的小伙伴们自称为库茵克梯勒人,而瑞摩斯的朋友们把自己叫作法比尔人。他们的主要活动就是自由自在地游玩嬉耍。有时他们也在家乡的河边上营造草房,比试拳脚,来显示健壮的体魄。后来,在他们放牧时,又经常跟骄傲的阿文丁牧民发生争执,有时候语言十分激烈、恶毒,甚至发展成相互斗殴。

时光斗转星移,福斯图鲁斯对洛摩罗斯和瑞摩斯的命运也有了自己重新的考虑。单从孩子被母狼救起的奇迹上看,福斯图鲁斯断定两个养子绝非出身低微。他们长大成人以后,福斯图鲁斯越来越感觉到,这两个孩子不像是凡人,因为他们不仅在体格和体力上超过他们的伙伴,而且甚至在智力和敏捷方面也都远远超过了其他的小伙伴。再说,福斯图鲁斯从孩子渐渐成熟的脸形上也看出了被废黜但还活着的国王奴弥陀耳的影子。后来,当瑞亚·西尔维亚因与战神玛尔斯结合生下两个儿子触犯灶神维斯太神法律惨遭杀害后,她的两个双胞胎儿子被遗弃在台伯河旁的消息传到偏僻的牧场时,牧人福斯图鲁斯听到后更加坚信这两个孩子是神的儿子,自己竟成了神的儿子在凡间的养父。他把消息告诉给妻子听,夫妻两人忧喜交加,激动得哭了起来。他们既为上天的恩宠而高兴。同时也预感到,尽管他们视这对孪生兄弟为己出,但在未来,两个儿子迟早会离他们而去。因此,他们又为今后难以避免的离别而感到悲伤。

两位老人的担忧不久后便得到了证实。两兄弟跟阿文丁山上专业的牧羊人争执得越来越激烈,每次都会取得胜利。牧羊人看到洛摩罗斯和瑞摩斯两兄弟回回斗殴总是赢者,他们十分恼火,于是,他们凑在一起商量着在卢泼卡利恩节上好好惩罚一下这两兄弟。人们终于盼来了卢泼卡利恩节,那是纪念神法乌诺斯的节日,节日在二月中旬,人们到处摆上牺牲祭供,来欢庆自然复苏。年轻人披着狼皮,载歌载舞,他们还要围着帕拉丁山赛跑。牧羊人看到机会,他们估计孪生兄弟在比赛中又会成为胜利者,所以牧羊人准备趁机对兄弟两人发动攻击,制伏他们。

庆典的高潮一浪胜过一浪。卢泼卡利恩节上,人们把祭供的牺牲摆放整齐,然后点燃火焰，火焰燃烧得轰轰烈烈。不一会儿便烟消云散了，滚滚浓烟连同焚烧已尽的供肉顺着一阵风全都被送上了天空。这是个明显的标志，意味着全部供品被上天接受并取走了，人群欢呼着，祈祷着，来年夏天一定牧草茂盛，牲畜兴旺。祭供完毕后，紧接着就是游戏！年老的牧人和他们的妻子们开始围成一圈，发出欢乐的叫喊声。而年轻人则身裹狼皮围裙，手抓皮鞭和牛肉，慢慢地进入牧羊人的行列。他们像山羊一样跳跃着祝祷法乌诺斯，然后又残酷地大打出手，相互斗殴。一时间，凄厉的笑声、惨痛的叫喊声，夹杂着年轻人发出嘲讽般的羊叫，混合成放荡不羁的酩酊醉态。

接着是赛跑，围着帕拉丁山形成了一条跑道。洛摩罗斯和瑞摩斯犹如旋风一般驰骋在跑道上。他们很快就把其他的人甩在了身后，两个人在跑道上肩并肩地朝终点冲去。但他们却不知道，一群牧人正躲在灌木丛后，伺机攻击他们，牧羊人眼看时机已到，便发出一声呐喊，一下子从灌木丛中蹿到跑道中央，直朝兄弟两人扑了过来。两兄弟被吓得愣了一下，当时瑞摩斯离他们很近，便被他们轻而易举地一把抓住。尽管他英勇反击，可是终寡不敌众，最后被他们制伏并带走了。洛摩罗斯眼看形势对自己不利趁机逃离了虎口。

洛摩罗斯在逃跑途中，遇到了刚从节日庆典上回来的父亲福斯图鲁斯，便愤怒地把刚才发生的情况告诉了他。牧人想法安慰孩子，说："请不要着急，孩子，我会亲自到阿文丁山去，向牧羊人解释，请求他们释放瑞摩斯"。听罢，洛摩罗斯认为向那些人妥协是丝毫没有用的，那些人是不会放过他们的，并会杀害瑞摩斯，他建议使用武力拯救兄弟瑞摩斯。

老牧人知道，他不能再隐瞒两个儿子高贵出身的秘密了，于是，他安慰着孩子，说："放心吧，我的儿子，如果那些阿文丁人知道了你们兄弟的身世，他们一定会大惊失色并会对你们顶礼膜拜的。关于你们的身世，我不需要隐瞒了，其实你们兄弟两个并不是我这个平常牧民的儿子。你们的父亲是战神玛尔斯，母亲是瑞亚·西尔维亚。"

听到这话，洛摩罗斯不禁大叫一声："瑞亚·西尔维亚，我们的母亲是瑞亚·西尔维亚？就是被假国王阿摩利乌斯沉入水中残酷杀害的那个可怜的女人吗？那么，那个被废默的国王奴弥陀耳，就是我们的祖父了？天啊，这是多么不可思议的事呀！"

福斯图鲁斯点了点头，表示认可。年轻人却目光炯炯地大喊一声："战神玛尔斯在上，请保佑瑞摩斯，我向你发誓，洛摩罗斯和瑞摩斯决心为我们尊贵的母亲报仇！"

这时候，牧羊人带着被捆绑着的瑞摩斯回到了阿文丁山上，他们正商量着要用何等酷刑折磨瑞摩斯。有人提议把这个可恶家伙的手脚砍断，有人说用烧红的铁钎把他的双眼直接烫瞎，还有人干脆建议说把他立刻绞死算了。这时，福斯图鲁斯却跑过来，令他们大吃一惊，向他们宣布："如果你们有谁胆敢伤害这一对孪生兄弟，那便是亵渎了神的儿子，将会受到神的惩罚。"牧人们听得云里雾里的，满脸疑问。不过，虽然他们个个大惑不解，但也没有丝毫反驳，便听从福斯图鲁斯的建议，跟着他即刻动身前去深山密林处寻找被流放的国王奴弥陀耳，请这位阿尔巴·隆伽合法的年迈君主来证实这两个兄弟的身份。

一群人来到了森林深处一座森林神西尔瓦诺斯庙的门前，见到了老国王奴弥陀耳，老人一眼就认出了眼前这两个年轻人就是自己的孙子，当着帕拉丁和阿文丁牧人的面把他们搂在怀里。他大声地欢呼起来："众神在上，我从你们的脸庞上已经看到自己年轻时的模样，我从你们跳动的脉搏中感受到你们母亲那搏动的心脏，是那么高贵而又忠诚。"于是，当着全体百姓的面，老国王奴弥陀耳承认了洛摩罗斯和瑞摩斯是自己的孙辈。在了解自己的身世后，两兄弟当即立下誓言，立刻进攻阿尔巴·隆伽，为母亲报仇。库茵克梯勒人、法比尔人和其他的男子们也纷纷发誓要团结一致，支持洛摩罗斯和瑞摩斯。在两兄弟的带领下，他们从寺庙和家中取出武器，向阿尔巴·隆伽进发。

这时，山脚下的敌人哨兵看到突袭而来的大队人马，不由得慌作一团，不知所措，便四下逃散了。这对孪生兄弟率领伙伴们一路向前，越过令人头晕目眩的崇山峻岭，来到阿尔巴·隆伽，在与国王阿摩利乌斯的激斗中，洛摩罗斯挥舞短剑，亲手杀死了抢夺王位者阿摩利乌斯。

奴弥陀耳重新登上阿尔巴王位。奴弥陀耳对洛摩罗斯和瑞摩斯这两个孙儿十分宠爱，他希望两个孩子将来能够继承自己的王位，能够替他掌管阿尔巴·隆伽，正当奴弥陀耳为自己后继有人而感到高兴、幸福的时候。洛摩罗斯和瑞摩斯却拒绝了他的提议，他们不打算继承王位，而希望依靠自己白手起家，一展宏图。他们想回到台伯河下游的家乡，在那里重新建造一座城市，以纪念母亲瑞亚·西尔维亚所受的苦难。他们把地方选在能够接纳每个受迫害者的自由之地，帕拉丁和阿文丁牧人则成为这片土地上的第一批居民。老人听说后也被他们的想法感动了，他把大片土地赠送给了这两个孙儿。

正当洛摩罗斯和瑞摩斯努力实现抱负的时候，他们遭遇了一个从未想过的问题。真的要建造一座城市的话，即使兄弟两个愿意共同掌管这座城市，但在城市命名问题上应该用兄弟俩谁的名字呢？再说，这座新城是建立在帕拉丁山有利还是在阿文丁山更加有利呢？就此难题还仍然众说纷纭，无一定论。还真是世事艰难，前途莫测。

洛摩罗斯建立罗马城

为了建新城这对孪生兄弟竟起了纷争,旷日持久,难下决断。最后,他们决定让天空中的诸神来对他们的纠纷进行裁决。

一个星光明亮的深夜,洛摩罗斯率人登上帕拉丁山,瑞摩斯则登上了阿文丁山。他们用大祭司的权杖在天地间划出一圈界线,然后在这个神圣的圈内静静地等候并观看天空有何异象。一夜过去了,次日拂晓,当东方第一缕朝霞染红了地平线时,有六只雄鹰驾着曙光从东方飞来,它们围着阿文丁山转了几圈后飞出人们的视野,消失在了广阔的平原间。瑞摩斯兴奋得一下子跳了起来,连忙向对面的哥哥叫喊着,自己才是上天选中的人。可是,正当瑞摩斯为此感到沾沾自喜时,从西天渐渐消退的夜幕中又飞出十二只雄鹰,且径直朝帕拉丁山飞了过来,雄鹰嘶哑着嗓子向站在山头守候的年轻人问候了几句,便迎着初升的太阳飞去。

大家都明白,这些鸟儿都是神派来的。但到底该由谁来担起建造新城的使命呢?谁又会成为这座城池的第一个君王呢?无论从哪个方面讲这则神谕都是一个不解之谜。西方的十二只雄鹰对东方的六只,显然比东方的多,而东方的六只雄鹰是先来的,再说雄鹰从哪个方向飞来也不是毫无意义的。各抒己见,两兄弟又重新争执起来,愈演愈烈,直到瑞摩斯看清了形势,意识到自己的力单势薄,不得不做出让步,让洛摩罗斯担起建造新城的使命,并当城市的第一个君王。瑞摩斯怒气冲冲却又无可奈何地退避一旁。

洛摩罗斯立刻隆重地着手建造新城。他把帕拉丁和阿文丁成百上千名青年男子召集在帕拉丁山周围，给众神摆上祭品，宣布以雄鹰作为这座新城的城徽。他又命人牵来了一头公牛一头母牛，给它们套上耕犁，他要凭借犁耕留下的痕迹划出新城的城界。他扶着犁把，吆喝着驱赶着耕牛向前划出，然后在将要建造城门的地方停下犁铧，他把耕犁抬离地面。紧跟在犁后的百姓们，抱起犁松了的大土块往里面投扔过去，以增加城内的土力。两头牲口驾着牛轭共同出力耕作，它们代表了在这个新区域内最小却又最重要的组织细胞，即家庭婚姻。因此，等到仪式结束以后，两头辛苦的公牛母牛被杀祭献给了众神。

接着，人们开始着手建造房屋，他们先在地面上挖了一道浅沟，就势搭建起了低矮的围墙。这时候出现了意想不到的事情。瑞摩斯看到这些低矮的围墙，一面大声耻笑着这样的防护围墙是多么地不起作用，一面从浅沟和围墙上跳了过去。人们看得都惊呆了。围墙虽矮但也是安全的一种标志。然而这一标志却受到了瑞摩斯的亵渎。

这简直是奇耻大辱！按照以前的说法，围墙是安全的标志，对于人类是神圣的，是防范周围一切潜在威胁和危险的得力措施。因此，没有比耻笑这一标志更为可怕的罪孽了。洛摩罗斯见瑞摩斯竟公然犯下如此罪孽，当机立断，手起一剑，杀掉了弟弟瑞摩斯，然后强压内心的悲痛把鲜血淋漓的利剑摔在地上，发下话来："有胆敢逾越这道围墙者，下场和他一样！"他的这番话成了坚决保卫家乡的训示，直到今天还依然是。

不久，城池虽然竣工了，但还没有正式给它命名。由于亲手杀死了自己的胞弟，洛摩罗斯心情十分忧郁。城池竣工也没有流露一丝喜悦。众神也趁机给这座新建的城池带来了艰难的考验。在赤日炎炎之下，田野里一片枯焦，而冰雹竟然还当着暴晒的太阳由天而降，庄稼被打得倒伏在地。此外，城内还传播着瘟疫，人们几乎都患上了重病，还有建造到一半的房屋，不得不半途停下。当灾难达到顶峰时，年轻的国王洛摩罗斯终于决定向人们宣布原谅死去的弟弟的灵魂，因为他觉得，这一切灾难都源自弟弟的阴魂不散。一定是死去的弟弟报仇心切，所以才降下了祸端。接着，洛摩罗斯还在自己的宝座旁放了另一把紫色的宝座，象征第二王位，又把象征国王的权杖和王冠架设在空着的宝座上。表示愿意与死去的弟弟瑞摩斯共同执掌权柄。很多人对洛摩罗斯这一做法表示诧异、不理解，有的人反对这种由一个活人和一个死人共同掌管的国家，他们认为这会是个恐怖的国度，于是纷纷逃离了这个地方。另有一些人则对洛摩罗斯这一和解性的做法表示赞赏，他们留下来坚持生活下去，对于留下的人们，洛摩罗斯给予了他们很多的奖励。后来，洛摩罗斯按照自己的名字，将这个城市简单命名为"罗马"，从此以后，饥饿和瘟疫才在城内慢慢地销声匿迹。田野里也呈现出以前的绿意。洛摩罗斯曾经听国王奴弥陀耳说过一则预言：在埃涅阿斯的后代中，将会有人建造一座城市，这座城市会成为世界的中心。现在看来，这则预言果然应验了。

抢夺萨宾女人

在洛摩罗斯的带领下，围着帕拉丁山建起了一座年轻的城市，简称罗马。后来城墙不断地被升高，防范也越来越严密，罗马打造得固若金汤。当然，附近的邻居也不断前来骚扰、威胁。阿尔巴·隆伽绵延伸展，互相连接，穿过辽阔的平原一直扩展到帕拉丁山脚下。当然，自由拉丁联盟地区的首要之地始终是阿尔巴·隆伽。只要是仁慈而又贤明的君王奴弥陀耳在世执政，任何威胁和危险都不会对它构成影响，但生老病死是人生常态，老国王奴弥陀耳也不例外，他日渐年迈，即将享世不久。往后意大利的命运又该何去何从，拉丁姆大地也只是旷野之中的尺寸之地。阿尔卑斯山的高峰和波河都已经被野蛮的高卢人或者说是凯尔特人占领了，阿尔卑斯山的高峰和波河——那时还叫作帕杜斯河——河畔的广阔平原。然后就是罗马城外的伊特卢利阿人，伊特卢利阿是一个强大的民族，他们占领了台伯河左侧的费特纳城的一座桥头堡，统治着整个台伯河右岸地区，他们还建立了许多城市，把城市直建到了希腊的奈沃帕利斯城门口。另外，在其他地方还有不少居民群落，首先是萨菩斯国王的后裔，还有居住在山区和平原上的萨宾人，他们又称为萨白勒人；还有乌姆布勒尔人、萨姆尼特尔人、罗图勒人、佛尔西安人、勃莱梯尔人、赫尔尼克人以及卢卡纳人等。的确，如果说拉丁姆只不过是台伯河一带连接伊特卢利阿人和萨白勒人的巨大疆域的纽带，那么罗马也只不过是点缀在这根纽带上的一颗璀璨的钻石!

住在帕拉丁山的意大利人还没有意识到这一点,他们还在拼命嘲笑大海和城市间有时刮起的飓风,把它说成是瘟疫毒瘴,而罗马却有先见之明,对此早做防范。为安全起见,国王洛摩罗斯把亚尼库罗姆山坡当作罗马占领下台伯河右岸的桥头堡,有一片密林覆盖着山坡,国王的这一做法其实就是一招军事战略,只是当地的居民图斯克人并不知晓罢了。

在洛摩罗斯经营下,罗马居民们不断地辛勤劳动,种植谷物,收获大麦和黄米,还提倡节约,把省下来的粮食换成铁石,制造兵器。后来,罗马的手工业和商业日趋繁荣。当然,即使几个世纪过去以后,罗马经济的主体也是不会改变的,依然以农业为主。初建的小草屋早已经被高大结实的房屋所取代。不过,那时的房屋也只是用一些芦苇覆盖的大草房而已,还没有摩天大楼。可是,年轻的国王却有充分的理由为自己的杰作而感到骄傲。他命人造了一座宫殿,他要好好享受一下日益富裕的生活。

国王洛摩罗斯面对这座漂亮的城池多么悲哀啊!虽说城内的人们丰衣足食,但他们没有欢乐,当男人们到河边打水时,他们不会哼唱一声欢乐的小曲。每当夏天的夜晚来临,琉特琴的乐声也没有从任何一幢房子里传出来过。这座城市不缺乏力量、勤劳,还有敏锐的精神,但它缺少女人的妩媚、温柔,更缺少孩子,所以才导致这个城市缺乏活力,没有前途。

一天,洛摩罗斯召见青年荷斯特斯·荷斯梯利乌斯。勇敢的年轻人以为要上战场,便披盔戴甲,迅速来到国王面前。

洛摩罗斯看到他微微一笑,说:"荷斯特斯,去为罗马求娶女人吧,不是派你去出征打仗的,请解下你的盔甲,戴上一顶花环吧。"

荷斯特斯·荷斯梯利乌斯听后十分高兴,回答说:"国王给我的任务比出征打仗还要荣耀啊!可是,请允许我迎着太阳升起的地方一路往东吧,萨宾的女人是世界上最漂亮的,我是非萨宾女人不娶的。"

一听萨宾，国王的脸色阴沉下来，他警告似的提高声音说："的确如此，萨宾人为他们拥有世界上最漂亮的女人而自豪。可是，从萨宾人的脸孔上，我也看出了他们的一些特征。他们那突起的前额，表示着他们骄傲和蛮勇，而他们那种典型的鹰钩似的鼻正好象征着僵化的自信和固执，所以你要小心提防萨宾人！"

荷斯特斯·荷斯梯利乌斯打断国王的讲话，说："哦，亲爱的国王，但他们深色的大眼睛标志着忠诚啊，世界上只有萨宾女人才能纺出如此纤细、结实的纱线。他们不像伊特卢利阿人，他们对罗马人和拉丁人都是一视同仁的，所以，对他们无须花费太多的精力，我们可以爽快地向漂亮的萨宾女人吐露爱意，表达心声。"

国王听后笑了起来，答应了他的请求，同意让他去敲叩萨宾人的城门。

荷斯特斯·荷斯梯利乌斯代表罗马去萨宾求婚。他在拉丁国穿城过府，可是很快就后悔不迭，懊恼自己没有理会国王的忠告，没有披坚执锐，更没有带上千百名全副武装的男人一同上路。路过拉丁时，拉丁人在他背后议论纷纷，到处讥笑着拒绝他，而等他到了萨宾大地上，遭遇也并不见佳。他们比拉丁人更尖酸刻碟。萨宾国王梯拖斯·塔梯乌斯在库埃斯城接见了前来求婚的罗马使者，他忍不住尖刻地嘲笑求婚使者，说："回去告诉你们的国王，就说我们的姑娘愿意到罗马来，但不是看中了你们罗马人，而是要去了解你们的市场，你们没有纺线的姑娘，而我们这里的姑娘个个都会纺线，听说你们那里的羊毛价格很便宜。我想这就是姑娘们愿意去的理由了。"

当洛摩罗斯听使者讲完在萨宾受到羞辱的遭遇后，暴跳如雷地从王位上跳了起来，大喊着说："那些骄傲的萨宾女子，她们一定会为她们的行为付出代价的，她们不是想来了解市场吗！好，我马上邀请萨宾女子前来罗马采购，欢度节日。而你们，亲爱的罗马成年男子们，到时，你们全部看我的眼色行事，你们先一个个混迹其中挨近客人，每人盯住一个中意的姑娘，在恰当时机，我会给你们暗示，然后你们就动手把这些美丽的萨宾女子抢回家去。"

这番讲话赢得了热烈响应。瞬间罗马城沸腾了，罗马的使者急忙奔赴拉丁姆国的各个城市，一直到了偏僻的山区萨宾。他们到处夸耀着散布将在台伯河畔举办的游戏和比赛，极力宣扬说这是赶集的天赐良机，到时就连山区偏僻地方的商人都会慕名前来。这将会是一场盛大的节日宴会。女人们首先为之动心，男人们拗不过她们的劝说，答应一定会应邀前往集市。

集会的第一天，罗马城门庭若市，拉丁姆各城市的男男女女纷纷会集而来。其中来得最多的客人就是萨宾人，国王洛摩罗斯还亲自接见了一些最为显赫的萨宾人，以示罗马人的友好。并派罗马人带领其他的萨宾人挨家挨户参观布置漂亮的房屋。这些萨宾人惊讶地看到，这里的城市和房屋要比他们想象的好得太多了。尤其是年轻的姑娘们还兴致勃勃地观看卧室和厨房，有些甚至流连忘返。可惜她们谁也想不到，自己会成为这些房屋的主人。

集会的第二天，首先人们给诸神摆设丰盛的祭品，接着罗马人腰系狼皮围裙在跑道上尽显威风，武士们载歌载舞，开始了激烈的比赛，然后披戴头盔铁甲，庄严地一步步走上一座座祭坛，隆重地祭祀众神。

第三天，各类活动结束，轮到了商人们大显身手，他们便纷纷摆开了货摊。热闹非凡的买卖，令人赞叹的物品尽现在人们眼前，摊前筐前和木棚前吆喝声、赞叹声、讨价还价声一阵高过一阵，煞是热闹。人们在堆积如山的细净洁白的羊毛中任意挑选。还有可以用来加甜食物的一桶桶或一罐罐的蜂蜜，还有那皮囊里散发着香醇美味的橄榄油。女人们议论纷纷，对着琳琅满目的商品，挑挑拣拣，买了一堆又一堆的货物，锃亮锃亮的铜币很快把商人的腰包撑得鼓鼓的。

而男人们显然对刀剑更为倾心，他们在刀剑堆里连脚都不带抬的。这些剑都是用闻名的安塔利厄山矿石冶炼而成的，很受男人们的青睐。其中一位希腊人的生意特别兴隆，这位希腊人来自意大利奈沃帕利斯，他曾经不顾密塞诺姆海岬女妖塞壬的迷惑和伊特卢利阿人海盗船的威胁而进行海上航行，为的就是把特产的紫螺运往俄斯蒂亚港，然后从那里装车再运往罗马城内。后来大量紫螺被运到罗马，此后，红色就成了城内女人们的首选色。另外，还有一种货物是黄色的琥珀，它是一样非常值钱的货物，在市场上十分紧俏，只单单为了它，专门走一趟罗马也是非常值得的，这种琥珀来自神话般的北方国度，商人们带着它经过了山间的羊肠小道，穿越了茂密的森林，翻过了高耸的阿尔卑斯山脉，直至来到波河。波河是高卢人或者说是凯尔特人居住的地方。勤快的商人们又带着琥珀穿过伊特卢利阿最终来到了拉丁姆，这么漫长的旅行，人们为这块心爱的饰物支付多少铜钱都是值得的了。

客人们沉浸在喜悦中而无法自拔，他们根本没注意到那些罗马人都已经一个个地消失不见了。依照罗马人先前的精心策划，待他们退出集市后，全部隐蔽地集结在帕拉丁山后的灌木丛中。等到国王洛摩罗斯刚发出信号，罗马人就挥舞利剑从灌木丛里冲了出来，漫山遍野地朝市场扑了下来。罗马人每人就近抓住一个姑娘夹在如铁箍一般的左手臂下，腾出右手来对付反抗的人。集市上摊棚倒翻，货物散落得满地都是。姑娘们竭力反抗，任凭她们怎么尖叫、咒骂或者愤怒地抗议，始终都逃脱不了被劫持的命运。女人的任何挣扎都是徒劳的，罗马青年力大无穷，他们抓住姑娘拖着就走。姑娘们被拖进各家各户时早已精疲力竭。最后，她们全部瘫倒在诸位新神的祭坛前无能为力了。

其他的外乡客人见到此景，急忙转身离开了这可怕的现场，他们不敢在罗马城久留。罗马人威胁着任何一位还在迟疑的客人的生命。这些客人对罗马人的暴行深恶痛绝，许多城市的人，尤其是萨宾人，他们都纷纷披戴盔甲，准备跟罗马人决一死战，以抢回被劫去的萨宾女子。可是被抢去的萨宾女子却不急着回家，由于罗马男人用爱情、温柔和珍贵的礼物很快博得了这些异乡女子的欢心，所以她们很快擦干了眼泪与罗马人和谐共处，夫妻间相敬如宾，开始了新生活。

第四章 建立罗马城

洛摩罗斯的伟大成就

抢夺萨宾女人无疑给罗马城投下了无限的阴影，时刻威胁着罗马日益发展的形势，新建的住地又该如何抗击即将来临的风暴呢？罗马城把战神玛尔斯看作佑护神，它必须不负玛尔斯的威名。洛摩罗斯清楚自己臣民的勇气和决心，但为了稳操胜券，他们还需要严密的军事组织。虽说他的祖父拉丁姆国王奴弥陀耳答应给他增派援军，可那也只是杯水车薪，仍无济于事。于是，他急忙连夜动员所有罗马人，组建了一支组织严密的军队。罗马城内的每个居民都有责任披挂上阵，奋勇杀敌。而那些通过自己的努力获得大宗财富的人，除了应该负担武器装备以外，还应该捐献战马。洛摩罗斯组成了一支三千人的步兵队伍，并把这支步兵队改为军团。他把军团再分成十个步兵中队，并在军团里增添了三个骑兵大队，每队约一百名骑士——又被叫作百人队。按照规定，当形势紧急时，可以组成大小不同的战斗队伍，以用于侦察活动，还可以对遭受进攻的侧翼军团进行支援。这在当时被称作步兵队。后来，步兵队发展成为介于军团和步兵中队之间的编制。开始时，洛摩罗斯只拥有一个军团，还是唯一的一个。很快，军团的数字逐渐地增加起来。洛摩罗斯把雄鹰视为军队的标志。雄鹰用青铜浇铸而成后放置在一根木棍上。战斗期间，他采用古老的希腊密集队形，重装兵只需保持密集队形，再加上由长矛手组成的阵头。这样足以摧垮任何敌人的进攻。除此以外，洛摩罗斯还考虑到如果要是和敌人近距离作战的话，那么在军团中也应该有一定数量的弓箭手和扔掷石块的士兵。

正当罗马人紧急备战的时候，对方城市早已按捺不住，可谁也不愿意坐失良机，眼巴巴地等待他们把一切都准备好。于是，他们率领军队向罗马城蜂拥而来。

赛尼娜的国王阿克隆抢在拉丁姆所有君王前，等到他完成军事准备后便大喊一声"到时候了"。阿克隆十分骄傲，对一切都满不在乎。"对付那些狡诈的罗马小儿简直易如反掌，他们的全部战斗艺术只能袭击一些手无寸铁的女人罢了。"

罗马哨兵将赛尼娜的国王阿克隆进攻的消息报告给国王洛摩罗斯后，洛摩罗斯立即派出一支军队，在山谷凹地里设下埋伏。骄傲的赛尼娜人足足有五千人马，他们浩浩荡荡一路往前，目空一切，根本没有注意到前方潜伏的危机，渐渐地接近谷地。危险也在慢慢地向他们靠拢。可是，天哪，当一堵铁墙似乎被一双魔手突然端放眼前时，无法描述赛尼娜人的惊恐和畏惧是什么样的。大地在军团的行进声中微微颤抖，雄鹰在士兵行列的上空盘旋翱翔。骑兵们也立刻进入战斗状态。面对突如其来的罗马人的战阵，如战神玛尔斯亲临战场，赛尼娜人惊吓得手足无措，慌乱一团。

松散的赛尼娜队伍受到罗马军团密集队形的冲击很快就崩溃了。他们在罗马士兵们奋力砍杀下纷纷倒地。骑在名贵的高头大马上的洛摩罗斯连忙命令部队停止进攻，威武地走在军团的前沿，朝对方阵营大喝一声："我不希望伤害无辜赛尼娜人的生命。我要和国王阿克隆单独决战。凭着各自手中的刀剑一决高下！来决定罗马和赛尼娜的胜负。"

阿克隆同意了洛摩罗斯的提议，两位国王亲自对阵。可是，阿克隆哪里能抵挡神勇的洛摩罗斯，几个回合就败下阵来。战斗以罗马胜利而结束，接着，洛摩罗斯命人砍伐一棵高大的橡树，并削去树枝只剩下主干。然后，他把赛尼娜国王阿克隆的兵器和盔甲挂在主干上面，洛摩罗斯自己则头上戴着桂枝编织而成的花环，手上高举着一面战旗，左右挥舞着走在队伍的最前列。罗马士兵们迈着整齐的步伐，高唱着凯歌，凯旋而归。从此，罗马开创了军队凯旋的仪式。后来，人们把这套衣甲作为象征罗马最古老的胜利的标志，把它放置在卡皮托尔山上，用以祭供朱庇特。人们许愿在那里将为朱庇特兴建一座华丽而又庄严的寺庙。

洛摩罗斯是一位贤明的君主，在他的统治艺术中，报复和仇恨都是很少的。洛摩罗斯需要把战败的人搬迁到罗马城里来，为他的军队源源不断地补充新生力量，让他们充当劳动力从事田间劳动，他希望罗马城迅速壮大起来。于是洛摩罗斯下令把赛尼娜人美丽的家园放火烧毁了。赛尼娜人看到被毁的家园，满怀悲愤地不得不离开了自己的故乡，迁入罗马这个新地。可是当他们踏上罗马土地，发现罗马人并没有把自己当奴隶和守卫，而是和罗马人一样，是拥有一切权利的自由居民，一看到这些，他们瞬间破涕为笑，满腔的悲痛变成了满面的笑容。他们可以拥有自己的居所和土地，甚至还可以从事自己喜欢的手工劳动。

赛尼娜人很快融入到了罗马人行列中，他们和睦相处，变得亲密无间，情同手足。

不久，又有新的敌人兵临罗马城下，敌人就驻扎在城外的山坡上。克里斯蒂尼乌姆城和安忒姆纳城的男人们蜂拥而至，他们在城下叫嚷着。不过，他们同样被打得落花流水。洛摩罗斯下令也烧毁了他们的家园，迫使他们搬迁至罗马城，罗马城的居民人数急剧上升。罗马城顿时壮大起来了。

两年危机潜伏的和平生活过去了，罗马又将面临更大的挑战。洛摩罗斯知道，最仇恨罗马的是萨宾国，自从萨宾女人被抢之后，国王梯拖斯·塔梯乌斯一直对罗马深恶痛绝，虎视眈眈，正在积极准备战争。可是，萨宾国王十分小心翼翼，精心策划，因为他看到了三个拉丁城市的失败。形势越来越严峻，战争一触即发，洛摩罗斯面临命运的决断，他不免有些担忧，他不愿意看到自己亲手建立的罗马城就这样毁在自己面前。为了提高罗马城的防卫力量，洛摩罗斯决定把沿着帕拉丁山往北延伸的萨图尼尼斯山并入城区，并在山上建立一座城堡，作为内城的防御堡垒。这里的城墙几乎垂直往下，特别适合守卫战。洛摩罗斯把建造城堡的任务交给了英勇的武士司泼利乌斯·塔尔泼尤乌斯，这位武士带着他的女儿塔尔佩亚一起从一座拉丁城迁来了罗马。罗马人竭尽全力终于在短时间内营造了这座城堡，即卡皮托尔。后来，山以城名，萨图尼尼斯山也叫作卡皮托尔山。

正当敌人准备发动战争的时候，一天，有一队人马来到了罗马城下，罗马人却又获得了一次难得的援助。原来是伊特卢利阿人的将军策利乌斯，他率领一千步兵和百骑武士进入罗马城请求避难，将军解释说："尊敬的国王，我已无法忍受伊特卢利阿国君的残暴无礼，我希望在台伯河岸的城市内寻求避难场所，让我们生活下来。罗马城远近闻名，人人都称赞它，说城内的居民有权利享有生活的自由，说城内士兵法纪严明。"洛摩罗斯十分高兴，他收留了策利乌斯，并把第四座山坡赐给了他。从此以后，这第四座山坡就以这位将军的名字命名为策利乌斯山。

不久，萨宾人的一支军队离开库埃斯城，浩浩荡荡地向罗马城开进，消息很快传到洛摩罗斯耳中。侦探的士兵十分恐慌，说："这次的敌人非常强大，光平原上扬起的灰尘就能遮天蔽日，半晌不肯散去。国王梯拖斯·塔梯乌斯一马当先，奋勇杀敌十分了得。"

在占绝对优势的萨宾人面前，在旷野上洛摩罗斯似乎不敢与敌人有正面的冲锋。他决定以智取胜，他思来想去，想到一条计策，也就是空城计：把敌人放进城来打。先迫使萨宾人围攻城堡，罗马的军队全都隐蔽在帕拉丁山后，接着任由萨宾人进城，直到萨宾人开始攻击卡皮托尔时，最后罗马军队再从背后袭击他们。

果然，萨宾人毫无阻挡地进入了罗马城。人马集结在卡皮托尔山下的大河旁，国王梯拖斯·塔梯乌斯决定第二天趁着曙光发起对卡皮托尔的进攻。

萨宾国王和一位将军突然看到前面山坡上有一个小姑娘正沿着一条羊肠小道往下走来到河边汲水。他们悄悄地走上前去和她搭话，得知原来这个姑娘是卡皮托尔山城堡首领司泼利乌斯的女儿，名叫塔尔佩亚。他们强迫姑娘，要她趁着黑夜把城堡的一扇大门打开，让萨宾人进入城内。刚开始姑娘犹豫不决，可是当她

第四章 建立罗马城

的目光落在两名士兵捧在左胸前的首饰上时，不禁动心了。"那些都是价值连城的珠宝啊！"想罢，她便开口说："如果你们把左手里捧着的东西全都给我的话，那么我可以考虑满足你们的要求，帮你们打开一扇城门。怎么样？"

国王和将军对望了一眼，眨巴了一阵眼睛。接着，国王梯拖斯·塔梯乌斯灵机一动向前一步，语意双关地说："好，等我们接受你的帮助进入卡皮托尔城时，我们左手捧着的东西就全部是你的了。"

果然，在寂静的深夜，卡皮托尔城堡的一扇大门被拉开了门栓。随之萨宾人鱼贯而入，不一会儿就进去了许多人。

当塔尔佩亚向萨宾人索取先前许诺的报酬时，男子们把拥在左胸前的盾牌抖了抖，狂笑了一阵，回答道："你这个女叛徒，这才是给你的报酬！"话音未落，士兵们把手中的盾牌全都压在姑娘的身上。塔尔佩亚在盾牌的重压下支撑不住死了。从此以后，这座凭任何武器都难以攻占却由于姑娘塔尔佩亚的贪婪而陷落了的山坡，就被改名为塔尔佩亚山。

那里是审判叛国者的法庭所在地。依照古代拉丁人的法律条文，不管任何犯人都必须根据他们的罪行给以相应惩罚。如纵火犯死于火刑，杀人犯死于刀下。于是，等到了罗马统治时人们决定，凡是犯有叛国罪行的人都必须被推下塔尔佩亚山坡处死，那是为了让人们时刻记住罗马历史上的第一桩叛逆罪的下场。

萨宾人在不伤一兵一卒的情况下轻而易举地进入了城堡，他们在城内大肆杀戮，极尽残暴。罗马人并没有料到会出现如此的差错，原本的计策也落空了。于是，次日清晨，罗马人撤到卡皮托尔山前的平地上。萨宾人乘胜追击，呐喊着沿山坡冲击而下。罗马人惊恐不已，几乎瘫作一团。几个回合下来，罗马人就溃不成军了。英勇的罗马首领荷斯特斯·荷斯梯利乌斯和伊特卢利阿人策利乌斯竭力阻止队伍逃跑，让他们继续战斗，不一会儿，这两个首领就双双死在了萨宾人剑下。罗马人兵败如山倒，一直退到帕拉丁山脚下。

这时候，他们的国王洛摩罗斯奋然跃上马背，大声呼唤着说："将士们全都顶住！这是朱庇特·斯答图尔的命令。我发誓，在这里，我要给帮助我们顶住敌人进攻的神建立一座神圣庙宇。"话音刚落，顿时战局出现了转机。这时已经被打得晕头转向的罗马人又重新聚合起来，并在洛摩罗斯的带领下顽强抵抗。奋战直到太阳落山，双方仍相持不下。

女神朱诺偏爱意大利，尤其宠爱萨宾人。她把萨宾人按照库埃斯一座漂亮的庙宇命名为"库茵律特人"。这天夜里，女神朱诺来到萨宾国王梯拖斯·塔梯乌斯面前，附在国王耳旁说："梯拖斯·塔梯乌斯，你要鼓足勇气，第二天重新开战，我会站在库茵律特人一边协助你取得胜利！"

新的一天又开始了，罗马人面临着更加残酷的考验。朱诺悄悄地附身跟随萨宾人一起，她的心底燃烧着必胜的烈火，她鼓动着萨宾人趁着拂晓向敌人发起进攻。一场恶战，你来我往，双方直杀得难解难分。最初，从库茵律特人一位将军被陷在帕拉丁山和卡皮托尔山间的沼泽地里淹死，士气因此大减。但是不一会儿，库茵律特人就恢复了士气，又占了上风，罗马人眼看体力不支，意志动摇，纷纷开始溃退。

就在这时，意大利的元始尊神亚奴斯在罗马人面前显灵。他再度决定支持罗马并不是偶然：明确的罗马精神受到了这位主宰开始和结束的神亚奴斯的喜爱，每当它动用任何权力的时候都是以法律为准则的，而且比任何人都明确地知道一切知识都是有限的。亚奴斯让一座山坡自动裂开一道缝。后来，人们就把这座山坡叫作库依律娜利斯山。从山洞间流出来沸腾的热水，萨宾人对眼前的奇迹大吃一惊，沸腾的热水把萨宾人又赶了回去。罗马人看到如此吉兆，则备受鼓舞，他们马上大举反攻，把敌人一直赶到两座山外的平原地区。萨宾人还没来得及重新站稳脚跟，洛摩罗斯就命令弓箭手向两座山上的萨宾人射击，顿时飞箭如蝗，石从天降，萨宾人再度遭受了一场近距离的两面夹击，损失惨重。

猛然间，帕拉丁城门打开了，那些被抢来的萨宾女人们披头散发地冲上战场，战争因她们而起，所以她们要平息这场可怕的战争。女人们无所畏惧地拉开了正厮杀在一起的两军人马，撕心裂肺地大声喊着："你们全都停下！如果你们一方谁再追求胜利，那么他就是在残杀我们的爱情和亲情：一边是我们的丈夫，一边是我们的父兄，你们中任何一方伤亡我们都会极度悲伤的……"这是多么令人感动的场景呀，那是只有在古代歌曲和传说中一再颂扬的场景。

一时间，战场上一片寂静，射箭的和投掷石块的人全都自觉地放下手中武器。国王梯拖斯·塔梯乌斯从战斗行列里走上前来，面色阴沉地对恳求的女人们说："你们这批愚蠢的女人在这里痴谈男人，难道你们已经忘了，他们就是抢劫你们的强盗。你们可知道，你们已经背叛了自己的国家。"

塔勒西俄斯的妻子是罗马城内最漂亮的女人。在抢夺萨宾女人时，当时塔勒西俄斯也就随手抓了一个，根本没有想到自己抢到的竟是个如花似玉的女人，而且还因她的美丽享受了永垂不朽的声名。这时罗马城内最漂亮的女人跪倒在国王梯拖斯·塔梯乌斯脚下，说："尊敬的国王陛下，不是这样的，任何一个女人跟着陌生男人回家，难道说全都背叛了自己的父母兄弟吗？在我们之前的女人做过这件事，后面的女人也会做下同样的事，为什么偏偏要我们忏悔？让我们来承受痛苦呢？我们希望你们仔细地看一下，女人的爱情在那里也结成了新的联系，不再像以前那样相互仇恨。你们还是随我们一起到罗马来吧！那样的话我们的父亲、兄弟和丈夫将会组成一个民族！"

梯拖斯·塔梯乌斯也被这些女人感动了，他的脸上泛起一丝赞许的微笑。他把哀求的女人从地上扶起来，喃喃自语着说："萨宾的女人们，你们的真诚令我很感动，你们是那么的漂亮，我是多么的不想失去你们啊，我再也不会和你们分离。"

这时，洛摩罗斯也听出了萨宾的女人们对罗马人的浓厚情意，便说："库茵律特人，你们听着，先前我们用武力抢劫了萨宾的女人与你们变成姻亲。现在，也应该让罗马女人的爱情从血亲变作永恒的友谊和忠诚了！"双方欢呼声一片。

双方建立了联盟。库茵律特人络绎不绝地迁入罗马，他们在帕拉丁山的对面高高的山顶上建了一座庄严的庙宇，专门供奉众神之母朱诺和战神玛尔斯。罗马人十分高兴而自豪，从此他们可以从四座山顶上看到日出了。这四座山名在拉丁语中分别叫作帕拉丁山、卡皮托尔山和策利乌斯山及库依律娜利斯山。

随后洛摩罗斯和梯拖斯·塔梯乌斯就一同掌管罗马城，并采用了二王制，但是，只有在合乎他们两个人的共同愿望的情况下这样的二王制才得以维系。后来，罗马共和国设立了两个年度最高执政官，双重长官的体制被再度采用。不过，由于萨宾人的国王梯拖斯·塔梯乌斯偏好暴政，拉丁人对他十分憎恨和不满，所以洛摩罗斯和梯拖斯·塔梯乌斯的二王制也没有维持很长时间。一天，梯拖斯·塔梯乌斯去参加拉维尼乌姆祭供节时，被愤怒的拉丁人当场打死。后来，人们把梯拖斯·塔梯乌斯葬在阿文丁山的桂树林中，他的坟墓前香火不断，每年都会有一个受祭供的时辰，倒也成了罗马的一个节日。

在他死了以后，罗马又由洛摩罗斯独自治理了。洛摩罗斯执政期间统治有方，温和贤明，秉持公道，实在是一位难得的好君主。

洛摩罗斯的确是一位贤明通达的国王，时机逐渐成熟，洛摩罗斯感到是时候该为接班人考虑治国之策了，是时候该给人民一种稳定的秩序了，以使家家户户以后都能幸福生活，使罗马长久保持欣欣向荣的发展势头。以前，他总是按照某些准则来治理国家。现在，他把长期以来行之有效的习俗用法律的形式确定下来，让这些习俗具有了合法的效力。

洛摩罗斯认为，要保证城市与城市间的共同正常生活，就应该建立许多种族的联盟，如其中有些是十分熟悉的名字，如库茵克梯勒人、法比尔人和披围狼皮的卢泼库斯人，以及为纪念战神玛尔斯而欢蹦舞蹈的萨律尔人等，还有许多不太出名的种族也包含在其中。这些种族的联盟也都顺天命而为，为罗马迈向世界历史的大舞台奠定了基础。洛摩罗斯宣称现在共有九十个种族联盟，又通称它们为家族联盟。而又以每三十个家族联盟再组成一个更大的团体，叫作民众团。民众团由其中一位长者领导，此人就是后来常为历史称道的护民官。这些种族团体共同组成贵族团，其成员都享有最高的居民权，即选举国王、执掌武器、参与立法等。

为了让民众能够充分表达自己的意愿，洛摩罗斯创立了长老会议，即元老院。元老院由三百名成员组成，为了维持成员数目要不断举行新的选举。元老院自身享有豁免权，其成员大多都是终身。有关民众团体的决议由元老院裁决通过与否，但裁判决议执行权和军事最高指挥权仍然由洛摩罗斯及其继承人掌管。民众分为贵族团体和平民，被称为平民的大多都是一些外地移民。这些平民可以从事各类商业活动，可以购置田地和房基，还可以自由地拥有财产。平民从不参与政治。可是，任何平民都有权选择一名贵族团的成员，把他作为自己的保护人。因此，大多数平民阶层的男子反倒成了"受保护的人"，享受着贵族团成员的佑护。

洛摩罗斯还颁布法律，让使奴隶们重新获得自由。当年许多战败的战俘迁入罗马变成了平民，又因违反罗马法律沦为奴隶，但在当时沦为奴隶的人数还是有限的。

为纪念妇女们对创建库茵律特联盟做出的贡献，洛摩罗斯提高了妇女的权利，给她们提供了更加优越的条件。自然，元老依然是"一族之祖"，拥有对小民的生杀大权。可是有许多限制，连元老也是不能逾越的。如妇女们的个人财产不受侵犯，不得迫使她们再参加其他劳动除纺线织布外，不得让她们做其他低级的活计，这些要让雇佣的仆役或奴隶来做。当女人们走在街道上时，任何男人都必须向她们问候致意，还专门设立了许多关于妇女的大型节日，以此来表彰妻女和母亲为国家所做出的贡献。

如同一切有名的国家创始人一样，洛摩罗斯对数字的神秘也是充满了好奇。当初在创建罗马军团和元老院时，数字三曾多次出现，从这里就不难看出，国王特别垂青通晓数字艺术的人。因为他们能精确地为国王设计庙宇的草图，还能计算各地建造的通往台伯河对岸的桥梁，等到大雨滂沱或者洪水漫流时再把桥梁拆掉。

国王又从造桥人中选取祭司,任命他们担任占卜官,占卜官也就是通过观察鸟飞鸟鸣来预言吉凶的人。在当时,意大利用于占卜和预言的方式有很多种。例如有在意大利生活的希腊人叩问神谕,还有伊特卢利阿人通过审视动物内脏等方式,而罗马贤明的国王却唯独相信飞鸟的占卜,因为这其中包含的数字可以预示将来。如当时人们普遍相信洛摩罗斯之所以胜过瑞摩斯,是因为先有六只雄鹰飞临瑞摩斯,后来却有十二只雄鹰飞到洛摩罗斯面前。数字十二在罗马数字体系中占据核心地位,测量长度和重量的标准均借助于它。除此以外,还有数字十以及它的倍数。不过,数字十的作用在罗马数字体系中仅次于数字十二。

洛摩罗斯亲自制定了这所有的一切。随着时光的流逝,人类生活在地球上,任何活动都在不断地转换和运动之中。首任国王洛摩罗斯亲自制定的许多法规已整整延续了数百年之久,有的部分被不断修改,如在处理贵族和平民的关系问题的法规上等,而洛摩罗斯的智慧却被永恒地烙印在这些法规条文上,流传久远,可与日月同辉。

洛摩罗斯创造的一切成就,一路上和平与宁静的境遇中也夹杂了不少的战争和苦难。当时附近还有两个城市,即维几城和费特纳城,它们常常侵犯罗马,尤其是费特纳城,在罗马边境地带更是不断进行骚扰。边境居民苦不堪言,一直持续到双方兵戎相见。洛摩罗斯为费特纳人设下一计,把敌人的军队引入埋伏地带,然后以迅雷不及掩耳之势一举击溃敌军,又乘胜追击,穿过道道城门,如入无人之境,势不可当。费特纳不得不无条件投降,向罗马俯首称臣。维几城对年轻的罗马宣战后不久,也遭遇到了费特纳城般的命运。那是一场血流成河的恶战,据传说当年尸首堆积得比城墙还要高,四千余人无奈饮恨沙场,其中有一半多都死在了洛摩罗斯的兵刃之下。

贤明而又智慧的国王统治了罗马三十七年。他是何等神奇地踏入这世界,可是,他最终还是无法逃脱凡人的命运。洛摩罗斯感觉自己年事已高,自己的使命也即将结束。为了让罗马人牢记法律,一天,他把臣民召唤到帕拉丁和卡皮托尔山间的空地上，自己端坐在黄金宝座上，目光远眺，所到之处均是往日的辉煌。自从第一次在这土地上，用耕犁犁出罗马城的第一道边界以来，他走过了多么漫长的道路啊！他环视四周，一道道山梁上铺满了居民的住房，圆形的山顶间高地上耸立着巍峨的庙宇和宫殿。洛摩罗斯感到了前所未有的欣慰。

突然，天空间刮起一阵暴风，乌云蔽日，大地陷入一片漆黑。这时洛摩罗斯趁机跨乘玛尔斯的战马直奔天空，消失在乌云之中，回归神位。他在世间博得了不朽声名。

此时百姓们受到惊吓，四散窜逃，等到乌云散去，太阳重新露出笑脸，人们又重新集聚广场，却发现国王洛摩罗斯早已消失。四处找寻却还是不见其踪影，大家面面相觑，不敢作声，默默地站立许久，当大家回过神来，大声悲号，个个痛哭失声，惋惜国王就这样走了。这时候，众人看到一个人从卡皮托尔山上一路走来，他名叫普洛库罗斯·尤利乌斯，出身于名门贵族，他相貌堂堂，脸上泛着异彩奇光。等他定下神来，然后告诉大家："请大家听我说，我在梦中见到了国王洛摩罗斯，他显得更加英俊威武、庄严，身披火光闪闪的盔甲，手拎喷烟吐雾的火剑。见到他，我就问国王为什么忍心离开我们，只听国王回答我说：'勇敢的少年，请回去告诉我的臣民，现在我必须回到我应该去的地方了。我最后要对罗马人说的是，罗马要想在未来达到权力的顶峰，那么请他们要时刻谨记英勇和适度才行。以后，我将作为库依律奴斯，即罗马的佑护神，和他们共同守护罗马城。'这是千真万确的，在梦中国王就是这样跟我说的。哦，罗马的子民们，大家全都赶快跪下来祭拜伟大的王国之父吧！"

齐刷刷地，百姓们跪倒在地，他们发誓要在库依律娜利斯山顶上为佑护神库依律奴斯建造一座神圣庄严的庙宇。从此以后，罗马人又称自己为库茵律特人。

取消活人祭祀

洛摩罗斯离开人世以后，罗马人又迎来了新问题，人们不知道到底该将罗马王位交给萨宾人还是交给拉丁族人，一时间，罗马的家族联盟难以统一意见。最后，不得已人们只能决定在纷争没有彻底解决之前国家的最高权力暂且由双方轮流执掌，时间为六个小时调换一回。于是，这样的轮换整整持续了一年，在帕拉丁山上的国王昼夜轮换。直到最后人们做出了新的决定——拉开双方执政时间的距离，先由萨宾人执政，然后再由拉丁人执政。可是由谁先来执政呢？又成了一个问题。

有人推选萨宾国王的女婿努马·庞皮利乌斯，这是一个比希腊哲学家毕达哥拉斯还要更加有智慧和敏锐的人。当时努马·庞皮利乌斯娶萨宾国王的女儿为妻，夫妻二人生活美满和谐，可惜他的妻子却不幸早逝。但努马·庞皮利乌斯从他的妻子那里学到了忠诚于百姓和民族的高尚思想和情操。努马·庞皮利乌斯虽然被众人选中，但他不敢擅自做主登临王位。他要问问天意，从鸟儿的飞向中获取神谕来决定是否接受王位。在众位祭司陪同下，努马·庞皮利乌斯登上了卡皮托尔山，待到正午时刻，他用手中的权杖在空中比画着指示方向，从东到西，从北到南，严格地按照风俗习惯请示神的旨意，百姓们站立在山脚下静静地等候着，直到国王向众人宣布，三大星辰，即朱庇特、玛尔斯和库依律奴斯均表善意，百姓们才欢声雷动，歌舞庆祝新国王的上台。

努马·庞皮利乌斯从上台开始就不是很顺利，他遇到了众神对新国王的智慧和勇气考验性的巨大灾难。天气突然变恶，暴雨成灾，百姓们十分恐慌。天空电闪雷鸣，巨大的响声犹如千军万马在战场厮杀般，煞是惊人，瞬间闪电如同火蛇一般划破苍穹，终落入居民的住房和拉丁姆大地，真是前所未有的灾难。人们为防止雷电灾害，采用了先祖们用人血祭献朱庇特的疯狂的祭祀活动，霎时间祭坛前出现了人血横流、惨不忍睹的画面。

努马·庞皮利乌斯欲上前阻止这种残酷的风俗。可是有人拦住了他，并挑战说："难道你知道有比这更能够取悦神的办法吗？难道你有其他办法阻止天火的灾难和破坏吗？"面对提问，努马·庞皮利乌斯因对此一无所知，无从回答，只得沉默不语，低下了头。他爱民如子，心中不免为他的臣民们而深感悲哀。

但是身边能够给他出主意的也只有山涧女神埃格里亚了。国王与女神私通幽会，并结成夫妻的事情一时在国内盛传，不过盛传的全是真的。有一回，国王努马·庞皮利乌斯信步走到萨宾山茂密树林间一条山涧旁，在这里，他认识了山涧女神埃格里亚，当时女神犹如一道银白色的清雾从溪水里悠悠升起。溪水是从一座山洞里流淌出来的。努马·庞皮利乌斯跟仙女在这座山洞里结为了夫妻。仙凡两人新婚燕尔如胶似漆，在洞中不知度过了多少幸福的时辰。努马·庞皮利乌斯从仙女妻子那儿获得了许多天神的智慧。后来，人们才知道原来他的妻子就是掌管着文诗的卡利俄珀。但自从他被选为国王以后，仙女埃格里亚就再也没有露过面。他是多么希望自己的妻子能够出现，帮他想想办法呀，但不管努马·庞皮利乌斯如何呼唤妻子埃格里亚都是徒劳的。

一天深夜，所有的忧愁让他无法入睡，于是，他起来穿过城门离开罗马城区，走着走着便来到了阿文丁山一片神圣的橡树林里，在幻境般的朦胧夜雾中徘徊踟蹰，陷入了深深的沉思。他已经意识到人人维护自己最高尊严的时代来临了。对生活无可争议的要求如同市民们要求土地和房屋一样合理；而像百姓迫切要求土地一样，要取消用活人祭祀的方法也势在必行。努马·庞皮利乌斯认为人们只有耕种土地才能得到好的收成。正如人们不能被动地接受陌生的生活一样，民众的财富也不该被国家剥夺！想到这里，他不由得羞愧起来。是啊，在埃涅阿斯的黑铁时代里，虽充满着战火但一切生活都保持着井然有序。可是，古老的农神萨图恩不是已经死了吗，他的黄金时代不是也随之消失了吗？在希腊，人们也已经把畜牧和森林之神潘送进坟墓了，难道是又一个新的时代在孕育，正从昏暗中走上了历史舞台？努马·庞皮利乌斯思来想去，对这个谜团终不得解。

这时候，一阵悠扬的竖琴声传来，如神乐般娓娓动听，在悠扬悦耳的声响下流淌着一条山溪，溪面上有一团团如珍珠一般的泡沫，突然从泡沫里升腾起一团白影。瞬间埃格里亚已出现在努马·庞皮利乌斯跟前，那是一位身穿白色衣服的可爱的女子。国王惊讶得欢叫一声，伸出双臂一把揽过心爱的妻子。后来，他又抱着自己妻子把她放到一块大石头上，石头上长满了苔藓，他们紧紧地挨着坐在一起，沉默着，暂时忘却了烦恼，只留下无限幸福。仙女终于开口了："我会继续住在你的附近，当你需要我时，你可以在圣林或是在狄安娜的圣地上找到我。有什么问题你尽管跟我说吧，我愿意帮助你。"

国王努马·庞皮利乌斯的心再次变得沉重起来："人们为了阻止天火的灾难，取悦于众神，在祭供的罐子里盛满了人血，这难道真的是诸神的意愿吗？"

仙女的脸色阴沉下来，她退避着回答说："朱庇特和战神玛尔斯都是十分可怕的。"

似乎埃格里亚的回答并没有使国王满意，国王紧接着问道："为了平息众神的怒气，我是应该为众神建立新的庙宇呢？还是应该以更加严厉残酷的方式为众神服务呢？"

仙女教育他说："朱庇特是不会自动放弃享受人血的祭祀的，你要想把这个残酷的风俗取消，现在只有一个办法，那就是让朱庇特来凡间，变作成凡人模样，然后你再设计回绝他的所有要求，只有这样祭坛前才不会人血横流，你才可以保护你的臣民。"

听完埃格里亚的话，国王绝望地大声呼喊着说："我只是一个凡人，我怎么有能力把朱庇特呼唤到眼前来？"

埃格里亚又随之回答道："你且听我说完，在世界上有一种魔咒甚至连天公朱庇特也无法摆脱，不过只有勇敢的猎人皮库斯和他的儿子法乌诺斯两个人通晓这种魔咒。他们喜欢酒，你可以趁他们喝醉时，让六名童男张开一架铁网，把他们的身体罩住，这样他们无法逃脱，自然而然就会把制约朱庇特的秘密告诉你的。"

努马·庞皮利乌斯用手捂住双眼，他想重新思考一番这些话。突然，他感到有一股晶莹的清水缓缓地流过他穿着凉鞋的脚面。当他抬起头来时，却发现妻子埃格里亚早已不见了，虽然妻子悄无声息地离开了，但他还是能够感到妻子像泉水一样可爱地围绕着自己从未离开，就这样国王满怀幸福地回到自己的宫殿。

第二天深夜，国王听从了妻子的主意，又来到橡树林里，并带来了六个可爱的洁净男孩，男孩们端着一罐酒和一张细铁丝织成的大网站立一旁。然后他们把酒罐放在溪水边，国王和他的随从都隐藏在附近的山洞里，伺机逮捕猎人皮库斯和他的儿子法乌诺斯。

果然，太阳升起后不久，皮库斯高高兴兴地走了过来，肩上挂着硬弓，他的儿子法乌诺斯一瘸一拐地在后面跟着。法乌诺斯浑身长着山羊毛并赤着一双羊蹄似的脚。当他看到前面有一只双耳陶罐时，便把自己鼻子伸进罐子里去闻了闻，哈哈大笑起来，"嗬，父亲快来看，上天给我们送来了好酒。"他贪婪地喝了一口葡萄酒，一股甜意瞬间流经全身。现在，他的父亲皮库斯也来尝了尝。可皮库斯尝得连酒罐都不愿放下，法乌诺斯摇摇晃晃着朝皮库斯走了过来，喃喃地说："喂，皮库斯，我的父亲，你这只林间老啄木鸟，别喝得太多了！给我留一些。"皮库斯咆哮着挡住他说："哦，你说你们这些年轻人现在是越发不懂礼貌了。自从我父亲萨图恩的王位被朱庇特抢走后，傲慢和罪孽就乘虚来到了人间。天哪，黄金时代弹指之间竟一去不复返了！"

两个人争执得不可开交之际,突然,他们被一张自天而降的大网罩住了。法乌诺斯急忙手拽脚蹬地撕扯着,可是不管怎么弄始终也无法挣脱,直气得法乌诺斯破口大骂:

"哦,上帝呀,快用你纯洁的手,把这个鬼东西拿开吧,我们已无法挣脱,它是一张结实的织物,它的力量却远远超过了森林之神。"

于是,努马·庞皮利乌斯如妻子所言很容易就迫使皮库斯和他的儿子法乌诺斯两人说出了如何把朱庇特召唤到眼前的魔咒。紧接着,国王就命人在阿文丁山峰上堆起了树枝和树根,使用的树枝和树根全都是由皮库斯和法乌诺斯亲自指定的。国王亲自点燃了祭供的神火,然后他按指定的内容念了一通咒语。刹那间,浓烟滚滚直冲天空。朱庇特驾着云雾来到人间。国王在妻子的指引下,终于把朱庇特召唤到了自己眼前,虽然朱庇特用一层薄雾遮住了脸,又用烟尘挡住了自己的眼神,但努马·庞皮利乌斯凭借着他那悦耳的讲话声中透出的不凡依然能够感知到站在他面前的就是神。

"我已经嗅到了我的朋友皮库斯和法乌诺斯为我祭供的香草味,"朱庇特接着说,"聪明的努马·庞皮利乌斯,你能够让那两个家伙为你服务。可见在你面前,他们是多么的愚蠢呀,现在请让我也看看你的智慧到底怎么样吧!"

国王立即问他:"那么请你告诉我,我要如何才能为被雷电击中的地方洗涤罪孽,以阻止天火的灾难呢?"

"这个很简单,只需要用一颗头就可以了!"朱庇特回答说。

聪明的国王立即附和:"好的,尊敬的父亲,我用一颗大蒜头。"

朱庇特生气地顿了一会儿,当然,他所指的是用人头。为了能够继续得到活人祭供,他立即又补充道:"还得有活人身体上的东西。"

努马·庞皮利乌斯沉着镇定地大声说:"遵命,伟大的父亲,那我用活人头上剪下的一缕头发。"

朱庇特愤怒地跺了跺脚说:"你必须增加一样活的东西!"

聪明的国王不假思索地立即回答道："是，我仁慈英明的父亲，我会从水桶里抓一条活鱼。"

朱庇特半天说不出话来，他终于明白了，面对应答如流的国王努马·庞皮利乌斯，他是对付不了，于是带着气愤消失了。从那天开始，国王终于实现了自己的愿望，改变了罗马人用活人祭祀的风俗习惯，人们不再用活人祭供而是改用大蒜、头发和一条活鱼来去除天火的灾害。

但是，取消祭供活人仅仅是一系列伟大事业的开始。一天，当国王努马·庞皮利乌斯信步走过集市广场的时候，正好碰到祭司们抬着一顶轿子，轿子里面坐着一个维斯太侍女，她的手脚被捆绑着。按照罗马的惯例，凡是碰上这支队伍的人都必须跟在轿后，连国王努马·庞皮利乌斯也不例外。可怜的维斯太侍女因违反了处女贞洁的誓言而被判处残酷的死刑。行刑队伍一直走到城门外的处决地，在那里已经挖好了一个大土坑。人们把轿子放下后，又把侍女被捆绑的手脚解开。祭司呵斥着命令侍女顺着梯子爬下坑去。坑里摆着一张床、一只油罐和一杯牛奶，其他的什么也没有了，这少许的生活用品已经算是对不幸女子的恩典了。接着，人们用一块大石头盖住了墓坑，让她慢慢地死亡。而被活埋在坑内的侍女竟然还得感谢祭司们，在她的头顶上盖着一块大石，让她免于听到上面人的啼哭悲号声，否则那些人也将会被祭司们用鞭子活活抽死。这是多么令人揪心的场面呀，竟被国王努马·庞皮利乌斯目睹了。

国王的心顿时揪扯着缩作一团，他很是同情被惩罚的女子，虽然他也感到圣灶女神的英名被维斯太侍女糟蹋了，她应该受到应有的惩罚。但是当他又想到这些维斯太侍女都是从孩子中精心挑选出来的，并且还要让她们必须终身放弃爱情的幸福，而这种命运都不是她们自愿选择的，国王心里一时变得不安起来。于是，努马·庞皮利乌斯开始了一系列的宗教改革，颁布了维斯太圣庙的祭祀新法则。首先，在贞洁年限上，他确定以三十岁作为界线。过了三十岁以后，侍女或女祭司们将获得自由，她们可以自由选择是继续留庙任职还是离庙嫁人为妻。维斯太侍女的最大任务就是保护维斯太女神庙内永不熄灭的圣火。在以前，如果维斯太侍女不小心把神庙内的圣火熄灭了，那么她必须为自己所犯的过失而领受死刑。这也是直到现在还在沿用的法律。现在，努马·庞皮利乌斯向众人宣布决定，对维斯太侍女所犯这一过失的处罚改为鞭刑。然后再使用两片果树枝摩擦起火，而熄灭的圣火就会再次被点燃。为了鼓励维斯太侍女能够顺利完成神圣的使命，国王还赋予她们极高的荣誉。对已被判处死刑的犯人来说，如果在行刑途中遇到一位维斯太侍女，那么犯人可以当即获得赦免。最后，国王又命人建造了一座华丽的圆形寺庙，用以祭供圣灶女神，就建在罗马的集市广场上。

不久，他又命人们为双面的始末神亚奴斯造了一座祭坛。随后，国王又颁布改革历法，他把始末神置于一年之中的第一个月并作为一年的开始，这项改革一直沿袭至今，从欧洲月份的名称中就能看出。努马·庞皮利乌斯还决定让亚奴斯庙的大门始终敞开着，以使和平不受阻拦地进入城内，只有战争出现才会被关闭。可是，事与愿违，事情并没有随他的意愿而发展。

在罗马的千年历史中，亚奴斯圣庙的大门在努马·庞皮利乌斯执政期间开启了四十六年，等到布匿战争结束以后又开启了六年，然后在耶稣诞生后又再次开启了两年……

国王努马·庞皮利乌斯在改革历法中触犯了战神玛尔斯，他觉得他的权利受到了威胁，从前都是由自己作为一年的开始的。而现在，他必须向讨厌的亚奴斯让步，因此他十分生气。这道法令意味着他作为重要的神之一也只能屈居于始末神之下了。更加让战神恼火的是，这种贬抑竟然是来自奉他为佑护神的罗马城，着实让人感到委屈。于是，他怒气冲天地大喊："忘恩负义的罗马，让一场瘟疫把你灭绝吧！"咒骂已毕，他勒紧缰绳停住战车，便把大捆大捆的毒箭朝罗马地面射去。

经过了神的怒火煽动，可怕的瘟疫果然在罗马大地上肆无忌惮地飞速蔓延开来。国王绝望地又来到阿文丁山的橡树圣林里，恳求他的妻子埃格里亚的帮助。

忽然树梢间雷声隆隆,从树冠上火球似的滚落下来一块圣牌,最后滚落到大惊失色的国王脚下。这时埃格里亚出现在努马·庞皮利乌斯身后,把一只手搁在了他的肩膀上,忠诚的仙女埃格里亚温柔地安慰他说:"亲爱的国王,你只要把这块圣牌交给维斯太神庙里的女祭司,战神玛尔斯的怒火就会自然消退的。当然,我建议你还是命人仿制十一块假的圣牌,要和这块真的圣牌一模一样,这样的话任何贼人都无法从十二块牌子中偷走真正的圣牌。因为如果这块圣牌不小心被贼人偷去,后果将不堪设想。"

在埃格里亚的帮助下,他在维斯太庙内举行了庄严的仪式,并张挂圣牌,从而消除了玛尔斯的怒气,驱除了灾祸。国王的威望再次高涨起来。工匠也因幸运地仿制了十一块圣牌而受到隆重的嘉奖。工匠走在萨律尔人庆祝战神队列的最前面。即使在他死后还形成了一条规矩,总是有一名铁匠在最前面率领着萨律尔人在三月初跳着欢快的舞蹈穿过罗马城,那位获得荣耀的工匠走在队列最前面并被萨律尔人用长矛不停地敲打着,围看的众人被他逗得哈哈大笑。工匠却反而嘲笑地看着一旁不说话的萨律尔人,嘲笑他们不知自己为了安全起见早已在护胸的铁甲下穿了双层的水牛皮衣。努马·庞皮利乌斯为了认真维持由他亲自颁布的宗教条律,又创建了自己的祭司团。日常的祭供都交由下级祭司操办,这些人叫"弗拉弥奈斯",称为小祭司,而获得祭司头衔"朋提弗克斯"的也只是祭司团的成员罢了,祭司团的首领是"朋提弗克斯·马克西幕斯",称作大祭司。

后来,国王努马·庞皮利乌斯又创立了一项新的制度,专门给用飞鸟占卜的人。这里的占卜尤其看重圣鸡的行为。最后,他把由自己颁布的一切宗教法令全让人书写成文,整理成册,交由祭祀团的大祭司保管。再后来,高卢人入侵,并在罗马放了一把大火,可惜这部法令,最终也难逃厄运。

完成这部法典以后,努马·庞皮利乌斯又着手准备实现思考已久的计划。国王命令王国把罗马全部的耕地都转化为私有财产,并把目前归农民耕作的公用土地在颁布法令时即宣布其归农民所有。于是,罗马开始到处埋起了界石。这笔私有财产必须随着家族遗传下去不得典押出去。为促使商业贸易和手工业的快速发展，国王还创建了十二家同业公会。努马·庞皮利乌斯当时根本没有想到，后来在不断的战争中人们又掠夺到了大量土地，那些土地后来变成了国家公有土地，都交由贵族管理，导致贵族和平民间为争夺这些土地而纷争四起。罗马的贵族执掌着国家的武器，最终使年轻的罗马共和国变得动荡不安。

贤明的国王虽然知道刚开始做一件事情并不容易，虽说把一切都已经安排妥当了，可是他隐隐觉得人类的自私犹如恶毒的精灵，又好似一只腐化堕落的魔手，时刻影响着新的生活方式，似乎也威胁着要将新生活彻底解体。最初，土地改革也只是一片狼藉，当时许多人都不满于被分到的土地，他们认为分配得不公平，反而羡慕那些受到器重的邻居。于是他们尝试着趁着黑夜移动那些被埋起的界石，由此邻里之间产生了许多的不快和争执。不仅如此，更有恶劣者：公有土地变成私有财产，人们若想耕种这新得的土地，得需要有新的农具、住房和佃佣；可是，农民们生活拮据，没有太多的钱，他们根本得不到这一切，他们原本想用收获的庄稼来支付费用，但土地又被规定不可典押。找商人和手工业主，他们也不愿解囊相助。而同业公会又担心受骗，二话不问，不管农民是出于恶意还是出于善意，他们都不愿意把钱提前一年借给他们。全国的贸易和交换顿时疲软下来。整个库茵律特人的城市上空可谓阴云笼罩，甚是可怕。昔日间欢乐劳作的街巷一下子变得寂静和荒凉起来，铁匠的铁锤不再叮当作响了，漆匠离开了漆铺，皮匠离开了皮铺，连吹笛子的都把乐器束之高阁了，金匠把刀具丢在角落里，陶匠把转盘扔开，鞋匠把锥子塞在楦套内，木匠在市场上懒散地站着等候雇佣，酒店老板在酒坛间躺着呼呼大睡，连同十二家同业公会也都跟着全部停业打烊，手工业停顿，农民也逃荒走了。

身陷绝境的国王努马·庞皮利乌斯无奈只好又求助于妻子埃格里亚。仙女睁大了双眼，奇怪地问："尊敬的国王，你是否已忘了在凡人的性格中最强烈的就是自私。"国王急忙辩解说："哦，不会的，我的臣民们一直都是忠诚而善良的。"聪明的妻子回答说："我不清楚自私到底是好还是坏，现在谁又能告诉我，双面头始末神亚奴斯到底是好是坏呢？是他把自私自利带到世间的，因为任何开始都充满着获利的希望，或者钱财，或者智慧，不一而足。因此，请听听我给你的劝告：首先，你要宣布借贷人立下的诺言是神圣的，不得违背。其次，命人在带翅膀的墨丘利的神庙旁给接受借贷宣誓的女神费特斯建立一座寺庙，以供人们祭祀。如果借贷人拒绝还款，则必须把他从自由人的行列开除。另外，不要忘了宣布界石也是神圣的，不可侵犯。并且还要在忠诚女神费特斯的祭坛旁给萨宾神泰尔米奴斯也建立一座寺庙。如果有谁胆敢破坏了邻家的界石，则应立刻被判处死刑。"仙女做了一番告诫后，国王全部照办。罗马城也慢慢地复苏了，直到今天忠诚女神费特斯和边界神泰尔米奴斯还受到商人和农民的尊敬和祭祀。

后来，随着生命的渐渐老去，努马·庞皮利乌斯已到垂暮之年，最后无疾而终。他死后留给后人的是一片秩序井然的共同事业，人们决心继承他和洛摩罗斯的遗志。可是，自从国王去世之后，阿文丁山间橡树林里的源泉也从此干枯衰竭了，而从此之后仙女埃格里亚也再没有在凡人面前露过面。

第五章

「罗马国王」

图鲁斯发动战争

以前罗马城门前有一些没有主人的土地，等到国王努马·庞皮利乌斯执政时，这些无主的土地都被人们在测量耕地面积时囊括了进来。但是，在阿尔巴·隆伽王国的领域内，阿尔巴人就像高山上的雄鹰一般张开翅膀保护着自己的雏鹰。平原上的大片土地被这座山城牢牢地看护。库茵律特人不敢招惹这个强大的邻邦，所以在兼并土地时显得格外小心。两国一直处于相安无事的状态。但是，这种状态在图鲁斯·荷斯梯利乌斯被库律恩人选定为他们贤明圣哲的努马·庞皮利乌斯国王的接班人时，状态就完全地变样了。

图鲁斯·荷斯梯利乌斯是在萨宾战役中为国捐躯的荷斯特斯的孙子，他是个野心勃勃且极其残暴的人。统治一个国家的权力已经满足不了他了，他想统治世界，而这一切又必须诉诸武力，罗马人在图鲁斯君王的挑唆下蠢蠢欲动，开始向四周不断地扩张土地。他们甚至窜到阿尔巴纳的土地上，双方斗殴事件不断发生。于是拉丁姆努马·庞皮利乌斯时代的和平转瞬即逝，拉丁姆陷入动乱之中，导致边境两边的人们下田耕种的时候，都要时刻保持清醒佩带刀剑。双方民众摩擦不断，流血事件不止。

有一天，图鲁斯·荷斯梯利乌斯给元老院递交申请，写道："现在已经到了关闭亚奴斯庙大门的时候了。"元老们担心卷入冒险和冲突而蒙受损失，十分迟疑，并警告国王不得任意妄为。

国王图鲁斯·荷斯梯利乌斯一边向元老们解释说:"战争已经不可避免了。"另一边为了安稳民心,他又补充道:"我希望进行一场正义的战役。为了弥补边境上人民的损失,我打算派使团到阿尔巴去,要求对方进行赔偿。一旦我们的要求遭到拒绝,就用刀剑,用战争解决冲突。自然,阿尔巴纳人一定会给我们派去谈判的人一番侮辱,这都是毫无疑问的。"

所有的事情都按国王的命令进行着。但是国王图鲁斯·荷斯梯利乌斯的如意算盘打错了,还没等罗马的使者离开城市,阿尔巴纳人的使团就已经抵达罗马了。图鲁斯大发雷霆:如此看来,阿尔巴纳人也不想成为发动战争的罪魁祸首,抢在罗马人的前面,而罗马人就必须承受拒绝赔偿的责任,成了阴险而又狡猾的发动战争的罪魁祸首!图鲁斯稍稍平静了下,心想要用计策来战胜山地国家搞的阴谋诡计。他满脸含笑,假装慈善热情地招待阿尔巴纳人。阿尔巴纳人刚要开口陈述他们的愿望时,图鲁斯立刻举起双手,打岔道:"尊贵的使者,请不要着急,现在谈正经事还太早,你们都是远道而来的客人,理应受到隆重的欢迎。我们庆祝一番再进行会谈,请示诸神的旨意。来吧,赛马场已经备下,你们一定会有兴趣……"

招待客人的盛宴接连不断,十分丰盛,各种赛马、赛车、祭拜活动更是持续了好几天,阿尔巴纳人一直没有机会陈述他们的愿望。有一天,图鲁斯·荷斯梯利乌斯终于盼来了等待已久的消息,使者在阿尔巴要求赔偿时遭到了粗鲁的拒绝,阿尔巴纳人不接纳任何要求赔偿的建议。阿尔巴纳人的使团在罗马顿时身价大跌,不再受到友好的对待。罗马国王马上召见阿尔巴使者,疾言厉色地呵斥道:"你们在我这里就像尊贵的客人一样受到了隆重的欢迎,而我们的使者在你们的家乡却被肆意地侮辱,阿尔巴纳人毫无忠诚可言。我在这里正式通知你们,再过几个时辰,我的传令官将把他们的投枪扔到阿尔巴地面上去!"

"我向你们宣布,我将亲自指挥这场正义的战争!"

"你们赶紧回去吧!"

使者们大惊失色。罗马国王最后跟他们的交谈就是开战的原始形式，就像祭祀的传令官和民众法的保护者在面对对手时习惯说的话。

图鲁斯·荷斯梯利乌斯声明中的破绽立刻被山城来的使者看破了。他们的领队答道："国王，你的战争也许是正义的，可是，你开始战争的方式却是不正当的。赔偿要求遭到拒绝后必须保留三十天的期限，之后才能开战，这是意大利的习俗。"说完，他们便离开了。山城使者的一番话让罗马国王陷于失望的窘境。图鲁斯·荷斯梯利乌斯妄图抓住这次滥用武力的机会，不使已经到手的战争时机落空。但是，他的确轻视了意大利的风俗习惯。战争好像按他的计划来临了，情势十分紧迫。可是，他也必须考虑到民众对习俗的遵照依从，于是决定三十天内不开战。敌人接连不断地推进到图鲁斯·荷斯梯利乌斯统治的地区，他恨得咬牙切齿。预期的对台伯河发起的进攻还没有开始。阿尔巴纳人的国王看到对方的城市四面环山，城墙很厚实，防守极为牢固，不敢轻率地进攻，于是在离库依律奴斯城不远处安营扎寨。

终于到了发动战争的时刻了。图鲁斯·荷斯梯利乌斯率领士兵浩浩荡荡越过边境，绕过了阿尔巴纳人营建的土城。阿尔巴纳人被迫拔营起寨，迎战罗马人。两支部队在山脚下遭遇，双方列成备战阵式。一场恶战即将展开。

就在这个时候，意外出现了，双方的战斗热情骤减。阿尔巴纳人的国王在军队行进的途中不幸去世，勇猛的将领墨陀斯·富弗梯乌斯被他们临时任命为征讨总指挥。另外，图鲁斯·荷斯梯利乌斯获得消息称，台伯河对岸的伊特卢利阿人不愿坐视罗马人强大而无动于衷，他们不愿意看到图鲁斯在阿尔巴·隆伽获得胜利，正在集结队伍。罗马部队的战斗力日益削弱。罗马国王无可奈何，犹豫不决，不敢草率地发出进行攻击的命令。他的犹豫不决自然不能被部队的士兵们所理解。士兵们渴望上阵厮杀、战斗。号手们抓起军号准备吹响嘹亮的作战乐章，增强兵士们的信心和勇气。步兵的前沿方阵和侧翼的百人骑队焦急地等待着战斗的指令："雄鹰，飞翔吧，吹奏战斗的号角。"到那时候，信号就会从城墙后面升起，步兵中队将会并肩前进，发起冲锋，战斗呐喊，尸横遍野……谁知道国王仍然一言不发，泰然自若。

这究竟是怎么回事呢？一位全副武装的人物从阿尔巴纳人的队伍中走出来，健步如飞地走向罗马人。他的头盔上随风飘扬着艳丽的羽毛锦饰，镀金的胸甲在阳光的照耀下像是在发出光芒一样。毋庸置疑，这就是敌军首领墨陀斯·富弗梯乌斯。他正亲临前线，一步步逼近罗马军队。

他以骑士的风度向对方问候道："国王图鲁斯·荷斯梯利乌斯，你应当了解，正是因为边境两方的人相互抢夺才导致的这场战争。两边的纷争就应该通过少流血的方法去解决，而不是通过滥杀无辜的战争去解决。罗马人和阿尔巴纳人是两个至亲的民族。玛尔斯的两个儿子为了建立罗马城，才从阿尔巴·隆伽前往台伯河——这些你难道都忘掉了吗？所以，我希望我们亲戚间的这场争端不要导致太多的流血牺牲，因为伊特卢利阿人正等着减弱罗马的力量。我们可以从刀剑手中选择几位英雄，让他们去厮杀抉择，到底是应该让罗马统治阿尔巴，还是由阿尔巴统治罗马！"

图鲁斯·荷斯梯利乌斯思考了一阵子，回答道："那就按照你说的办法办，为了民族的胜利或失败，就让三个罗马人和三个阿尔巴纳人一决高下！"

命运的安排总是极具戏剧化，当时在阿尔巴和罗马都有一家三胞胎。更奇异的是他们诞生于同一天。山城的三胞胎姓库里阿梯尔，台伯河畔的三胞胎姓贺雷梯尔。他们是被命运选中的。六位男儿大喜，他们满怀自豪之情，各自从队列中跨出，向他们的首领走去，随后又走回来面对面一字排开。库里阿梯尔兄弟中有一人非常悲伤，自己未婚妻的兄弟就在对方的阵营里。贺雷梯族的一个漂亮姑娘跟他订了婚。不过，现在他的心底丝毫兴奋不起来，双方刀剑的锋利程度决定了祖国的命运。

战争的传令官把他们的长矛象征性地扔出来，就标志着两国民众的战争由贺雷梯尔对库里阿梯尔的战斗来代替。接着，六把利剑从六把剑鞘中抽了出来，锋

第五章　罗马国王

芒毕露。一场激战在即。四周一片静悄悄的，人们只能听到兵器撞击时的声音。忽然，成千上万个声音从部队中喊出来。贺雷梯尔兄弟中有一人走路歪歪斜斜的，步履蹒跚。他的对手上前一步，一剑挥出。好险！只见他的头盔被削掉在地上，一道致命的伤痕留在了他光溜溜的脑门上。两边的战况瞬间发生了变化。只剩下两位贺雷梯尔兄弟对抗三个阿尔巴纳人！双方都开始快速地进攻和抵挡。库茵律特人寄希望于用速度改变缺少一人的劣势，但是完全没有用。整个战场上笼罩着阿尔巴纳人如雷的欢呼声，因为这个时候第二个罗马人也被掀倒在地，倒地身亡。胜利差不多已经属于阿尔巴·隆伽人了。贺雷梯族兄弟中只剩下一个名叫普泼利乌斯的人，他非常镇静。他看出了力量比自己强三倍的对手也有致命的弱点，不断寻找转危为安的机会。他斗志昂扬，体力充沛。而库里阿梯尔三兄弟却遍体鳞伤。他们三个人也许还比他一个人强，可是论单打独斗，他们就远远不如普泼利乌斯了。

　　罗马人为了把敌人分开，就假装失败，慌张逃跑。计划果然成功，库里阿梯尔兄弟三人毫无目的地追逐，没有多久的时间就自乱阵脚，顾头不顾尾了。普泼利乌斯看得真真切切，他猛然转过头来，朝追在最前面的敌人猛扑上去。形势顿时逆转了。阿尔巴纳人高声呼喊，他们非常惊讶恐慌，十分害怕，拼命鼓舞跑得气喘如牛的第二位库里阿梯尔前来帮忙，可惜已经晚了。当他到达罗马人身旁时，他的兄弟已经倒毙在地。贺雷梯尔又快速地杀掉了这个敌人，摆好架势来迎接阿尔巴纳三胞胎的最后一人。这三胞胎中的最后一人一瘸一拐地跑了上来，罗马人仅仅向前狠狠一刺便得手了，这也是因为他的敌人早已精疲力尽，经不起一击了。不过，这位罗马英雄因为对手是他妹妹的未婚夫而心情非常沉重，他原本是希望这位妹夫能有一个更圆满、更幸福的结局。但是，他已经顾不上悲天悯人了。是祖国，而不是他，向对方刺出了这致命的一剑。是万年常青的罗马，而不是他，把利剑刺向了不幸少年的胸口。自命不凡的阿尔巴·隆伽在他们英雄咽气的喘息声中丧失了自己的灵魂！

墨陀斯·富弗梯乌斯弯下腰，心中满是悲凉，他说："从今以后，拉丁联盟由罗马主宰。我的最后一项职责就是承认它的霸权。我立刻就解除自己的职务。"

由于取得了最终的胜利，图鲁斯·荷斯梯利乌斯也变得温和起来，他姿态慷慨地回答道："我不会过分为难你们阿尔巴纳人，不会让你们沦为罗马国的附属品，你们可以拥有自己的军队。我的命令是墨陀斯·富弗梯乌斯必须听从的。"全城的男女老少在部队进城时都出来列队欢迎。胜利而归的贺雷梯尔走在队伍的最前面，供奉洛摩罗斯的栎树干上挂着满是尘土的敌人的衣甲。贺雷梯尔庄重而又从容地移动脚步，一双眼睛沉浸在胜利喜悦之中，看着远方，似乎想在那里寻找佑护神玛尔斯的面孔。突然，一声令他惊悸的撕心裂肺的叫喊声传来。他转过头，看着发出哭喊的地方，看到自己的妹妹正披头散发，哭喊着哀悼死去的未婚夫。贺雷梯尔把象征胜利的标志扔在地上，疾言厉色地怒道："你是在哀悼未婚夫吗，埃伦特？"

姑娘哽咽着回答："我试着挺过来，哥哥，但是当我看到未婚夫的衣甲，看到我亲手缝制的短上衣上沾满了他的血迹，我就悲痛得无法活下去。"

就在这时，围观的人惊讶地看到，鲁莽的少年英雄从剑鞘中拔出利剑。可怕的事情终于发生了——哥哥一面亲手杀死了自己的妹妹，一面还高声喊道："同情敌人的罗马女人就是这样的死法！"

罗马的法律是伟大的，任何人都不能成为例外。民族英雄贺雷梯尔也必须因为违法而被送上法庭。国王犹豫不决，无法决定，就按照传统习俗把案子交给两人团办理。短暂的审理之后，一名法官站起来，宣布道："普泼利乌斯·贺雷梯乌斯因为杀害妹妹的犯罪行为，被判处绞刑。行刑手，快把犯人的双手捆绑起来，把他的脖子套上绳索。"

广场上人山人海。随着判决的下达，大家发出一阵惊呼。不过，还有一项法律手段可以供被判决的人采用，就是向元老院请求宽恕；或者直接请求市议会在事关国家命运的关键时刻提供帮助。果然，这一手段被犯人的父亲使用了。他以揪人心肺的语调对民众说："我的两个儿子为祖国牺牲了，自己的女儿在胜利者的盛怒下死去，我最后的孩子也要丧命给法律吗？像英雄普泼利乌斯·贺雷梯乌斯这样的人难道不能超越一切法律的条文吗？我把这个问题提出来，请库茵律特人公断。"

市民们的内心揪扯着。英勇和为国立功是他们所崇尚的，但是，敬重功名的思想又跟深沉的正义感矛盾地交织在一起。"宽恕他吧，宽恕他吧！"一部分人要求着，发出强烈的呼声。另一部分人的呼声同样强烈，呼喊道："血债血偿！"一位年老的贵族提出一则愉快的建议，这时，威胁着民族心灵的不和睦终于停息下来。老人说："市民们，我们象征性地惩罚一下吧。普泼利乌斯·贺雷梯乌斯可以戴一顶枷锁，标志着绞刑架。触犯了法律，理应得到这样的惩罚。这番耻辱的举动不仅代表了法律面前人人平等的真理，任何功勋都不能例外。而且，贺雷梯族的战斗英雄也可以获得释放。"

大家的情绪都很激动和高昂，纷纷表示赞同，贺雷梯尔被救了。几百年以后的今天，人们在罗马还能经常看到这种被称为"姐妹木杆"的刑具枷锁。

不过，胜利的欢乐并没有伴随罗马人太长的时间。骄傲的阿尔巴·隆伽受不了在拉丁姆土地上丧失特权的折磨，他们想尽种种办法试图恢复从前的霸权。

对阿尔巴·隆伽的霸权被罗马人取得以后，图斯克人的猜疑随着时间与日俱增。在周围伊特卢利阿人的城市里，许多使节被君王墨陀斯·富弗梯乌斯派出，希望争取他们的力量，共同抗击库茵律特人。墨陀斯·富弗梯乌斯建议说，他会假装上阵，来完成联盟义务，与国王图鲁斯·荷斯梯利乌斯共同战斗。等到关键时刻他就会投向对面的敌人，退出罗马人的战斗阵营。维几和费特纳两个城市首先响应了君王的意见。这两个城市对当年败给洛摩罗斯的惨状还耿耿于怀。

刚开始的一切都按计划进行着。国王图鲁斯·荷斯梯利乌斯在听到敌军进犯的消息时，就要求阿尔巴·隆伽履行联盟义务。从罗马去往费特纳的半路上，双方军队遭遇了，一场决战不可避免。库茵律特阵营的右翼由墨陀斯·富弗梯乌斯率领阿尔巴纳人担任。费特纳人在他的对面。一声军号吹响，战斗的序幕就此揭开。君王装模作样地展开攻击,但是,那是为了接近敌人,最终与敌人合并起来,掉转武器向自己原来所属的阵营进行攻击。

图鲁斯熟谙战事,并及时识破了那场密谋的游戏。他猛地冲到两军阵前,用连对面敌人也听到的叫喊声大声喊道:"你们看看,墨陀斯·富弗梯乌斯真神勇,真了不起。等会儿,我们对面的敌人就会看到,他们原来中了计,上了当!"果然不出所料,维几人和费特纳人把图鲁斯的话当真了,他们认为上了墨陀斯·富弗梯乌斯的当,于是争相逃跑。阿尔巴纳人奋起直追,以此掩盖自己的背叛行径。

图鲁斯在战斗结束之后,装作没有发现任何蛛丝马迹。他向墨陀斯·富弗梯乌斯道贺,表扬他对联盟的忠诚,阿尔巴纳人受邀在第二天赴宴,与图鲁斯共同庆贺战争胜利。君王和他的将士不疑有他,他们直接赶来参加宴会,连武器也没有佩带。罗马士兵等他们到达的那一刻,突然把他们团团围住。罗马士兵当场抓住墨陀斯·富弗梯乌斯,并将他判处了死刑,就地正法。叛徒被两匹马拖住,马屁股被狠命地抽了一鞭,就各自沿着不同的方向狂奔而去,君王被撕扯得粉碎。这类罪犯按照当时法律,是被判处那种死刑的。剩下的阿尔巴纳人必须带着全家人一同搬到罗马居住。建在山崖上的这座城市被图鲁斯·荷斯梯利乌斯下令毁灭了,连一砖一瓦都没留下,从前骄傲的阿尔巴·隆伽城,直到今天也没有人知道位于哪里。母亲手中掌握的拉丁地区的联盟霸权落到了儿子手上,也从阿尔巴·隆伽转到了罗马城。

图鲁斯·荷斯梯利乌斯的欲望通过战争得到了满足。现在,他满心欢喜地盼望着能成为世界的主宰,盼望着能像以前的国王努马·庞皮利乌斯一样,将众神之父朱庇特召唤到自己面前,但是没人能够告诉他准确的咒语。他不停地尝试,直到天神厌倦了他的打扰,愤怒地把一道闪电扔了下来,把罗马第三代君主——国王图鲁斯·荷斯梯利乌斯——当场劈死在自己的宫殿之中。

从此以后,人类就丧失了任何跟诸神进行交流的力量。时间就像是一条永恒的河流。旧的力量消失了,新的力量又在滋长,生生世世,无限循环……

卢茨乌斯·塔尔库依尼乌斯

乡村气息是当时罗马社会的特点，社会生活方面还保留着拉丁地区农民的风俗习惯。在战争和战后阶段的家园建设上，新搬迁进来的居民鲜少保留原来美好的生活艺术。他们的主要特点就是俭朴。四座山坡上，山谷间沼泽地的水洼旁，都是他们建造房屋的地方。另一个王国就在距离罗马的不远处，那里不仅有着梦幻般的生活，还流行着多而杂、残忍而冷酷的风俗习惯。伊特卢利阿人建造的宫殿、庙宇和墓碑都与现在的意大利非常相似。他们制作的花瓶、雕像、乐器和武器等艺术品，与罗马的艺术品不相上下。洛摩罗斯城市的崛起，让这个由十二个氏族组成的松散联盟的伊特卢利阿人十分猜疑。他们可能对罗马还有点儿忌妒，因为他们缺乏诸如组成国家的力量，经历和讲述作为人类生活最高形式的历史的才能等那些罗马已经具备的东西。

有这么一个人，在为人的诚实和温良方面，超过了才上台执政没几年的第四任国王安库斯·玛尔策乌斯。而安库斯·玛尔策乌斯是努马·庞皮利乌斯的孙子。那个人在翻过了亚尼库罗姆山坡，越过了湍急的台伯河，头一次看到了库茵律特人的城墙的时候，心中升起一股疑团，罗马共同体接纳了伊特卢利阿人，难道是天意吗？他是在伊特卢利阿生下的半个希腊人，给自己起名字叫作"塔尔库依尼的卢库摩"，这正是他自己的家乡城市的名字。卢库摩的妻子站在他身旁，鞋子上沾满了旅途的灰尘,她名叫塔娜库伊尔,美丽又有志向,出生自最古老的伊特卢利阿族。由于没有外国人保护法,她在跟外来人的儿子结婚以后深受欺凌、侮辱。终于有一天,她对丈夫埋怨说:"这个国家风俗败坏,我已经不能在这里生活了。他们竟然用活人祭神,就连击剑游戏时也非常残忍。他们破坏了祖先遗留下来的优良传统。来吧,我的丈夫,我们一起去罗马。听说那里颁布了新法令,当地人和外来人之间的区别将被取消。那里所有的一切都井井有条,你的才华和本领会受到重视。那里庙宇不多,你可以给罗马人建造新的庙宇。他们不会造船,甚至不懂得驾驶。你可以给他们建造港口,在海里造土坝和水塘,传授给他们制造三桨船的技术,教他们根据太阳和星星的方位穿越大海的狂涛骇浪。他们是体魄健壮、勤劳工作的农民,这个民族充满希望。你是灵活、聪明、勇敢的希腊人。你的幸福将会在台伯河旁寻找到。"

过了不久,两夫妻离开了家乡。他们跋山涉水,来到位于台伯河另一侧的亚尼库罗姆山坡。这个小山坡曾经被洛摩罗斯占领,并把它建成了"桥头堡"。

卢库摩和塔娜库伊尔一声不吭地看着河对岸的城市,他们不知道这个地方将给自己带来的是幸福还是不幸。就在这个时候,在湛蓝的天空上,在意大利的朝霞之中,一只雄鹰飞了过来。漂亮而又博学多才的妻子说:"老天把高傲的使者给我们送来,慰问我们。"但是,正当卢库摩展露出不相信的微笑时,雄鹰却直冲下来,把他头上的帽子抓起,把它送往他们刚才来的地方。这种举动就像是暗示了一种习俗,光着脑袋的通常都是罗马人,希腊人的习惯才是旅行时戴上帽子。

瞧到这种景象的塔娜库伊尔情不自禁地欢呼起来:"我的丈夫,恭喜你。人们让你光着脑袋走向未来呢!走,我们过河去!"

卢库摩对古老的传统抱着怀疑而又嘲笑的态度,他巧妙风趣地笑着说:"当然,我想,这可能也暗示着人们可以说我今后必须看见人就要摘下帽子,也可以说我将会遭到杀头之祸,从今以后再也用不到帽子了。"

妻子塔娜库伊尔毕竟不能洞察一切奥妙。雄鹰最后举动的真谛,无论翻动哪一本测试未来的神秘书籍,都是难以预测的。于是,妻子往前走了一步,说:"我只能看到我们现在的好处,不要再迟疑了。但是,我想提醒你一点:请按我说的做,把你的头发剪短,就按照罗马人的式样来,剃掉你上唇的胡须。还有,你的名字必须依照罗马人的语言习惯改掉。'卢库摩'这个名字太希腊化了。从这一刻起,你就叫卢茨乌斯,卢茨乌斯·塔尔库依尼乌斯就是你的全名。"

聪明的妻子给的不是建议,而是命令。她终于如愿以偿。从现在起,渡河的就是"卢茨乌斯·塔尔库依尼乌斯",而不再是"塔尔库依尼的卢库摩"了。卢茨乌斯到河中间前后左右一看,不禁笑道:"罗马怎么连一座桥都没有。"他又望了望四座山坡上的城市,说:"我会建造起来的。"卢茨乌斯和塔娜库伊尔都很兴奋,满怀着建功立业的希望。

罗马会提供非常多的发展机会给有进取心的、勤奋的外来人,这也是夫妻两人相信的。事情的确是这样的。通过变卖土地和妻子的细软,卢茨乌斯·塔尔库依尼乌斯得到一大笔钱。有了这笔钱,他到了台伯河边的城市就能体面地生活与经营。很快,国王安库斯·玛尔策乌斯就听说了这个半希腊半伊特卢利阿人的事迹。在这位新来居民的努力下,罗马农民开始了熟悉海洋的最早尝试,虽然人们还没有明确地表明,但是大多数人已经是这么认为的,因为在第四任国王执政期间,人们就把台伯河入海口的渔村俄斯蒂亚改建成了罗马港。从选择在淤塞严重的台伯河改建港口以来,清除淤泥就是一项非常艰难的劳动。最开始,劳动进展缓慢,但是也没有更好的办法。在意大利的这块土地上建立了罗马城,这也是没办法的事。离城门不远的地方高高地堆积着可怕的泥土。沼泽分布在住宅四周的坡地上,沿途都被住宅区所阻隔,塔尔库依尼乌斯仔细地察看了这些沼泽之后,心里顿时有了主意,让从山坡上流下来的水改道是当务之急,除此之外,低洼地区的积水也应该想方设法地处理掉。

这个工程十分浩大,它不但需要工程技术上的高度努力,而且还需要国家财政的高度配合。但是国王安库斯·玛尔策乌斯的注意力被新的战争分散了,水利计划不得不暂时搁置。又是一回跟费特纳人的边界纠纷，双方用战争、用暴力来解决冲突。在与阿尼奥河中游居住的萨宾人的对抗中，国王赢得了战争。最后，佛尔西安人强盗般地抢劫掠夺也被国王打退了。罗马城南是佛尔西安人的聚集区，佛尔西安人耕种田地，生活富足。此外，他们的首都安提乌姆位于海边，当时世界上所有的贸易城市与他们都有联系。他们的生活远远比那些靠农业为生的库茵律特人强上百倍。罗马的力量还不能够做出决战。值得庆幸的是，他们决定结束所有战争，重新开始推行和平的新工程，得到喘息的机会。这是个明智的选择。

第一座跨越台伯河的桥梁是在安库斯·玛尔策乌斯执政期间开始兴建的。这座桥梁建在从前撑木筏的地方。在春季和秋季洪水泛滥的时候，人们用绳索拉着木筏渡河。此外，把阿文丁山并入市区也成为国王安排的最重要的事件。按照传统的做法，大量战俘很快地就转变为了平民，开辟建房用地因为他们的加入顿时变得紧迫起来。高大的、令人敬畏的栎树突然倒下，风吹动栎树叶沙沙作响，好像在述说着关于古老创建时代的传说。大树被阿文丁山上的移民们用来建造住宅。法乌诺斯和皮库斯把王位让给了第五座山坡上的民宅守护神。

遵照库茵律特人的传统精神，在国王安库斯·玛尔策乌斯死后，他的两个儿子都有继承王位的权利。慷慨大方和具有雄才大略的塔尔库依尼乌斯更能够被无权无势的平民所接受，将其视为君王。这中间的交流与沟通十分困难。多年的战争削弱了贵族阶级的力量，他们耗费了巨额钱款去补偿死者。贵族们觉得要想继续进行统治，就不得不考虑日益增多的平民，否则，他们统治国家的日子也是不会长久的，况且钱财、田地这些东西许多平民也已经有了。罗马元老见风使舵，让聪慧的塔娜库伊尔给丈夫创造出言辞恳切地跟选举国王的成员谈话的机会，去引诱安库斯·玛尔策乌斯的儿子外出围猎。

当国王的两个儿子高兴地打猎归来，走进城市，却发现他们已经什么都没有了。他们只能顺从地拜倒在新君王面前，听从新君王的号令。君王省略了自己的名字，直接称为塔尔库依尼乌斯。"普列斯库斯"这个名字是后世的史学家们给他添加的，意思就是"一世"，与罗马的最后一个国王，他的不肖后世子孙"傲王塔尔库依尼乌斯"区别开来。

塔尔库依尼乌斯预感到一个新的时代即将到来。他通达事理，思想不守旧，国家事务中的贵族特权是他要努力抵制的。但是变革也不能彻底地进行。这里有一个磨刀石断裂的神奇传说，体现了当时留恋旧制度和要求解体旧制度的新旧力量之间激烈的斗争。塔尔库依尼乌斯想组建一支新的百人骑兵队，这些士兵都是从平民行列里挑选组成的。它的成员不属于元老院，但是能够享受与元老院同等的权力。这么一来，一大批平民能够享受充分的居民权。罗马祭司团在计划公布的时候，又激烈地坚持传统固执的精神。最有名的占卜师认为在没有预先探察鸟儿的飞向后就如此大地改变洛摩罗斯的法律是绝对不行的。国王嘲讽地回答他，询问天意、解释神谕的结果不正符合那些留恋旧制度、思想顽固陈旧的人的愿望吗。他补充道："比起鸟儿的预见，我更愿意接受教诲。如果鸟儿真能预见，那么就请告诉我，我现在心里想的某件事，能不能实现。"

按常理来说，占卜师觉得国王的这一要求可能无法实现，甚至整个古老的法律体系都将遭到怀疑，居民的房屋已经遍布阿文丁山。国王聚精会神，最后一次踏上这座山，希望召唤出诸神给予指示。这个时候，很多的鸟环绕山头飞行起来，占卜师马上就领悟到，国王的计划其实是行得通的。

听到占卜师的讲话后，塔尔库依尼乌斯大笑起来，他先是从自己衣服的褶皱中拿出一块大磨刀石，随后又取来一把薄薄的小刀，嘲讽地说："用这把小刀把磨刀石劈开，这就是我心里现在想的事情。"占卜师一言不发，拿起小刀，压在石头上。快看——石头就像是用蜡做成的一样，割裂成了两块。

"直到今天古老的天神还存在着。"国王大惊失色，叫喊着，让平民成为骑士的打算落空了。洛摩罗斯的法律又存续了一段时间。

但是，时局变化迅速，动向也是难以预料的，必须要找到切实有效的方法，去消灭不断出现的新的战争威胁，日益亏损的兵力也需要去补充。先富裕起来的平民被塔尔库依尼乌斯果断地封为贵族，这使得贵族的数目呈双倍扩大的态势。过了不久又爆发了与萨宾人的战争，形势非常紧迫，一刻也不允许拖延。萨宾人突然从各自居住的山上打到了罗马的城墙脚下，塔尔库依尼乌斯在罗马城脚下才将他们拦下来。国王经过激烈的战斗之后终于打败了神奇的萨菩斯的几个英勇的儿子，他们被国王赶到了位于罗马上方的阿尼奥河畔。阿尼奥河最终流入台伯河。萨宾人在逃跑的过程中，全部停在了阿尼奥河，山间河流湍急，为了提供武器、食物、饲料和燃料等的，他们搭建了一座浮桥。这种举动威胁到了罗马军队。国王登上山坡，查看地形，心中顿生一计。他打算派遣一队精挑细选的军士埋伏在河流上游的树林里，点燃树木，向急流中投掷这些点燃的树木，树木顺流而下，把浮桥烧毁，从而切断敌人的退路。

果然，这个计策成功了。堆在一起的木材火势十分凶猛，直直地朝着浮桥冲去。没过多久，桥面就被迅猛的火势笼罩住了。浮桥变成了火桥。萨宾人十分慌张，大惊失色。他们十分惊慌，纷纷跳入被大火映照得如魔窟一样的河里，只有少数人游到了对岸，活了下来，大部分人溺水而亡。萨宾人与罗马人最大的不同就是，游泳是罗马人的必备技能，因为罗马人说的"他不识字，不会游泳"就像后来人们常说的"他不识字，不会读书"是一个道理——而大部分的萨宾人都不会游泳。

此外，在跟不少拉丁城镇的战争中，罗马人也取得了辉煌胜利。那些地方的人不愿听从命令，大多数的人也不愿意罗马作为拉丁联盟的盟主。

过了一段时间，库依律奴斯跟伊特卢利阿城市联盟之间第一次发生了冲突。这场战争整个过程已经没办法去调查清楚了。据说，十二个联盟城市都违抗了命令，全都英勇地派出兵士，但是在埃勒图姆这个地方吃了败仗。结果，图斯克人向罗马派出使臣，希望台伯河和亚平宁山脉间大帝国的总盟主能够被塔尔库依尼乌斯所担任。金冠、象牙宝座、君王节杖、一件金丝短袖束腰长袍和十二束棒斧被作为新的威仪的标志被献上。伴随着罗马的统治，这些非常珍贵的棒斧存在了几百年。它们象征着罗马的权力,由国王、最高行政长官甚至由皇帝的随从高高地举着。棒斧还被西罗马帝国最后一代君王的传令官高举着,希望上帝最强大的象征物——他的十字架能够被源于伊特卢利阿祭司的魔力驱使人类来寻找到。

通过战争,塔尔库依尼乌斯·普列斯库斯顺利地稳定了罗马的局势,他紧接着开始了能让他名垂史册的和平建设,这些和平事业比军事建设更重要。首先,就是要排干山坡间沼泽地的积水,这是他的前辈已经考虑到的。在塔尔库依尼乌斯那个时代,他简单地修筑了工程巨大的排水渠,所有从山上流下的洪水汇入排水渠,引入台伯河。这样的工程真像个奇迹一样。排水渠的主干道由人们在地下架设而成,由方石垒积起来的一人多高的拱顶构成,这被叫作"克洛阿卡·玛克西玛",被人们生生世世地赞扬着。直到今天,在这座数千年的古城中,它仍然是一处著名的名胜古迹。

国王在沼泽消失后新开辟的土地上着手大范围的建设。古罗马城堡的脚下出现了巨大的广场、众多庙宇及市政建筑。历经岁月的洗礼后,虽然只剩下破壁残垣,可这些实物却证明了罗马当年的光辉雄伟。圆形的赛马场在阿文丁山和策利乌斯山坡间造起,看台刚开始是木结构的,按照拉丁字"圆"被称作"竞技场"。被称为"大比赛"的体育运动,以及很多有名的罗马赛事,如赛车、拳击、击剑等,都在竞技场中进行。一些赛马被塔尔库依尼乌斯特地圈养起来。此外,一批来自伊特卢利阿的职业格斗手被他供养着。自从有一次格斗中一位选手不幸惨死之后,这一类在国王的家乡不足为奇的比赛就不允许举办了。高高的竞技场台阶上站着罗马人,他们将双手的大拇指朝下,全都希望获胜者杀死对手,尽管对手已被打倒在地。在之后的很长一段时间,这种可怕的景象依然存在着。

虽然国王被民众奉若神明,但国王自己却并没觉得多幸福。他曾经认为平民应该进入国家的政治生活,但没有得到实现,所以,他的内心非常痛苦。接着又发生了孩子冒火这件不同寻常的事情。国王塔尔库依尼乌斯·普列斯库斯宫中有个女仆生了一个名叫图利乌斯的儿子。伴随孩子低微的出身而来的是种种谣言。

有些人说女仆本身地位低下。还有一些人认为她跟孩子都是作为战俘来到罗马的,她的丈夫是拉丁城中一位特别无信无义的国王,最终被判处死刑。另一些人在私底下散播消息,说男孩图利乌斯是奴隶出身,还得额外加个名字"赛尔维乌斯",就是奴仆的意思。国王的儿子并不是赛尔维乌斯·图利乌斯,国王宫殿里家奴的儿子才是赛尔维乌斯·图利乌斯。宫廷侍童众多,国王夫妇早就注意到这位长相富态高贵、举止得体、聪明过人的男孩了。有一天,他在宫殿卧室的前厅里安然自得地睡着了。有人想把他推醒,这时,一团团烈火突然从他的头发间冒出,神奇的火光充满了整个大厅。在场的人惊骇地发出一阵喊声,国王塔尔库依尼乌斯被惊动了,他和王后塔娜库伊尔立刻赶到卧室的前厅。火焰还不停地从孩子的头发中喷发。仆人匆忙赶来,准备用水浇灭火焰。聪慧的王后连连阻拦,称精神的光芒不会被尘世间的任何力量或者元素所浇灭。塔尔库依尼乌斯知道王后预言的重要性,既敬重又害怕地询问道:"我的事业将由他来继承并完成吗?"

王后点头表示赞同,一会儿之后,又补充道:"罗马巨大的荣誉将由这个孩子带来。"这则神谕被王后塔娜库伊尔说完之后,原本燃烧在孩子头发间的火焰瞬间聚拢起来,熄灭了。孩子醒了。

从那一天起,男孩赛尔维乌斯·图利乌斯就被国王当作亲生儿子看待。不仅要求孩子接受各种智慧的教育,还把主持国家事务的种种秘诀也教给了他。

他不仅被当作是塔尔库依尼乌斯·普列斯库斯王位的接班人,而且他还继承了许多神秘奇幻的智慧之宝。一件奇事就在国王在位的最后一年里发生。一位就跟山石一样高寿的老妇人来到宫殿,要卖给国王九本要价非常高的书。国王有些生气,认为世上不存在要价十万阿斯的书。老妇人走近祭台,从九本书中拿出三本,就着灯火上烧了。"好了,重新开个价吧。"塔尔库依尼乌斯嘲讽地说。老妇人却应声回答:"六本书跟九本书同样的价格,国王,给我付钱吧,十万阿斯。"国王大为愤怒,大叫道:"你这个女人真蠢!"这丝毫威胁不到老妇人,又有三本书被她烧掉了。"再开个新的价钱吧!"国王困惑地看着她,结结巴巴地说。老妇人站起来，大声说："要么三本书十万阿斯，要么我把它们也烧了。"

国王觉得非常稀奇，不知道这几本书到底有什么值钱之处，为什么三本书跟九本一样的价钱。他让占卜师马上到宫里来。在占卜人的仔细检查下，占卜人发现这几本书是最有名的古代女巫，预言能手库麦的预言总汇。在国王询问下，占卜人不敢隐瞒这些神谕，回答道，这书是无法用金钱衡量的。

塔尔库依尼乌斯付给老妇人十万阿斯。那在当时是一笔很大的财产！接过钱之后，老妇人就退下去，不见踪影了。

在那之后，罗马城的朱庇特神庙内就供奉着这些占卜书。在困难的时刻，它们常常向罗马人提出建议，指示方向，非常珍贵。

赛尔维乌斯·图利乌斯

　　漂亮的塔娜库伊尔是国王塔尔库依尼乌斯·普列斯库斯的妻子，夫妻恩爱，但是国王一直国事繁忙，塔娜库伊尔直到很久以后才在老天的垂怜下生下两个男孩。而国王安库斯·玛尔策乌斯的两个儿子也都寄希望于王位的继承上，更何况，他们的王位也是因为中计才被剥夺的。他们看到赛尔维乌斯·图利乌斯被国王分外厚待，心里明白女仆的儿子一定被塔尔库依尼乌斯看作是自己的继承人。他们思前想后，想出来一条恶毒的计策，他们准备雇佣杀手把国王杀死，事情成功之后，再请元老院决定选举人选。他们认为贵族们一定会反对出身低微的赛尔维乌斯。

　　安库斯国王的两个儿子密谋准备实施罪恶的计划。他们寻找到两个乡村无赖。这两人说只要给他们一大笔钱，他们就愿意用斧子杀死君王。为了接近塔尔库依尼乌斯，他们两人装作被牵涉到一桩复杂的法律事务中，在宫殿门前大声地争执。一大群人被他们惊动了，最后国王也被惊动了。国王让争执得不可开交的各方人士陈述原因。这正是凶手们的目的。毫不知情的国王没有任何防备地坐在王位上。就在这时，一个无赖假惺惺地来伸冤，另一人则悄悄地蹲到象牙宝座的侧后方，猛地把一柄斧子从束腰长袍里抽出来，瞄准国王的脑袋，砍了下去。惊慌的侍卫们纷纷冲上来。仗着人多，杀害国王的凶手被抓住了，但是想要救国王，已经来不及了。

哀悼声响彻宫殿。只有聪明的塔娜库伊尔始终头脑清醒。她觉得养子赛尔维乌斯处境非常危险，凶手幕后的种种阴谋需要分外聪明的举动才能挫败。她吩咐宫廷仆人把国王的尸体送入卧室。伊特卢利阿的祭司将国王的尸体涂抹好香料，并把尸体保存好以防腐烂。随后，在民众蜂拥而至的时候，塔娜库伊尔向大家公布有人谋杀国王的消息，她还说，国王由于受了重伤，不能亲政，所以把宫廷事务交给赛尔维乌斯·图利乌斯接管。闯祸的兄弟俩听到消息后，为了早日脱身急忙出逃国外。后来，兄弟俩沦为乞丐，在佛尔西安的一个村庄里悲惨度日。

赛尔维乌斯·图利乌斯虽然不是国王，但在开始执掌朝政的时候立下志愿，立志于民心安定，不用荒谬的鬼话迷惑人。这位新君主慢慢地被人民接受。在国王塔尔库依尼乌斯·普列斯库斯的死讯被公布之后，赛尔维乌斯·图利乌斯的国王地位也终于被元老们承认。他是罗马唯一未经选举而登上"库罗宝座"的君主，直到后来的皇帝时代。"库罗宝座"是罗马国的王位，又被叫作"赛拉·库罗利斯宝座"。

人们为国王塔尔库依尼乌斯举办了非常隆重的葬礼。过了不久，"赛尔维乌斯宪法"这场伟大的改革被国王赛尔维乌斯·图利乌斯施行。从某种意义上讲，这场改革对后世也有许多启发意义和价值。奴隶的儿子把全体居民一律分成具有选举权的六个等级，不论贵族还是平民，政治平等。国王进行了重大的改革，让全体居民有权决定各种法令，居民与议会议员的身份差不多都是相同的。间接民主就从《赛尔维乌斯宪法》开始，受到世界瞩目，流传千秋万代。各个等级都分成一百个人，每个百人团在会议中拥有一票，投票确定议员。这种方法被后代人在组织议会时借鉴，后来的上院或者参议院元老院就是由元老院演变而来的。

通过居民平等建立起一支强大的平民军队是《赛尔维乌斯宪法》的首要目的。贵族的特权在军队服务中被取消。但是，贵族们还保留着他们能够享受的其他特权。元老院以及贵族联盟通过选举产生最终的国王人选，这也是贵族阶级的存在目的。元老院被贵族阶级占据着。百人团会议决议的审议由元老院负责，情况紧急的时候，会议决议也可以被否决。另外，元老院也有权控制国家的财政和法律事务。元老院由国王直接管辖，国家行政官员的任命，最高行政长官的直接任命以及负责国家安全、供应和组织公众比赛的官员和其他高级官员的任命都由元老院负责。战争中掠夺得来的公地可以让元老们无偿使用，不需交税。元老院贵族财富的基础就从此而来。当然，元老院在百人团内也占有主要的票数。事情的由来是这样的：每个等级都由一个新的阶级组成，第一等级全是贵族，这个阶级被称为"居民富有财产者"，也被后来人称为"阶级之首"，在语言和文学史上发展的"古典""经典"等概念就是由阶级之首发展而来的。贫民根据其职业和财产组成了其他的等级。"没有财产的人"，就是无产阶级，是第五个等级。同等的意义一直被后代人沿袭运用。组织百人团的数目是每个阶级根据其占有财产的数量而确定。最大的财主组成元老院，由其他各个阶级拥有百人团数量的总和还没有元老院拥有的数量多，无产阶级在百人团会议里仅有一票，因为他们只能拥有一个百人团。

当时人们对很多看起来十分无理的事情还没有感觉。由于真正民主的条件还不成熟，最重要的阶级角色实际上由贵族充当。政治生活的组成力量是平民和无产阶级，这也是改革的价值所在。之后，平民们要求平等，甚至有时通过战争去不断地争取自身的地位。因为开辟了社会发展的道路，库茵律特人称国王赛尔维乌斯·图利乌斯为罗马的"第二父亲"。

除了上述任务以外，百人团还有军事职能。战争时期临时募集人员的做法被组建一支常规部队所取代。一说起部队的名字，就想到了洛摩罗斯建立的骑兵中队。赛尔维乌斯·图利乌斯具体处理武器装备以及紧急状况下动用兵力的事情。从前三个等级中招募了由长矛和短剑装备而成的核心部队，又称军团。而战斗阵式的后列部队则由其他两个等级组建而成，投枪和石弩是他们的必备之物。从洛摩罗斯以来，格斗术没什么变化。新型的兵团编制在台伯河的城市完全赢得了对全意大利的统治之后诞生了。地位和等级划分是按人们所拥有的财产决定的，之后，民众被国王赛尔维乌斯·图利乌斯召集到古罗马的练兵场，也就是城市和台伯河之间的空地上，在国王宣布新宪法的时候，罗马的日益辉煌和伟大才被人们第一次领略到。大约八千名男子紧紧地聚集在神坛周围参加集会。神坛建在空地中央，象征和解的女神卢阿像设立在神坛上面。国王在祭供完毕后宣布，居民财产要每隔五年重新评估一次，成员们的阶级归属要在评估以后做出调整。人们把这段时间叫作"卢斯特洛姆"，也就是五年，或者大祭的意思，用来纪念女神卢阿，直到今天，这个概念依然存在。

国王紧接着说，他平生事业最辉煌的日子就是今天，他要把自己的两个女儿许配给前国王的两个儿子，以表达自己对去世的国王塔尔库依尼乌斯的敬佩之情。欢呼声响彻广场。国王对大家比了个手势，示意大家安静，他还有话没有说完。他称，原有的城墙将会被拆除，一面可以抵挡任何外来敌人的大围墙将在此基础上建造起来。"但是，"他又补充道，"新围墙不再局限于老城周边。一座更伟大、更漂亮的罗马城将会被建造出来。"

人们对此称赞不已，好不容易才安静下来，听国王赛尔维乌斯·图利乌斯把话讲完。"在五座山坡上建造着我们的城市，一片空地位于策利乌斯和库依律娜利斯山之间，山上全是茂盛地生长着的树木。或许开垦我们还没有力气，但是我们完全可以用尽力气去保护它们。现在已经到了不得不采取行动的时候。这些山就像六名士兵一样，围着我们的心脏——第七座山。阿文丁山、帕拉丁山、策利乌斯山、库依律娜利斯山、埃斯库依岭山、维弥娜利斯山、卡皮托尔山，就是这七座山的名字，就象征着我们的罗马将像大石头一样坚固，不可动摇，永远不会消失！"

国王非常激动地把话讲完。练兵场上的人们情绪非常激动，这热烈的场面从前没有过，今后也不会再有。这一伟大的时刻让所有人感动，欢呼声响亮得就像雷声一样，久久不能停歇："七座山城，像石头一样坚硬；彪炳史册，万古流芳！"

从此罗马的代名词就成为"七座山城"。旧名一直被人们按习惯沿用下来，即使后来罗马人的居住地早已越过了台伯河。

让罗马"第二父亲"的宗族与塔尔库依尼乌斯的族第永结友好是这两件婚事的原意，但是婚礼举办后不长时间，由于一场罪孽的爱情和残酷的谋杀而让王家体面和尊严陷入一片混乱。天意弄人：图利亚是赛尔维乌斯的女儿，她有着一头乌黑的卷发，性情粗野、放荡，她的丈夫是塔尔库依尼乌斯的长子，一位身体娇弱，连风吹都经受不起的软弱之人；图利亚的妹妹性子文静、柔和，她的丈夫叫卢茨乌斯，卢茨乌斯取名来自他的父亲，他是个野心勃勃的人——这段婚姻也是不相配的。爱情就像流水，扫除了重重障碍，克服了各种困难，奔涌向前。卢茨乌斯和图利亚失去了理智，他们认为他俩才是最般配的，所以对不如意的婚姻处处不满。他们恣意妄行，毫无顾忌，很快就不满足于恶毒的愿望，从而走向罪孽的行动。这对败坏社会风俗的男女把誓言说得真实又可信，准备不怀好意地干掉自己的婚姻对象，再结婚。他们犯下的罪行连老天都无法容忍，因为牺牲者不仅死于妻子（丈夫）之手，还死于自己的弟弟（姐姐）的恶毒之手，真是既悲叹又惋惜！

这不该做的事在"七座山城"里迅速传开了，可是国王还不知道，因为卢茨乌斯·塔尔库依尼乌斯有一支能隔开国王和居民间联系的忠实于自己的卫队。两个不仁不义的宫廷子女不久便结婚了。图利亚的野心在这一切获得成功时膨胀起来，她想要当王后。

越来越多的人追随卢茨乌斯·塔尔库依尼乌斯。不少人从罗马来，宣称由于赛尔维乌斯·图利乌斯法律的缘故，受到很多亏待。阴谋篡夺王位的人答应帮助心怀不满的人，跟他们结成死党，帮助他们争取自己所谓的权利。

图利亚要卢茨乌斯马上行动。卢茨乌斯想让元老院去请国王让位给自己，他对妻子的催促非常迟疑，叹了一口气，说："人民会把赛尔维乌斯·图利乌斯视为圣明的君主。只要他还活着，人民就会用尽全部的力量，帮助他夺回原本就属于

第五章 罗马国王

他的王位。"

国王的不肖女听到这里，坐直身子，大声责骂道："是我让你留我父亲一条命还是你太害怕了不敢杀他？如果你真的爱我，就把他推下王位，杀了他！要想捕获一头名贵的麋鹿，就要努力围猎。你的遗产被另外一个人占据了如此之久，该去努力夺回属于自己的东西了！"

卢茨乌斯·塔尔库依尼乌斯按照妻子说的，大开杀戒，王国逐渐走向灭亡。宫廷要室都被他的卫兵占据，谁违抗就杀谁。随后，卢茨乌斯冲进了元老院的会议大厅，并在象牙宝座上落座。这时，高级官员们邀请国王赛尔维乌斯·图利乌斯来到大厅。国王看到大臣们人头攒动，就大声呼喊，让大臣们帮助他把篡位的盗贼赶下台。卢茨乌斯·塔尔库依尼乌斯尖厉地应答道："谁敢来抓我。我手上有整座城市。谁碰我，谁就死！"

绝望的赛尔维乌斯·图利乌斯站在大厅里，往四周望去，没有一个人帮他。来不及仔细思索，赛尔维乌斯·图利乌斯就一个人朝宝座冲过去。顺着石阶，国王颤颤巍巍地走到象牙宝座前，抖动着一双手，用骨瘦如柴的双臂抱住厚颜无耻坐在宝座上的卢茨乌斯，这把宝椅是洛摩罗斯坐过的。卢茨乌斯的随从嗤笑地看着赛尔维乌斯尝试着把他的女婿拉下宝座。女婿显然对这场残酷的游戏颇感兴趣，任由老人抓了一阵，后来，他把身体挺直，往后一仰，老人就被他扔下台阶了。由于身上好几处伤口都流着血，国王痛得晕了过去。不一会儿，他就醒了，挣扎着站起来，四肢似乎都要散架了。他疲惫地走出大厅。

新国王马上宣布："从现在开始，我就是全罗马的主宰。我要取消洛摩罗斯法典，奴隶儿子的法规也不存在了。我不想当仁德的君王，也不希望被载入史册。你们可以叫我傲王。"

他忠实的卫士们从鞘中拔出宝剑，异口同声地喊："傲王塔尔库依尼乌斯万岁！他的名字就像日月的光芒一样交相辉映！"卢茨乌斯眼里闪烁着凶狠的光芒，答道："我会努力的。"然后，他招手示意一名密探走到他身边，悄悄地说道："跟上女奴的儿子，杀了他。"

就在这个时候，老人步履不稳地穿过大广场迈进一个狭窄的小胡同，这个小胡同就叫塞泼律斯，眼前就是国王的宫殿了，因为国王的住宅在老塔尔库依尼乌斯改建城墙时已经搬到广场附近了。人们害怕被篡权人的帮凶陷害，就算看到他们合法的国王走过来，也不敢上前帮助，都静静地走开了。可怜的国王给罗马和世界创造了自由的蓝图，但他现在连乞丐都比不上。他房间的柱子已经清晰可辨，但是命运并没有眷顾这位可怜的老人，密探追上老人，并一剑刺中老人的心脏。罗马的"第二父亲"就这样手脚伸展地躺在马路的尘埃里，死去了。

城堡方向，一辆迎接国王回宫或者送赛马人前去比赛用的车辆飞驰而来。图利亚端坐在车上，抓住缰绳，大声呼喝，驱使马匹一路狂奔。她乌黑发亮的头发在风中飘舞，路上的行人惊恐地呐喊，为了躲避马车纷纷离开马路。这时，一具尸体挡在了奔跑的马车前。不孝的图利亚弯下身子，看到她的父亲躺在尘埃里，心头突然涌上一股疯狂的意识，仆人手中的马鞭被她一把抢过，她一面发出胜利的呼喊，一面狠命地甩了前蹄腾空的马一鞭。国王赛尔维乌斯的尸体就这么被马车轰然越过，行人们绝望地用双手捂住自己的眼睛不去看这场暴行。从那天之后，这条位于广场和宫殿间的小道就被称为"罪孽胡同"。

平民们在幸运女神福耳图那庙内建造了前国王的巨大雕像来纪念他们的解放。狠毒的图利亚嘲讽道，最好把雕像扔到祭祀的火焰中烧掉，用来驱逐父亲的不散阴灵。说完，她果真来到祭祀现场，残酷地要把雕像烧掉。说来也怪，还没等图利亚到赛尔维乌斯雕像的时候，雕像慢慢地抬起来一只手，把自己的眼睛捂住。狠毒的图利亚吓得面如死灰，命令把雕像用布盖起来。这块布直到现在都没有被拿下来。

傲王塔尔库依尼乌斯

傲王塔尔库依尼乌斯的执政时期是恐怖的，同时也是一段放荡不羁的浮华时期。通常，暴君们都有一个错误的认识，他们以为人民是可以用巨大的建筑、胜利的战争和隆重的节日欺骗的，以前的自由也是可以忘却的。那时候农民的意识是朴素的，在自己出生的土地上生活的愿望也非常强烈，罗马人的心灵充溢着这种强烈的愿望。所以，出自伊特卢利阿血统的末代国王，也就是罗马第七个国王，必定会尝到他那追逐浮华的作风所带来的灭亡的恶果。百人团、元老院和政府最高机构一下子被傲王塔尔库依尼乌斯取消了。现在，他可以任意提高赋税而不受约束。他四下搜刮，到处找钱去实行庞大的建筑计划。平民和贵族都被他的无情的拳头打击过。卢茨乌斯·塔尔库依尼乌斯会把那些反抗的人送上法庭，也就是送到他自己面前，他自己称呼自己为立法人、法官、国王、财政官员、建筑主管、军事元帅乃至拉丁联盟的首领。那些吐露"自由"两个字的人们将会死于绞刑架下。如果有城市敢在拉丁姆大地上反抗，国王就向它们宣战，把那里的城市和房屋都占领了。当时的罗马社会思想僵化，近二百年的历史里，库依律奴斯的城池还从未经历过暴君的统治。

但是，杀害君主的凶手还没有到最终伏法的时候。这位暴君通过建造巨大的建筑来麻痹人民的仇恨和不满。运河工程得到了重新认可，这是从老国王塔尔库依尼乌斯执政时期开始的。竞技场上，巨大的石质舞台替换了木头搭建的舞台。位于卡皮托尔山上的朱庇特神庙也被修葺得非常庄严。不少传说就在这里流传下来。这里有个故事，维几城内一些大工艺匠被塔尔库依尼乌斯请来，给朱庇特神庙铸做一具四驾金属马车，模具在浇铸时破碎了。占卜人说，巨大的威力将会被每一个得到这座四驾金属马车的人发挥出来。这则预言一出来，维几城的居民拒绝将这件艺术宝物送到罗马。但是，在神力的推动下，这辆马车的车轮竟然自己滚动起来，向着罗马的方向，直到卡皮托尔山下。

营造大型建筑需要大量的金钱，所以拉丁地区的城市一直受到卢茨乌斯·塔尔库依尼乌斯不断地袭击、掠夺。为了更好地掠夺，他制订了一个周密的计划。他派自己的全权代表留在被占领的城市里调查当地隐藏的珍宝。有一次，他的计谋在拉丁地区的伽比城受到了阻碍。伽比是罗马联盟的忠实拥趸，傲王塔尔库依尼乌斯的代表被居民们赶走，伽比城拒不接待罗马国王的使者。罗马国王羞愧到了极点，因下不了台而发怒，率军攻打伽比城，谁知道却吃了败仗。

傲王塔尔库依尼乌斯准备要手段来攻占伽比城。他让儿子赛克思吐斯来实施这一大胆的计划。他先鞭打了儿子一顿，然后让他逃到伽比城，希望赛克思吐斯能当着城市居民的面控诉父亲的残暴和对他的虐待，让居民们信任他，从而藏匿在伽比，等待里应外合进攻伽比城的机会。

很严密的计策被制定下来。可是伽比人并不信任将此事说得非常真实的受害者，尽管他被皮鞭抽得皮开肉绽，模样可怜。赛克思吐斯最终在流下许多假情假意的眼泪，做出无数不知羞耻、故意装出来的友善姿态，用尽了各种颠倒黑白的办法后，才在伽比城内获得了一处暂时停留的地方，以方便以后接应。聪明的赛克思吐斯刚刚安顿下来，就马上参与到加固城墙的劳动中去。第一步进展顺利。他获得了一项小小的军事指挥权，他觉得一切还没准备好，更加勤奋地办事，各方面都对他赞不绝口。赛克思吐斯平步青云，直到被任命为军队总指挥。他觉得机会来到了，就向罗马派去一名心腹，面对面听从傲王塔尔库依尼乌斯的详细命令。

多疑到了极点的国王不敢对使者公开自己的命令，就决定借助花的语言。他把使者带到罂粟花盛开的园地上，切断花头。虽然使者不知道国王这么做的意思，但在回到伽比城时，还是向赛克思吐斯汇报得详详细细。凭着富有智慧、善于谋划的头脑，赛克思吐斯立刻明白了父亲的想法：那些就像罂粟花一样的城里的有头有脸的人都应该被砍头。

有什么样的父亲一定会有什么样的儿子。赛克思吐斯丝毫不敢松懈懒惰，残酷的计划马上就要执行。他到处传播谣言，伽比城内的众多名流都被流言攻击后抓了起来，判处了死刑。社会地位低下的人被赛克思吐斯用财物买通，杀头的任务交由他们去执行。人们受了蒙蔽，对赛克思吐斯的暴行热烈庆贺，一直到杀掉那些有力量的人物或者把他们赶出城市。

赛克思吐斯终于可以毫无顾忌大胆干了。他用暴力控制了整座城市，在他的父亲率领强大的军队到达城门下的时候，开门迎接，未经战斗就把一座骄傲的城池给了阴险的傲王塔尔库依尼乌斯。

一直到这时，伽比城的人民才感到惊慌害怕，他们才发现罗马人是如此的恶毒。他们现在没有一点儿希望，没有一点儿办法，只能向罗马暴君俯首称臣，任凭残酷的君王随意处置。赛克思吐斯出卖了可怜的伽比人，并且遭到了伽比人的诅咒。以后，赛克思吐斯的罪恶必须以在伽比城遭受灾难才能获得赦免，那是以后的事情了，现在先不说了。

国王在取得完全的胜利后，往罗马运送了一车又一车抢夺而来的财物。他用钱把京城再建了一次，并将耸立在塔尔佩亚山上的朱庇特神庙也扩建了一番。

全部罗马人必须把所有力量都投入到劳动中去完成这一系列巨大工程。罗马城内的人民怨声载道。

公元前五一〇年，也就是暴君统治的第二十五年。有一天，建筑工人正忙着将一根木柱竖在宫殿附近国王的住宅内，突然，一条大蛇从木柱里游出。工人们大吃一惊,连忙往宫殿里逃去。他们非常惊恐,对国王说他们亲眼看见了一条大蛇。听到消息后,暴君非常害怕,觉得大祸就要临头。不过他故意装作心情安定,安慰人们别惊慌,继续工作。其实他的内心不平静,决定去世界上最有名的特尔斐神庙询问一下,蛇的出现到底是好事还是坏事。但是,他对派谁到遥远的特尔斐去举棋不定。绝对不能让陌生人知道家里的灾祸和福气。他想来想去,决定让两个儿子梯拖斯和阿宏斯带上侄子卢茨乌斯·尤斯梯奴斯·布鲁图一起去。这三个人是不会背叛自己的。

国王妹妹的儿子布鲁图早就听说杀害他的兄弟和许多贵族的凶手就是他的国王舅舅。所以,他非常痛恨暴君的统治。但是,他心里到底想什么没有人知道。人们感觉他就是一个傻乎乎而且很胆小的人。人们耻笑他的可笑模样,他被称为布鲁图,就是"蠢人"的意思。眼看着自己的财产被国王霸占也不反抗。其实这个青年既聪明又高贵,躲过了所有人的目光,大家都认为他不值得一提、不会妨碍到任何人。为了让两个儿子在长长的旅途中有个耍威风和嘲笑取乐的对象,所以布鲁图才被国王派到特尔斐去。

三个人顺利地来到特尔斐,一路上没有发生别的事。国王分派的任务在阿波罗神庙内完成了,他们突然对神谕发生了兴趣,想问问罗马王位在国王死后应该给谁。神谕是这么说的:"第一个亲吻母亲的人将会获得罗马的最高权力。"

塔尔库依尼乌斯的两个儿子你看看我,我看看你,不知道如何是好,他们发誓要对留在罗马的兄弟赛克思吐斯保密,不让他知道任何信息。而谁会第一个去亲吻母亲,那就任由事情自然发展吧。

国王的儿子根本没有想到一声不吭地蹲在祭祀大殿一旁的布鲁图已经完全明白了神谕的内容。在离开神庙时,他假装被最后一级阶梯绊了一下,脸向下朝着地面摔下去,嘴唇碰到了地面,亲吻着大地母亲。他的迟钝被两位兄长耻笑,但是这个聪明的蠢人却是天命所归。

三个人旅途非常辛苦忙碌,回到罗马后并没有找到国王,却见到了国王留下的让两个儿子迅速出发追随父亲征讨敌人的命令。原来，在掠夺欲的驱使下，国王卢茨乌斯·塔尔库依尼乌斯又对罗图勒人宣战，准备把他们富裕的京城阿尔特阿抢劫一空。罗图勒人是一个强悍的民族，国王想去征战，就必须聚集力量。一旦明白了其中道理，罗马人对暴君的不满情绪就飞速地增长。

局势就在阿尔特阿城门前突然发生了变化。国王一次就拿下城池的计划失败了。他只能退下阵来，让兵士们把城池的各个地方都包围起来。国王的三个儿子对这种旷日持久的战法很不高兴。他们无聊到要跟手下的首领卡拉梯奴斯将军进行一次卑鄙下流的比赛。"听说，"赛克思吐斯·塔尔库依尼乌斯说道，"你的妻子对你非常忠诚。当然，我们兄弟觉得自己的妻子也不差。我们现在就决定骑马回罗马，对家中的妻室进行问候。谁的妻子正经，谁就获胜，阿尔特阿城里最珍贵的珠宝就是谁的。"

这样的游戏不适合勇敢而又头脑简单的卡拉梯奴斯，他小声地解释说，战士妻子的忠诚不应该被怀疑，更不应该去考验。卡拉梯奴斯遭到了三兄弟刻薄地嘲讽。他对他们妻子的信任是值得感谢的，可是却不敢推己及人，不敢相信他的妻子的忠诚度。在言语的挑拨下，卡拉梯奴斯答应尝试一下。四人立刻上马，回到罗马城时已经是深夜了。

国王宫殿是他们最先进入的地方。四个男人看到，铺张的筵席正在被塔尔库依尼乌斯的妻子们举办着，伊特卢利阿人的美食佳肴像山一样高高地堆放在餐桌上。最好的笛师不停地走来走去，吹奏献艺。两管笛子能够被他同时吹奏，右嘴角吹高音，左嘴角吹低音，不少黄金被赏赐下来。三兄弟气得脸色发白，破口大骂，解散了宴会，然后要求去卡拉梯奴斯家看看。

过了半夜，他们才到卡拉梯奴斯家，他的妻子还在纺织。卡拉梯奴斯的妻子，不仅贤惠，也很高贵。国王的两个儿子当场宣布卡拉梯奴斯获胜。四个人又一路奔波，赶回营房。

赛克思吐斯·塔尔库依尼乌斯自从见识了卡拉梯奴斯的妻子卢克蕾茨亚的美

丽后就再也控制不住自己对她的思念，第二天深夜，他又一声不响地来到了卡拉梯奴斯的家。他的突然出现，把卡拉梯奴斯的妻子吓得瑟瑟发抖，他向这可怜的女人求爱。紧接着，他用无情的双臂把可怜的女人搂进怀中，把面颊向卢克蕾茨亚凑近。胆小的女人一直在躲避，但是却难逃魔爪。

等到赛克思吐斯走后，卢克蕾茨亚命人送了消息给丈夫、父亲和布鲁图。布鲁图的真实用心早就被卢克蕾茨亚看穿。她确定自己遭受强暴的噩讯已经被三位男子知道后，用一把尖刀结束了自己的生命。

布鲁图和另外两个男人赶到现场时已经晚了。最先恢复镇静的是布鲁图。他浑身发抖地把尖刀从伤口里拔出来，并指着天空说："我发誓，暴君和他的全家都将被消灭。自由的信号是由这个女人给我们发出的，她宁愿死，也不愿意忍受屈辱，苟且活命！"另外两个男子汉也异口同声地宣誓："杀死暴君，消灭暴君！"

三个男人快速走到大街上，广场上聚集了许多人。卡拉梯奴斯家遭到严重灾祸的消息快速地传播开来。不一会儿，贵族、平民、元老、护民官等各个阶层的人就集合在广场上了。

一柄斧子被布鲁图从标志着权力的束棒中抽出来，他挥舞着斧子，跳上演讲台说："这一权力标志是我以民众的名义执掌的。"紧接着，他又大声宣誓："为了你们这些男人们，我愿意用你们的名义去率领民众。"欢呼声响彻广场。后来，布鲁图的伟大演讲开始了。人民还从来还没有听过一个人如此情绪激昂，充满正气地讲话。伟大的争取自由的讲话就在这个时刻诞生了，在"打倒暴君！"的口号声中达到了顶点。

平民们冲进王宫，他们遇到了王后图利亚。尽管王后图利亚看不起人民，可是却毫发无伤地被赶出了罗马，逃往阿尔特阿军营去了。其他人放弃了抵抗，所以这场战斗没有流血伤亡。只要城里的塔尔库依尼乌斯的随从们放下武器就不会被责怪降罪。新的部队迅速地被布鲁图组建，城墙迅速被占领，京城被平民们控制起来了。

妻子告诉傲王塔尔库依尼乌斯事变的消息，傲王慌忙地率领随从向京城飞奔而去。他飞奔到城门前，看到紧闭的城门，又连忙向阿尔特阿退去，计划着带领军队再度袭击罗马城，但是赶在他前面过来的是布鲁图。傲王塔尔库依尼乌斯的部队明显出现了意志不坚定的情况。士兵们不想再围攻阿尔特阿了，他们打算朝着台伯河沿岸退去。士兵们拔出刀剑蠢蠢欲动，国王看到后，脸都气歪了，只能慌张逃跑。但是，也没人会去伤害国王的性命。没人阻止他带着两个儿子朝着伊特卢利阿逃去。伽比城收留了赛克思吐斯·塔尔库依尼乌斯，但没人理会这个恶贯满盈的人。自此以后，罗马王国成了罗马共和国。欢呼的声音像雷一样响动天下，罗马国一天一天地增加着自己的威望。

布鲁图带着军队返回罗马。元老院和百人团商量着给城市选出一个新的最高领导。两个最高行政长官被人们选举出来代替国王；权力平等的两个最高行政长官，一起执掌权位一年时间。两个人就像一个人一样，这是这个决定的关键所在。人们重新使用起洛摩罗斯和赛尔维乌斯·图利乌斯的宪法。国王的权力只有一年，而不是终身的，这是唯一的变化之处。第一批最高行政长官是布鲁图和勇敢的卢克蕾茨亚的夫君卡拉梯奴斯，他们双双登上了象征着最高权力的"库罗宝座"。

第六章 「罗马英雄」

罗马自由的缔造人布鲁图

罗马已经历了重重险阻与无数磨难,可是面对即将到来的新考验,往昔的苦难简直不值一提。罗马人对傲王塔尔库依尼乌斯的宽容仁慈最终酿成了恶果。随着平民和贵族间的矛盾日益加深,不久,平民与贵族之间爆发了激烈的斗争,新的危机正威胁着伟大的七座山城,山城已经摇摇欲坠了。

历史往往要走过艰难的历程,在历史的道路上也给意大利造就了许多救星,他们或男或女,都是杰出的英雄人物,他们不朽的功勋、光辉的一生同时也给罗马增添了绵绵不断的神话传说。此后罗马一直处于动荡的轮回中,并持续了二百余年。后来,罗马才重新获得了内部的和平与稳定,又坚强地成为意大利和世界的主宰。

塔尔库依尼乌斯逃脱后,很快在伊特卢利阿国找到了藏匿之所,不过,他并没有由于罗马人的宽容而放弃复仇;相反,他始终不忘自己的复仇大业,一直想重新夺回王位登上罗马国王的宝座。他在克罗西乌姆城找到了栖身之地,在那里他得到了国王泼尔塞纳的友好接待和支持。

在图斯克国有十二个种族,而泼尔塞纳就是他们中的首领之一。开始时塔尔库依尼乌斯并没有煽动泼尔塞纳对罗马发动战争,他时刻克制着自己。他希望凭着自己的力量并使用奸诈和计谋逐步实现自己的复仇大业,重掌王权。尽管国王泼尔塞纳对他十分支持,他也不想在伊特卢利阿的恩惠下成为国王。

傲王塔尔库依尼乌斯虽是个暴君，但在罗马城内还是有相当一批支持势力的，这其中就包括布鲁图的儿子，他们是发小，在国王的宫殿里一起长大，布鲁图的儿子也从内心支持他，这让他与执政的最高行政长官们之间有隔膜。傲王塔尔库依尼乌斯正是想凭借这批力量来实施自己的计划。

不久后，塔尔库依尼乌斯明里派使者到罗马公开谈判归还自己财产的事务，可是实际上让他们进行密谋，以推翻最高行政长官的统治。实际上，罗马人民和执政官已经答应把傲王塔尔库依尼乌斯的王国还给他，并归还他的个人财产，如贵重的首饰和其他许多物品。人们甚至愿意尊重他的王国体制，更不否定他的丰功伟绩。

谈判期间，全权代表国王的使者很快与留在罗马城内的国王追随者们取得了联系。为安全起见，他们决定把聚会议事的地点定在一个共谋分子偏僻的家中。那天，家里的其他人员都被安排到田地里干活去了。

事情也凑巧了，下地劳动的一个年轻奴隶忘了带工具，便赶回家中去拿。当他拿到工具刚要出家门时，突然看到包括他的主人在内的一队人马正朝家中走来。这个奴隶非常害怕，他怕因自己的疏忽而遭到主人的责备和惩罚，忙躲进了一个大橱内。于是，他不情愿地成了这次密谋的第一个知情者。他从木板缝隙里可以真真切切地看到布鲁图的几个儿子正要把一些信件一一递到国王使者的手上。接着，他又看到了最高行政长官卡拉梯奴斯的几个侄子，连他们也在共谋分子中，这些共谋分子又一起刺破手臂上的血管，让血滴到一只酒杯里，然后共同喝下去。他把共谋分子歃血为盟结拜成兄弟的一切都看得真真切切。当这些共谋分子离开了以后，这个躲在大橱里的奴隶只感到双膝发抖。"怎么办呢，我到底该怎么办呢？闭口不言，帮主人守住秘密？还是把主人的秘密说出去？"

那时候，罗马有一个名叫普泼利乌斯·法莱利乌斯的律师，他喜爱广交朋友，深得罗马民众的爱戴。每个人都可以自由地进出他的家。因此，他的客厅里常常聚集着一群罗马的无产者。于是奴隶来到律师的家中，把自己遭遇到的事情告诉了这个穷人律师，并希望他为自己拿个主意。听罢，普泼利乌斯·法莱利乌斯立即向罗马的最高行政长官报告了这一消息。

布鲁图内心大为震惊，他没有料到自己的儿子竟会背叛自己与密谋者一起来推翻他。不过，布鲁图对自己的儿子不动声色，他让高级官员迅速对伊特卢利阿人的使者住所进行了仔细地搜查。等人们在那里搜到了信件等密谋的罪证后，伊特卢利阿的同犯们被立刻遣送回去了，因为他们享有使者的特别优待权，罗马人没有裁决的权力。但对背叛罗马罪行确凿的罗马人，布鲁图立即下令逮捕。

第二天上午，谋反案件由布鲁图和卡拉梯奴斯这两个罗马的最高行政长官审理，罗马广场人头攒动，被围得水泄不通。布鲁图阴沉着脸，面对着他的儿子，他的手上高高地举着证明他们罪证的信件，对他的儿子们大喊道："梯拖斯和台伯里乌斯，我问你们，告诉大家，你们是自愿参与谋反的吗？"

布鲁图没有听到任何的回答，便继续说："不做回应，沉默即表示你们承认了你们的谋反罪行。我宣布：梯拖斯和台伯里乌斯，最高行政长官卢茨乌斯·尤尼乌斯·布鲁图的儿子，罪名成立，被判处斧劈刑，处死前先行鞭打。官员们请执行命令吧！"

武士们得到行刑的命令，刚开始剥去这两个被判刑人的衣服时，下面的人们喊成了一片。可是，等到恶毒的鞭打开始时，大家又都不自觉地把目光垂了下去，只有亲生父亲布鲁图瞪着眼睛，如同一尊僵硬的雕像，站在那里，一动不动，当他仅有的两个孩子的头颅滚落到石板上时，他都没有低下头看一眼，甚至连眼睫毛都没眨一下。接着，他又转过身子，问其他的谋反分子："你们知罪吗？"

密谋分子沉默着。

可是卡拉梯奴斯并不像布鲁图那样铁石心肠，他承受着几乎要崩溃的不幸压力，他希望救下自己的侄子们。于是，他举起手，"请大家安静，"他说道，"我，请示动用全体民众的权利，请求库茵律特人能够宽恕我的侄子。他们只是一时受到国王体制的迷惑，他们几乎都是孩子，还太年轻，他们辨别是非的能力还很弱。

而且，我还在想，是不是你们答应过归还傲王塔尔库依尼乌斯的财产，这个承诺正好误导了他们，导致这个人在他们的眼里其实也并不那么坏，如若不然人们也不会纷纷把土地托付给他，他也不会在他的国土上接纳成千上万没有归宿的人吧？我请你们考虑一下这一切，然后再把我的侄子送往阴曹地府也不迟呀！"

广场上的人们听了卡拉梯奴斯的话有的人甚至被感动得哭了。人们开始同情理解这些年轻人。最后，商量来商量去，关于宽恕的请求还是遭到了拒绝。这几个年轻人同样被判处了死刑。

直到这时，布鲁图终于抑制不住内心的无限悲伤。他十分痛苦，把身上的长袍一撕，便命令点燃起神圣灯火，那些专门祭供牺牲的灯火。

布鲁图失去了仅有的两个儿子，赢得了罗马人的心，民主统治的显贵们也像国王一样受到罗马人的爱戴。

在布鲁图看来，失去儿子那是必须割舍的；而对卡拉梯奴斯来说，他自觉没有布鲁图那么伟大，惭愧地请求辞去最高行政长官的职务。人们同意了他的请辞，还给了他一片土地，以使他安度晚年，用余下的岁月去思念他英勇的妻子卢克蕾茨亚。而那位穷人的律师普泼利乌斯·法莱利乌斯作为罗马的有功之臣，接替了卡拉梯奴斯的职务。他身体力行，促使元老院接纳平民委员。为了区别贵族委员，平民委员被称为"写上去的人"，贵族委员应该称作"元老"。

经过这一谋反事件，现在，人们对傲王塔尔库依尼乌斯非常憎恨，再也不打算宽恕他了。他们把他的私有财产交给民众，任何人都可以进入王宫，肆意进行抢掠。最后，国王的财产被彻底瓜分了，国王的土地也归了国家。

同样，一系列事变也激怒了傲王塔尔库依尼乌斯，他怒火冲天。他不想依附强大的泼尔塞纳国王，于是，他想到了父辈的家乡塔尔库依尼城，他设法说服他们对罗马进行征讨。

卢茨乌斯的这一计成功了。他招募的军队和从维几赶来的部队会合一处。浩浩荡荡地向罗马进发，布鲁图率领罗马军队立刻前来迎战，他执掌骑兵，而他的同僚率领步兵，双方严阵以待。

然而，谁也没有料到排在布鲁图面前的棒斧队在阳光下闪闪发亮，这无疑向敌人暴露了他的所在地。塔尔库依尼乌斯的一个儿子看到了，顿时大喜，他循踪找到目标，与之展开了残酷的肉搏战，民族大英雄布鲁图就这样不幸地被卢茨乌斯的一个儿子杀死了。

布鲁图死了，战争陷于拉锯状态，双方来来回回，难决胜负。直到夜幕降临的时候，双方都看不清楚了，一场血腥的鏖战才告结束。

夜深了，人们听到一个洪亮的声音从附近的树林里响起："塔尔库依尼乌斯的军队里多伤亡了一个人。胜利属于罗马！"

"这难道是神的声音吗？"听到呼喊声，塔尔库依尼乌斯的士兵们惊恐万分，顿时丧失了斗志，怕触犯了神威而不敢重上战场。图斯克人等不得天亮就趁着黑夜撤退回去了。因为森林神西尔瓦诺斯一直都对罗马人很厚待，所以人们认为那个发出神秘声音的人就是森林神西尔瓦诺斯。

罗马虽然取得了胜利，但同时也付出了巨大代价，布鲁图的死亡使七座山城陷于一片悲哀中。罗马的妇女们为了纪念这个自由的缔造人，穿了整整一年的孝服。

勇敢的库克莱斯

傲王塔尔库依尼乌斯征讨罗马的第一次战争失败了，他决心对罗马发动第二次征讨，虽然之前他一直不愿意去求助克罗西乌姆国王泼尔塞纳，但经过这次战败，他决定去请求国王泼尔塞纳的帮助。泼尔塞纳国王犹豫了很久。他本不想与罗马为敌，觉得那不是跟国王的统治较量，而是要跟民众统治的力量比高低，他忧心忡忡。最终，他还是抵不住塔尔库依尼乌斯的鼓动，决定参加战争，于是立刻开展大规模的准备。

克罗西乌姆国王泼尔塞纳拥有一支庞大的装备精良的军事力量，就连意大利也从来没有见过这样的军队。泼尔塞纳亲自统率这支军队，一路朝库茵律特人进发。看到来势汹汹的敌人，罗马的两个最高行政长官不敢正面抗击，他们把罗马军团隐蔽在坚固的罗马城墙后面，伺机而行。

也许是有神的佑护，也许合该国王泼尔塞纳走霉运，他并没有从台伯河的左面合适的地方对罗马发起进攻，错失了很快攻下罗马的时机，而是命令部队抢占对岸防守薄弱的亚尼库罗姆山的制高点。因为他看到赛尔维乌斯墙在靠着河边的市区边缘空出一段，台伯河桥从亚尼库罗姆山的脚下可以直通罗马市区。

山坡上的罗马守卫们面对强大的攻势虽毫不畏惧，但还是立刻被打败了。图斯克人很快就兵临罗马城下，他们迅速向桥下冲去，虽遭到了罗马步兵队的阻击。可是，

第六章　罗马英雄

图斯克人的士兵大批向这边涌来，敌人的兵力越来越多，罗马人眼看不敌，顿时失去了信心和勇气，在心里叫苦不已，不敢恋战。步兵队如一群恐惧的绵羊都挤到木板小桥上，准备撤向城内。如果泼尔塞纳预先把这座桥抢占了，库依律奴斯的城池就会在他的面前敞开，那么他攻克罗马城就如囊中取物。但是他没有这么做。罗马城得到了片刻的喘息。

在危急的情况下，罗马人慌作一团，而在罗马步兵队中有一个人显得特别冷静。这个勇敢的人名叫贺雷梯乌斯，贺雷梯乌斯是步兵队的老兵，他曾参加了罗马对伽比的战争，在战争中，他奋勇杀敌，却不幸失去了一只眼睛。后来，人们又给他起了个绰号，叫"库克莱斯"，即"独眼人"的意思。他开始镇静下来，把惊恐万分的混乱队伍重新组织起来，命令他们用一切办法立刻把台伯河桥拆掉。

对这个普通老兵的命令，有人表示怀疑，便高声地抗命说："可是图斯克人会让我们得逞吗？会等我们顺顺当当地拆除大桥吗？不会的，他们会设法阻拦我们啊。"

独眼人听了哈哈大笑，说："哎呀，你这个脑袋瓜还真是聪明呀，对敌人的意图是这么地了解！我对天发誓，人们应该选你当统帅。"

讥笑完毕，他突然换了一副口气，恶狠狠地说："你们只要按照我的命令行事就好！我要用剑来衡量你们的行动！"

听到命令以后，大家还是迟疑不决。这时，有两个步兵走到贺雷梯乌斯跟前，鼓足勇气，说："好吧，贺雷梯乌斯，我们愿意听从你的命令，跟你一起战斗。"

贺雷梯乌斯满意地点着头。这位身经百战的勇猛之士铁一般地镇静，没有半点怯敌之色，立刻鼓舞了他的伙伴们，使他们勇气倍增。他们掉转身子，把刀剑当利斧，用长矛做撬棒，不一会儿，台伯河前的木桥就全部被拆除了。

这时，图斯克人蜂拥而来，冲上台伯河桥板。面对强敌，贺雷梯乌斯和他的两个伙伴显得异常镇静，他们一字排开，站在桥上离岸不远的地方，奋力抵抗着敌人的攻势。敌人兵力虽多，可是在桥上施展不开，挤成一团，在桥上每排只能有三四个人通过,所以最前沿始终只有三四个人。

罗马人挥舞着利剑,闪电般地攻击着图斯克人。贺雷梯乌斯·库克莱斯更是一马当先,勇不可当,在他的朋友把两个敌人解决了的同时,库克莱斯已经把四个对手送入了阴曹地府。

图斯克人是多么迫切地希望能快点冲过这座桥头堡呀,但是不管图斯克人付出了多少努力,攻了多少次,他们始终都难以迫近台伯河桥半步。不一会儿,死在桥上的士兵已堆起了一座尸山,隔开了交战的双方,后面的敌人几乎再也靠近不了桥上三个库茵律特人了。

图斯克人搬运死者的尸体,以便腾出地方好再向桥上冲。这样来来回回好几次,图斯克人还是没能冲上台伯河桥。库克莱斯镇静地擦去剑上的血迹,说:"我的剑啊,请保持你的锋利吧,我的手臂还没有感到丝毫的劳累呢,你千万不要缺损和变软啊!"

库克莱斯的勇气让他的伙伴们备受鼓舞,甚至一些极富经验的老兵也被感染了。其中一名老兵说:"我们还从来没有看到像你这样英勇的人,独眼人。"

库克莱斯耸耸肩膀,说:"那是多么好的事情呀,你们应该为从我这里学到的一些什么而感到高兴。哈哈,不过在你们面前我展示的还远远不是我的全部。哦,伙伴们,我已经听到桥在我的身后发出吱嘎声,似乎在给我们报警。你们赶快离开吧,不然,过一会儿,你们再想回家都来不及了。这里有我一个人就可以了。"

两个伙伴欣然从命,他们虽然面有愧色,却庆幸自己竟然还能在敌强我弱的战局中捡回一条性命。他们相信英勇的独眼人对付敌人绰绰有余。

这时图斯克人再一次清除了死者尸体,又开始了一轮野蛮而激烈的进攻。虽然这次只有一个对手了,可是,图斯克人的命运并没比第一次好到哪里去。库克莱斯如砍瓜切菜般,面前的敌人一排排地倒了,又一排排冲上来。敌人一步步地紧逼,如潮水般拥了上来。孤胆英雄只得一步步地往后退守。

突然,库克莱斯身后一声巨响传来,惊天动地,一刹那,台伯河桥的中段断裂成碎片，轰然陷入急流消失不见了。贺雷梯乌斯·库克莱斯欢呼起来。高兴自己终于尽了自己的责任，完成了计划。

他急忙朝河边退去，然后来不及脱衣服就纵身跳入滔滔的台伯河中。当他终于爬上河岸时，在岸边迎接他的罗马人民，为这勇敢的人胜利归来发出了雷鸣般的欢呼声。

高尚的莫茨乌斯和克雷利亚

波尔塞纳企图一举攻下罗马失败后,无奈只能放弃原先的计划。他立即撤回攻占亚尼库罗姆的部队,亲自率领主力向北推进,一路上毫无阻挡,他们很快就跨过了台伯河及其支流阿尼奥河。来到罗马城下,波尔塞纳指挥部队从四面八方把罗马城围得水泄不通。所有通道都被切断了,罗马与外界失去了联系,七座山城面临着生死存亡的艰难时刻。

当罗马形势越来越严峻时,站出来一位名叫莫茨乌斯的少年,他出身贵族,面对图斯克人的围势,他心急如焚,最后他有了一个大胆的决定,那就是悄悄地潜入敌人阵营,刺杀掉波尔塞纳国王,以使敌军群龙无首,迫使围城的军队后撤。后来,人们又给这个勇敢的少年起了个绰号,叫"斯策沃拉",即"左手"的意思。至于为什么叫"左手",在这里暂且不说明。

莫茨乌斯找来一套伊特卢利阿士兵的服装穿上,这也是人们从一个被杀死的敌人侦探身上剥下来的。然后把他一把匕首藏在胸前,从密林小道上走到克罗西乌姆国王的大营中心。

说来也巧,这天正好是图斯克士兵发军饷的日子,莫茨乌斯看到士兵们相互拥挤着把波尔塞纳国王的帐篷团团围住了。军营乱哄哄的,莫茨乌斯灵机一动趁机混在其中,就这样,他最后也随着士兵行列进入了布置华丽的大营中心,那是

第六章 罗马英雄

士兵领军饷的地方。

年轻的罗马人看到最前方华贵的椅子上坐着两个男人，其中一个人一边唠叨着一边把铜钱发给士兵，而另一个人则在一旁一声不响地打量着领钱的人。莫茨乌斯终究还是太年轻了，他以为那个发铜钱的人就是国王泼尔塞纳，当即毫不犹豫地朝那个发铜钱的人的胸前刺上一刀。等到他被卫兵抓住，知道自己认错人时，直气得哇哇大叫，不由得痛恨起自己来。

泼尔塞纳立刻提审莫茨乌斯，问："年轻人，你是一个人，还是有同伙，你的同伙在哪里？"

为了吓唬泼尔塞纳，莫茨乌斯支吾道："告诉你吧，还有很多人准备像我一样地刺杀你，不过，他们不会像我这样头脑简单，把记录员错认为国王的，你要时刻小心你的脑袋。"

国王试图从他那里了解更多的情况，但是莫茨乌斯拒绝地摇摇头。泼尔塞纳直气得脸色发白，对他失去了耐性，威胁似的说："你不说，我会让你说的，让你把你知道的秘密全都说出来。你现在后悔还来得及。"说完，他使了个眼色给周围的仆人，仆人早已把一只祭供盆挂在了三脚架上了。得到命令便立即点燃了，顿时烈火熊熊，火苗高高地蹿出青釉盆。

莫茨乌斯毫无惧色地哈哈大笑："国王，你除了能把我活活地烧死之外，大概也想不出其他的办法了。不必再麻烦你下命令了，我自愿把我的右手先交给这熊熊大火。"说时迟那时快，年轻小伙子伸出他的右臂放在火上，直到最后他的右臂被烧成一段残肢时，他也没有喊一声痛，只有大滴大滴的汗往下掉。

图斯克国王的额上冒出了汗珠，被眼前这个年轻人吓到了。心想这到底是个什么样的民族？他着实感到可怕。他们的人在没有国王的命令下，竟敢做出如此大胆的举动。况且这个小伙子还只是个乳臭未干的毛孩子。

泼尔塞纳派人把他送回了罗马，并向库茵律特人汇报，说伊特卢利阿人愿意与罗马人和平谈判。小伙子得到罗马人的祝贺，还获得了一片土地。这片土地被命名为"莫茨氏·泼拉塔"，即莫茨乌斯草地的意思。直到罗马第三次显示它的英雄气概时，才终于止住了伊特卢利阿人的进攻。听到汇报后，罗马人很快与国王泼尔塞纳取得了联系。根据最初的谈判，伊特卢利阿人必须首先撤出亚尼库罗姆，而罗马人向图斯克人提交十二名贵族姑娘作为人质，以彰显双方和平谈判、结束战争的诚意。

在这十二名人质中有一个勇敢的姑娘，名叫克雷利亚，她不堪忍受被拘押的耻辱，便说服其他的姑娘逃出敌营，在克雷利亚的率领下，这些罗马姑娘最终成功骗过了守卫，一起跳入了台伯河的急流中。

这时，图斯克人发现了她们的逃跑行为，喝令她们游回来。可是克雷利亚不为所动，仍大胆地率领姑娘们继续向对岸游。敌人不断地朝她们扔石块、射箭，她们全然不顾，一路拼死向对岸游去，直到爬上岸边获救。

回到罗马后，民众简直不敢相信这是真的，他们纷纷夸奖姑娘们的勇敢。但元老院却觉得应该信守诺言，于是，当泼尔塞纳再次提出要求的时候，罗马最终还是把这十二名姑娘又重新送了回去。

面对愤怒的国王，高贵的克雷利亚骄傲地站着，毫无惧色。

国王对这位骄傲的罗马姑娘上下仔细打量一番，许久，国王愤怒的神情不见了，阴沉的脸上露出笑意，泼尔塞纳赞赏地对姑娘说："多么勇敢的罗马姑娘呀，从你的眼神里我看到了比男子还英勇的气概，我现在准许你获得自由，而且你还可以挑选几个人质作为你的同伴，跟你一起回到你的国家去！"

就这样克雷利亚又挑选了几个年轻的姑娘，胜利地回到了罗马。

经过莫茨乌斯、克雷利亚等事件后，泼尔塞纳国王认识到罗马是一个伟大而又英勇的民族，于是，便命令部队撤出拉丁姆地区，也没提任何条件。敌人慢慢地撤离台伯河边，罗马获得了自由，终于从前所未有的困境中解脱了出来，人们把克雷利亚誉为英雄姑娘，还给她塑造了一尊青铜骑士像。在后来的罗马城女子中再也没有人获得过如此巨大的荣誉。

看到图斯克人撤离，塔尔库依尼乌斯感到重登王位的希望再次成了泡影，于是他又求助于拉丁城图斯库罗姆，在此执政的是塔尔库依尼乌斯的女婿，准备再度征讨罗马。从前拉丁姆地区的许多村镇都曾对国王塔尔库依尼乌斯宣誓效忠。他们为信守诺言，便一起加入了塔尔库依尼乌斯的军队。很快一支庞大的军队被组织起来，向罗马城进发。结果，双方部队在勒基罗斯湖畔展开了激烈的战斗。

这次是罗马独裁官首次指挥军队。在战争期间，为了在紧急情况下克服国家由两个最高行政长官执政带来的不便，库茵律特人设立了独裁官，独裁官的统治时间最长为六个月，他执政期间拥有对居民和军队的一切权力。据传，在勒基罗斯湖的战役中，尽管罗马人采取了积极措施，敌我双方仍相持不下。最后在神的介入下，战争才分出胜负。那是天公朱庇特和勒达的孪生儿子卡斯托耳和泼吕丢克斯，他们骑着白马从远处飞驰而来，他们首先登上了敌人营垒前的围墙。接着，他们又来到台伯河的城池把胜利的喜讯送进去。最后，他们又到了维斯太庙的水池边，把手中的利剑洗净，重新飞回神的行列中去了。罗马的最后一个国王塔尔库依尼乌斯兵败逃到库麦城去了，不久绝望而死。从此以后，罗马王位就再也没有继承人了。

麦纳尼乌斯·阿克律帕

罗马王权复辟势力被彻底排除以后，随之而来的却是另一种更大的危险。贵族和平民间矛盾日益尖锐，终于爆发了战争，国内战争，极大地威胁着罗马现存的一切。

在布鲁图上台后，被废除的《赛尔维乌斯宪法》又重新得到了肯定，而富裕的贵族利用这一法律中的文字为自己服务，来获取某种利益。其实他们根本不注重宪法的精神实质。百人团会议上颁布的每一项法律，如为减轻沉重的赋役，每年降低四分之一的赋税；为了禁止罗马监狱内可怕的严刑拷打和威胁逼供，取消残酷的债务法等都引起元老院的极大不满。罗马曾经的债务法允许把拖欠债务的人连同他的家庭一起送入监狱的暴力行为。元老们对种种报告充耳不闻，眼睁睁地看着因债务而入狱的犯人被铁链锁住双脚，背上被鞭打得血肉模糊，脖子上还架着重量难以承受的铁枷。

一天，居民们像往常一样地生活。罗马广场上出现了一个衣衫褴褛的人，他大声叫喊着，一大群人被吸引过来。人们同情地问："你是谁，为什么会如此落魄。"

他回答说："居民们，你们听着，我曾经是一支军队的首领，我的军队在勒基罗斯湖畔打败了暴君塔尔库依尼乌斯的进攻。我曾像一头雄狮似的战斗过，请你们一定要相信我。"

第六章　罗马英雄

他一面说着，一面敞开前胸指着一道道疤痕，以此来证明自己所说的都是真的。大家看到他的皮肤无不骇然，人群中发出一阵阵惊叹声、喧哗声，随即又是死一般的寂静。

流浪者又接着说："在战争结束以后，当我回到我的家乡，一个罗马的小田庄里时，看到房子都被夷为平地，所有谷仓被烧毁，甚至连牲畜群也都被赶走了，整个小田庄荒无人烟。傲王塔尔库依尼乌斯的士兵们经过这里，把我的小田庄破坏得片瓦无存。我只得举债，来重建我的家园。可是孤零零的只有我一人，因此需要借很多的债务，我才能果腹蔽体，勉强度日。其结果怎么样，你们看到了。居民们，后来，由于我没能及时地归还债务，被贵族债主们送进了监狱，我在监狱里的遭遇你们可想而知，你们看。"说着，这个不幸的人脱下衬衣，露出背上累累的鞭痕，让人触目惊心。老兵还在讲话，底下围观的人群顿时一片愤怒，群情激昂。"我尽管遭受了无数的折磨，但是，我还是通过自己的劳动还清了所有的债务。此刻我是磊落的，我现在身无分文，愿意当个流浪者，在堕落中毁灭，去寻找自己的坟墓。"他说。

人群愤怒如火，广场犹如火炉般霎时间升起腾腾烈焰。他们用语言攻击着各种残酷的法律，贵族元老们蜂拥而来，广场上一时间出现了民众与贵族之间的斗殴。贵族们明显地吃了亏，惶恐地逃走了。斗殴远远没有结束，民众参与的这场运动很快发展为起义。他们冲进监狱，释放那些被拘押的人。债务人戴着脚镣和脖子上的铁链，他们站在广场上显得甚是可怜。

当看到民众的愤怒势不可当地发展为民众起义时，从平民中选举出来的最高行政长官普泼利乌斯·赛尔维利乌斯也为之震惊了，为了安抚愤怒的民众，他走到民众中，高声疾呼："罗马市民们，任何人都不会再因债务问题而被关进监狱了。请大家安静地等待元老院颁布的新指示，我相信元老院会给你们一个满意的答复的。"他的话使沸腾的广场慢慢平静了下来。

第二天，元老们举行会议，讨论有关民众暴动问题。正在这时传来消息说，一支佛尔西安人的军队正在逼近罗马。面对外敌来侵，最高行政长官们转身号召平民，动员大家参加保卫罗马，并许下种种诺言，说一切合理的要求在战争结束后都能得到满足。善良的平民相信了长官的话，终于等到敌人被打退了，可是，另一个最高行政长官阿比乌斯·克劳迪乌斯顿时露出真实面目，宣称他同僚对平民的允诺等于零，不值一钱。

平民们又愤怒了，就连平民出身的士兵们听到阿比乌斯·克劳迪乌斯食言的消息时，也都群情激愤，难以控制。这时站出来一个名叫西策尼乌斯的普通人，建议平民们一起离开罗马城，去寻找一个合适的地方建立一座新的、更好的罗马城。

"我们要把一切喜欢的有意义的东西全部带走。"西策尼乌斯说，"包括我们的妻子、孩子，还有我们古老的传统法律，可以用来建设我们新的居住地，它们不会损害我们的声誉。一切有害的东西则留给库依律奴斯！"话音刚落，就引起了雷鸣般的掌声。至于迁移的地点，经过讨论，最终选择在阿尼奥河畔的圣山。因为自从埃涅阿斯时代以来，阿尼奥河畔的圣山一直受到神的佑护。

平民士兵们开始付诸行动，立即开赴圣山，许多没有武器的平民也加入了他们的行列。

平民们离开了，罗马城内的街道顿时一片荒凉，失去了往日的繁华，连手工业、商业都没有了。居民们十分担心，这样下去城市很快会变得虚弱起来，成为敌人的猎物。贵族们也开始大惊失色，他们看到没有人可以被统治，形势越发紧张起来。

为了平息平民的怒气，维护平民的权利，元老院不得不做出让步，他们设立护民官。护民官不用穿官袍，所以没有棒斧仪仗队在前面给他们开道。但是，他们很快就和最高行政长官一样受人尊重了。例如护民官可以直接宣布任何针对平民的法律无效，可以介入正在审理的案件，阻止执行判决等。当他们走上广场时，人民马上出来迎接他们，就像从前迎候国王一样。

除此以外，贵族对现存的债权问题也做出了让步，他们决定降低利息，释放一切因债务被拘押的人。

元老院决定派演说人麦纳尼乌斯·阿克律帕把和平的决议送往圣山，交给那些迁移走的平民。因为通过上次的演讲民众们对他十分看重。麦纳尼乌斯·阿克律帕来到圣山后，他不由得为平民们建造新居的神速而惊讶。他知道，这是一批不可多得的勤劳人民，无论如何都得把他们劝回罗马去。可是不管他如何竭力宣传新法律的优点，平民们都对此漠不关心，一点儿也不愿意回去，他们中大部分都是勤劳的手工业者和农民，他们相信不管自己在哪里，凭自己的劳动都会有好的生活。

麦纳尼乌斯·阿克律帕考虑一会儿，就接着给平民们讲了一个有关胃和其他器官的寓言：

"从前，有一次，身体的所有器官都对胃烦感生气。在它们的眼里，胃只会接纳和享受它们通过劳动获得的成果，是一个非常懒惰的家伙。大家越想越愤恨，说：'这样的局面是不是早该结束了！'

"于是，它们全部开始罢工。腿不走了，手不干了，嘴不接受食物，牙齿也不咀嚼。为的就是想让胃受到教训。罢工持续很长一段时间后，它们惊奇地发现，它们各自的力气变小了。它们这才意识到，如果它们把胃饿死了，它们自身也会消失灭亡。而且，它们还看到胃原来就是它们共同的生命之源。胃并不是懒惰而是默默无闻地劳动，以免它们遭到毁灭。它们开始理智起来，重新跟胃和好，重新为胃提供食物和饮料。从此，这个身体又活得健康和幸福了。"

平民们理解这个比喻的意义：四肢和器官是指平民百姓，胃是指元老们的治国艺术。这种艺术就好比人类的生活一样，都需要在积累丰富经验的过程中不断学习。罗马民众作为劳动肢体却不能如此迅速地替换胃，因为胃能把全部的劳动都默默地变成血和气力。这番聪明的讲话，使平民们放弃了原来的固执念头，愿意跟随麦纳尼乌斯重新回到罗马。

伽尤斯·柯里奥郎

在罗马的历史中柯里奥郎既是英雄,也是叛徒,他的故事也得到了广泛的流传。许多伟大的艺术家、诗人、作曲家和画家在这个男人命运的启发下创作出了许多伟大的作品。这个人曾把自己的政治信念置于他的祖国之上,而他在难以忍受的内心冲突中受母亲所逼,最终走向悲剧。

从前,罗马在与佛尔西安人的战斗中,涌现出一位出身贵族名叫伽尤斯·玛尔策乌斯的英雄,他在战斗中一举夺下了柯里奥利城,并因此获得了许多荣誉。从此,玛尔策乌斯又被人们称为柯里奥郎,而他的真名倒没有多少人记得了。当柯里奥郎从战场上凯旋回到家乡时,人们围着战场英雄发出不断的欢呼。可是,柯里奥郎似乎对这一切功绩和赞扬感觉不到一丝欣喜。罗马设置护民官以后,罗马发生的变化时刻折磨着他的心灵。他的脑海里一直燃烧着一股信念,即他认定贵族都是由神任命的。他想,王国的守护神洛摩罗斯曾经跟当时的各大王国缔结了牢不可破的联盟,因此,如果要求他们执掌国家,当祭司和军队首领不是顺从他们的权力欲望,而是顺从了上天的意志。而现在护民官却与最高行政长官并存,平民们已违背了上天的意志。

他思来想去,总是心神不定——看来,对一座拥有众神保护的城市来说,一切保持原来的样子,那岂不更好。谁破坏了传统,谁就动摇了秩序的基础,他认为新的事物并不一定都是好的。鉴于这样的信念，柯里奥郎内心苦闷入彷徨，很难接受。

当他看到护民官的人数从刚开始设置的四个升为六个，最后又上升到十二个，甚至介入国家生活的方方面面时，在他看来，由德高望重的元老们在元老院中做出的决议是神圣而不可推翻的，没有想到护民官却把它随意推翻。更让他义愤填膺、怒不可遏的是护民官竟然委派那些平民助手，让他们监督国家的财库。再后来，他看到越来越多不可理喻的事情发生，平民百姓胆敢以巨大的暴力冲击把贵族和平民隔离开来的神圣围墙。甚至允许各个阶级的居民自由通婚，设立平民祭司，选举平民最高行政长官等！实在让他难以忍受。

"哎呀，"柯里奥郎心中充满了抱怨说，"当伟大的预言家奥古儿看到国王塔尔库依尼乌斯·普列斯库斯第一次准备给平民颁布市民法时，他突然扑进了国王的怀里。由贵族统治的时代已经不存在了。咒骂新的时代吧，那是个平民掌权的时代，神圣的古罗马已经被平民压倒了，这些平民最终将会把罗马彻底毁灭！"

正当贵族们都以一种强抑的愤怒在静观着平民们的各项行事时，长年对伊特卢利阿和佛尔西安人的战争使罗马城内的经济形势每况愈下，大片土地荒芜，为维持生计，有时人们必须到附近的城市，或甚至到更远的西西利亚购买粮食。国库里虽然还有成堆发红的铜钱，还可以勉强掩饰贵族们的困境，但是等到国家资金山穷水尽时，一时间饥饿和通货膨胀便迅速席卷而来。当罗马的最高行政长官们尝试着派船到附近的国家去购买粮食，但是求购不到粮食时，饥饿的居民们已经在街道上大发牢骚了。

在这困难的时候，罗马出现了一位救星，他答应免费提供一个船队的粮食。这位救星把七座山城看成是抵抗伊特卢利阿海盗的桥头堡，他不希望看到它就此衰落下去。

等到救星把粮食送来，粮仓再次装满粮食时，柯里奥郎终于等到了逆转历史车轮的时刻。他向元老院提出建议，只有当平民放弃设置护民官时，才能分到粮食。这项动议引起了平民们的极大愤慨，平民们愤怒地涌上大街。

柯里奥郎毫无畏惧，为实现自己的信念，他在一批狂热分子的陪同下坚持来到人群中间，向平民们重复他的要求和主张。人们顿时忍耐不住，对柯里奥郎上来就是一顿拳打脚踢，直打得他头破血流。越来越多气愤的人涌上罗马广场，来到行政大楼前面，人民的力量是巨大的，连夜幕渐渐降临也阻挡不住满街踊跃的人流。

代表平民的护民官立刻集会协商，最后要求元老院交出柯里奥郎，由护民官审判柯里奥郎最高背叛罪。元老们虽然也对平民恨得咬牙切齿，但鉴于城市民众的巨大压力，元老们不得不答应了他们的要求，而且他们也觉得柯里奥郎与平民为敌不是明智之举。

护民官西策尼乌斯曾经是率领平民迁移到圣山去的人，又作为平民一方代表，来提出对贵族们的控告，伟大的演说家麦纳尼乌斯·阿克律帕为平民担任辩护，他是个通过把胃和身体其他各个器官做比喻而远近闻名的人物。但在辩论中西策尼乌斯在他的起诉中并没有提到柯里奥郎关于取消护民官的动议，这让几千名听众大为惊奇，"其实不正是因为这个动议才引起这场审判的吗。"当然，西策尼乌斯这么做也是合乎逻辑的，因为在民众代议机构里合法地呈递要求是不算违法的。相反，充满复仇欲望的护民官只针对柯里奥郎侵吞属于国库的财产进行了起诉，那是征讨佛尔西安人时所缴获的物品。

尽管麦纳尼乌斯·阿克律帕在辩论中用精彩的语言驳倒了原告的种种呈辞，但柯里奥郎最终也只是被判决终身放逐。

审判的秤砣还是向贵族一方倾斜了，从此，罗马丧失了公平。

这是多么黑暗的一天，夜幕降临了，泼鲁塔尔西书中记载了罗马共和国英雄的生平和业绩，据书中记载，柯里奥郎被判流放后，许多贵族为失去一位拥护者痛哭流涕，而平民们则兴高采烈地燃起了胜利之火。在那些天里，罗马城内明显地分成贵族和平民两大派，彼此四目相对时心里都很压抑。

柯里奥郎忍住心中的怒火，他对这次的审判强加给他的耻辱十分不满。他告别了母亲、妻子和孩子，脱去贵族的华丽衣服，只身穿着乞丐的褴褛衣衫，逃亡到佛尔西安人的首都安提乌姆，从前那是他的敌国。从那以后，在罗马越来越多

第六章 罗马英雄

的人受到不公正待遇。而柯里奥郎犯下的严重错误就在于,他即使再怎么怪罪某些人,也不能怪罪于他的国家。为了报复强加给他耻辱的罗马人,只因对不能为他说话的国家法律的不满,他决心毁灭罗马。

虽然柯里奥郎曾是佛尔西安人的敌人,但佛尔西安人还是很乐意接待这个富有战争经验的逃亡者,他们觉得十分幸运。不久,柯里奥郎求助于佛尔西安人,希望借给他一支军队,用于讨伐罗马。前不久,库茵律特人把佛尔西安人打得落花流水,对此佛尔西安人还记忆犹新。听到柯里奥郎要借兵征讨罗马的请求时,他们没有半点儿犹豫就答应了。

人们总是要为战争找个理由,眼下就是个机会,柯里奥郎逃到佛尔西安人的国家后没有被驱逐,相反,他们提供给了他一个栖身之所,这让罗马人对佛尔西安人产生了不满。在一次看杂耍表演时他们竟把佛尔西安人从舞台前全部赶了下去,罗马的这个行动有损神圣的客人权利。就是按照古老的风俗这也是要用血来抵偿的。彻底激怒了的佛尔西安人,在柯里奥郎率领下,以迅雷不及掩耳之势闯进了罗马大地,并很快占领了拉丁平原上的许多村庄。当时,罗马的势力范围已不止七座山城了。当柯里奥郎率兵进入平民居住的地区时,就把那里夷为平地;如果是贵族区和贵族住房,因他本身就出身贵族,对他们则一律加以保护,不加骚扰。这时的罗马还没回过神来出兵阻击,这个罗马的不肖子孙却已兵临城下,驻扎在城墙之外。

罗马人还没有做好作战准备,面对柯里奥郎的疾风暴雨般的进攻大为惊恐,没有比自己的同胞更能了解这位军事首领的特点了,罗马人抱着一丝的希望,情急之下,人们派元老院祭司团的代表去向柯里奥郎阐明:"任何人都无权因为国家法律一时不合他的心意就否认自己的祖国。"

可是柯里奥郎并没有动摇自己的决心,而是对来者谩骂和讥笑了一通,最后大声说:"我相信,罗马必将从地球上消失,否则平民的毒液将继续存在。而你们,元老和祭司们,我看你们却和那些贱民沉瀣一气,因此我也要讨伐你们,你们将随着罗马的消失而灭亡,直到以前我自称祖国的罗马彻底解体,消失在毁灭的熊熊烈火之中。"

听罢这番话，库茵律特人大为惊恐。在艰难的时刻，柯里奥郎的母亲和妻子站出来去请求他能够宽恕罗马。当柯里奥郎看到站在营前的两个女人，一个是他的母亲，一个是他的妻子时，他十分害怕。他并不惧怕流血和屠杀，可是在爱和温情的攻击下却战栗发抖。

这时他的母亲扑倒在他的脚下。"我的孩子，"她哭诉着说，"你难道要用你最后的行动破坏你的高尚吗？难道你真的不顾及人们将来怎么评价你吗？你想用你的仇恨玷污你母亲的名字吗？若是你认为一切都无所谓，决意去占领罗马城！那请你记住，当你穿过罗马城门的时候，就先从你母亲的尸体上踏过去吧！"

这时，柯里奥郎的妻子也接着说："还有我，也从我的尸体上踏过去吧。"

从母亲宽大的衣服下面还传来一个孩子的声音，那是他的小儿子，由于害怕一直躲在衣服下面，只听他哭喊着："父亲是不会杀我的。"然后又怒气冲冲地嚷着说："我会逃走。等我将来长大了，我要跟你决斗，来清算你的暴行。"

他的脸上掠过一阵痛苦的痉挛。他感到站在那里自己是多么孤单，他弯下腰去，扶起母亲，轻轻地说："如果我撤兵，我就违反了与佛尔西安人立下的军令状，他们会把我杀死的。母亲，难道你还要坚持自己的主张吗？"

母亲抚摸着儿子的头发，回答道："孩子，我爱你，这是肯定的，可是，罗马的女人也同样爱她们的孩子……你只是我一个人的儿子，罗马城里还有许多你这样的儿子……"

柯里奥郎彻底绝望了，大叫一声："母亲，你走吧！你救下了罗马，可是却杀害了你的亲生儿子！"

柯里奥郎立刻指挥部队撤离罗马。有关他后来的遭遇在罗马文字中没有任何的记载。想来他的结局肯定十分凄惨，或者被佛尔西安人绞死，或者流浪在拉丁姆和康帕尼阿大平原上也未可知，总之他再也没有在他的故乡出现过。这里蕴含着一则永恒的真理：背叛祖国永远也没有好下场。

斯波律乌斯·卡西乌斯

在对抗柯里奥郎的战争中,平民们又一次取得了辉煌的胜利,他们觉得夺取贵族权利的时机已经成熟,在战争中贵族们占领了大量的土地,而这些被占有的土地无须缴纳赋税,这也是贵族们的经济支柱所在。这时,斯波律乌斯·卡西乌斯又被重新推举为最高行政长官,他是个对新生事物十分开明的人,而且对平民素来也很有感情。在护民官们的说服下,他向元老院倡议耕地法。根据耕地法,贵族们所占有的土地必须缴纳使用税。

这激起了贵族们的愤怒,在当时掀起了一波反对斯波律乌斯·卡西乌斯的巨大浪潮。他们做着精心的准备,也不敢太明显,他们生怕因陷害不忠诚于他们自己阶级的最高行政长官反而会引起平民起义。在百人团会议上,贵族们成功地达成决议,直到斯波律乌斯·卡西乌斯被他们罢黜下台才表决新法。后来,当他刚脱下镶金长袍时,早有一批高级财政官员一把抓住他,把这个不幸的人送进了监狱。

早有预谋的贵族军队全副武装地占领了城市的各处要害,他们起诉罢黜的斯波律乌斯·卡西乌斯罪名是背叛祖国。罪状跟之前起诉柯里奥郎的几乎如出一辙。这是在命运中多么地少见,不过这回起诉也是站不住脚的,倡议立法就本身而言是不构成犯罪的。所以这次起诉斯波律乌斯·卡西乌斯的罪状是站不住脚的。尽管他们从法律的文字中没有找到多少根据，但是案件审理得非常激烈。贵族们认为不管是谁胆敢提出像耕地法这种危险的动议，无论如何都是要清除和根绝的，他们不能手软。

不幸的斯波律乌斯·卡西乌斯虽向贵族们做出种种说明，说自己完全着眼于罗马国内的幸福，自己做的都是站在民族的利益上考虑的，除了调停罗马居民中两大派别的关系外别无其他想法。不管他怎么说明，都无济于事。对贵族们来说任何语言都是狡辩。结果，斯波律乌斯·卡西乌斯被判处死刑。允许在他的家乡的刑场上对他行刑，并把这项残酷的任务交由他的父亲。这位年迈的老人，好似第二个布鲁图，无奈地执行了元老院的命令，亲手杀掉了自己的儿子。

等到斯波律乌斯·卡西乌斯死了以后，早已恨他入骨的贵族们立刻把他的房子拆毁了。斯波律乌斯·卡西乌斯的儿子们对他们的做法十分愤恨，抗议贵族对父亲的无理和无法行为。他们自愿脱离贵族阶级，成为平民。

在百人团会议上，新上台的最高行政长官指示不得继续执行耕地法，因为这项法律随着它的创始人一起被处决了。在无情的时代里，这一切都无法阻挡时代的向前发展，现在那些享有特权的贵族们，终有一天会从华丽的交椅上跌落下去。

视死如归的法比尔人

护民官遭受贵族们打击以后,仅仅屈从了短短一段时间,又再次活跃了起来。当罗马处在烈焰腾腾的战火中需再度招募士兵时,护民官提出了一个极其危险的想法,他们号召平民不要加入部队。护民官趁机向元老院提出必须先实行耕地法,否则平民是不会参军的。顿时,国家再次陷入危机之中。

这时,一个名门望族自称法比尔人,他们凭着自身的英雄气概和献身精神力挽狂澜,拯救了洛摩罗斯的城市。法比尔人的祖辈曾是瑞摩斯的手下,瑞摩斯惨死后,全族归顺罗马的第一任国王洛摩罗斯。法比尔族人中出了第一个最高行政长官,自此,罗马一连七任最高行政长官都是出自法比尔人,在他们执政期间,是贵族和平民矛盾深化时期,他拥有众多追随者,甚至能够抵挡得住平民的进攻,可是由于职务在身,所要承担的责任更加重了,为了罗马未来的幸福,这个法比尔人只能改变自己的立场了。

维几是伊特卢利阿人的城市,位于罗马以北,维几看到罗马内部矛盾重重,觉得是征讨罗马的好时机,于是,罗马跟维几的战争再次爆发。

闻听战讯,作为最高行政长官的法比尔人克索·法比乌斯极力说服平民服从他的意志,动员平民组成兵团来到战场。不料,还是发生了意想不到的可怕事情:由平民组成的步兵队在战场上拒绝执行命令。自罗马建立以来还从未出现过这等事情，战士竟敢在战场上违抗军令。

迫不得已之下，克索·法比乌斯决定亲自率领贵族骑兵队向敌人阵营出击。由贵族组成的英勇骑士奋不顾身，冲锋陷阵。使维几人的阵线大乱，看情况不妙维几首领连忙命令吹号撤退。可是平民兵团却袖手旁观，不理战事。虽然贵族骑兵取得了胜利，但克索·法比乌斯无法进一步扩大战果。人们欢呼他凯旋归来，又称他为凯旋统帅，他觉得这场战争因平民拒绝参加只取得了一半的胜利，作为统帅他感到十分沮丧和失败。他下令不准举行任何的凯旋仪式，并灰溜溜地把象征权力的棒斧交给了玛尔库斯·法比乌斯——他的接班人。

维几人认为这是上天送给他们的绝佳机会，他们发动军队再次向罗马进攻，声势浩大。平民们意识到祖国面临灭亡的危险，如果他们再不参加战斗，那么祖国就真的完了，他们也会随之灭亡。于是，平民决定暂时抛开与贵族的恩怨，放弃实行耕地法的要求。不过，他们要求平民作为独立的军队开赴战场，他们痛恨贵族，不想与之一起战斗。但是贵族们却极力反对，希望组成联盟军，认为平民的要求是非常危险的，平民在军团联盟中是由轻武器装备的部队，适合在前沿阵地近距离作战；贵族骑兵是用重武器装备的部队，适合远距离作战。

鉴于形势，最高行政长官答应了平民的要求，于是组建了贵族和平民两支军队：贵族们的军队由最高行政长官玛尔库斯·法比乌斯率领，平民的军队由最高行政长官曼利乌斯指挥。两个最高行政长官心里充满着忧虑。因为每一支军队只有一种装备，一边缺乏重武器，另一边缺乏轻武器，一旦分开作战，后果将不堪设想。

天公朱庇特看见发生的一切，终于忍耐不住了，在这危急时刻，他不能再任由罗马因派别之争闹得不可开交而弃罗马的安危于不顾了。朱庇特把一道愤怒的闪电扔进了平民军队的指挥营里，神坛被击毁，平民们听到神发怒的消息后，也意识到了独立作战的危险性，所以便主动与贵族一方和好，合成一支军队。平民们还庄严起誓，在战斗中将与贵族同生死、共患难。

维几人并不知道此时罗马内部的纷争已经解决，并形成了统一战线。他们一听说罗马人出现纠纷，认为平民不会加入战斗，于是马上派出密探，让他们在贵族军队四周，放声大骂，他们所包围的贵族军队里其实还隐藏着罗马的平民军队。

因此，当营门突然打开，从里面涌出无数刀枪手，有贵族骑兵，也有平民步兵，他们都愤怒地朝敌人直扑过来时，维几的士兵吓得目瞪口呆。

这一天，罗马人又恢复了传统的士兵荣誉。法比尔人奋勇当先，锐不可当。只可惜，曼利乌斯在同敌人士兵刀战时牺牲了，玛尔库斯·法比乌斯和克索·法比乌斯立刻接手指挥，法比尔人勇敢的精神鼓舞着全体罗马士兵奋勇杀敌。不一会儿，人们欢呼雀跃起来，他们在罗马军队的上空看到了胜利女神。消息传来，图斯克人慌乱一团，忙夺路逃窜，战场上留下他们的一片尸体。

克索·法比乌斯仰望着天空，大声说："在天神灵，谢谢你们赐给我的恩惠，让我了却从昔日的半胜到今天获得全胜的心愿。"

对于这次的胜利，玛尔库斯·法比乌斯和克索·法比乌斯一样，也放弃了凯旋仪式的荣誉。他说："如果胜利能赢得罗马的内部稳定，那么我的牺牲也就值了。"但他的愿望并没有实现。刚恢复的和平又开始了内乱。等到士兵们重新回到他们的土地、手工场、建筑工场和造船场时，贵族与平民的仇恨和分裂又像野火一样重新燃烧起来。

法比尔人已经连任罗马最高行政长官职务七年了。等到从法比尔人中选出来的最后一个行政长官上台时，贵族和平民间的矛盾依然存在，他认为有必要尝试着对罗马争论不休的两个派别进行调停。克索·法比乌斯是罗马军事首领的堂兄弟，成为法比尔族第七个穿上最高行政长官长袍的人，他曾作为法官，把耕地法的创始人斯波律乌斯·卡西乌斯判了死刑。可是现在，他却主张实行耕地法，他的思想发生了多么巨大的变化啊！不过，他没有想到，贵族和平民之间的矛盾还没有到和解的时候。贵族们也没有料到这个出身贵族的最高行政长官却背叛了他的出身。他们像身上挨了鞭子似的大叫："法比尔人难道你们老了，难道你们疲倦得一点力气都没有了吗？难道你们软弱的骨头里没有骨髓了吗，不敢对付那些贱民而要屈服吗？"

罗马内部重新煽起的仇恨只会给城门外的敌人带来鼓励，伊特卢利阿人的维几城再次开始准备更大规模的进攻。罗马被迫采取相应措施，再次面对强敌，平民们抓住时机重申他们过去的条件，要想平民提供兵员，只有先实行耕地法。法比尔人看到他们和解的尝试被挫败了。事实证明和解时机未到，它甚至把局势搞得更糟！

罗马人从骨子里透出的英勇气概，无论是平民还是贵族，从古到今从未丧失。正因为它的存在，才勉强让洛摩罗斯的城市渡过了那个时期的危机。面对内外交困，平民催逼，贵族谩骂，具有献身精神的法比尔族人一致决定铤而走险，在克索·法比乌斯的率领下，单独出城抵御维几人的进犯。这是多么的令人震撼，是史无前例的举动，他非常明白这就意味着率领全族人白白去送死。他率领三百零六个法比尔人全副武装地穿过了卡尔门谷城门，跟数量超过自己数倍的敌人做殊死战斗，他们谁也没有准备再重新回到家乡。人们十分清楚这场牺牲行动的巨大意义。他们陆陆续续涌出了卡尔门谷城门。后来，人们把这座城门称为"不幸之门"。

法比尔人这种视死如归的精神打动了很多罗马人，他们和法比尔人一起集中在平坦的野外，大约有四千人马，最后法比尔人和他们的追随者在克莱梅拉河旁陡峭的山崖上扎下营寨。法比尔人以此为依托，趁维几人不注意时不断冲下山去，劫掠他们的牲口和武器装备，以此来破坏维几人的战斗能力。这种小规模的战斗持续了很长时间，给维几人造成了不少损失。这时图斯克人决定把兵力都集结在克莱梅拉河将敌人引入陷阱一举歼灭。

也合该这群勇敢的人倒霉，法比尔人被不断的胜利冲昏了头脑，从而开始麻痹轻敌，看到山谷间的盆地上吃草的牲口，他们竟连侦察员都没有派，就直接扑了过去。可是，他们很快就意识到中了敌人的埋伏。维几人从山坡的四周冲出来，投枪如雨点般从四面八方投向罗马人。

但法比尔人并没有气馁，他们见势，立刻叫大家组成了一种在当时甚是流行的能突破敌人包围的战斗阵式，即楔形队伍。他们虽然遭受了巨大损失突围出来，但还是强行占领了一座小山。到达小山时，英雄们几乎耗光了他们所有的体力。不久，维几人又向他们围了上来，他们只得进行最后的战斗。法比尔人一个接一个地倒了下去，武器装备连同人员一起，直到消耗殆尽。

在那次战斗中，只有一个十岁的法比尔族男孩，逃出战场，回到了家乡。他在罗马又重新生活了下去，后来由他又繁衍起来一个光荣的家族。

据说，法比尔人牺牲的那天是七月十八日，罗马人几十年以后在阿利阿河遭受高卢人重创的日子也是七月十八日。所以，这一天被罗马人看作"黑色的一天"。这一天，人们尽量避免做重要事情，无论是国家事务，还是战争、纷争、贸易或者个人生活事务等，都避免去做。

农民辛辛那图斯

对罗马神话熟悉的人，一般都会感觉到有一位大师故意用阴暗的色彩调制他的画面，以更加突出他的英雄是多么的光彩照人。正如法比尔人以身殉国的先例，关于农民辛辛那图斯的故事也是一样。它们告诉我们，国家官员们应该以不谋取私利为目的、以朴实谦逊的高尚品德为根本。今天，为了表彰这种古老的美德，也为了纪念从前的一个罗马农民辛辛那图斯，美国东北部的一个城市取名为辛辛那提。这个罗马农民丢下扶犁，在国家危难时刻，临危受命拿起了独裁官的权杖，执掌最高权力十六天，等到完成任务时，毫无权欲的他又立刻把权倾朝野的职务交还给了最高行政长官。

罗马人在克莱梅拉河经历了不幸的黑色一天。从此以后，厄运就不断地光顾罗马，人们度日如年。埃库尔人不断骚扰罗马的北部边境。其实埃库尔人和萨宾人属于同一宗脉，同样也对罗马有着仇恨。他们破坏农田，抢劫库茵律特人的财产。库茵律特人的农民十分害怕，为了躲避埃库尔人，他们纷纷逃往附近的城市。贵族们逃到那里依然能够住上宽敞的房子，过上安逸的生活，而平民们则只能勉强度日，他们围作一堆，挤在狭小的住房里。当时贫民窟里瘟疫流行，在七座山城和它周围的乡村蔓延开来。

据说，当年这场瘟疫相当厉害，两个最高行政长官、四分之一的元老、全部的占卜官以及绝大多数的护民官都在那场瘟疫中死去。埃库尔人并不知罗马瘟疫盛行，依然举兵前来，当他们在行军途中刚刚进入伽比城大街时，便遇到了患瘟疫的病人，听说台伯河畔的城市流行瘟疫，已经死了很多人，便吓得急忙逃了回去。

于是，罗马历史的老画家又在这幅阴沉灰暗的死亡风景中涂进了恐怖、刺眼的颜色。瘟疫还没有退去，地震、火山爆发又接连不断地袭来，更加奇怪的是意大利中部地区有许多非常特别的凝灰岩石，在那时都变成了活火山，它们喷吐着火焰，抛扔出灰浆和熔岩。还有更加神奇的事情：人们听到一个古怪的声音在空中响起，看到天空里有个流动着的巨大人影。有一回，从天空中纷纷扬扬降下肉团。如果肉团落到地上不被乌鸦啄食的话，这肉团过多久都不会腐烂。所以人们相信，世界末日就要到了。

因受自然灾害的影响，城内秩序一片混乱。贵族青年们成群结队，拉帮结派走向街头，向他们痛恨的平民发泄心中怨气。等到天空中可怕的景象消失后，人们的情绪才稍微稳定一点儿，贵族的老人们都希望这些年轻人能够对自己的行为有所收敛。克索·库茵克梯乌斯就是贵族青年之一，他是一个性格暴躁的人，他的父亲是贵族出身的贫困农民卢茨乌斯·辛辛那图斯。看到那个脾气暴躁的年轻人，人们普遍感到奇怪，农民卢茨乌斯·辛辛那图斯一直都是一个谦逊朴实、受人尊敬的人，怎么会有如此性格粗野的后代。人们只好责怪时代的黑暗。虽然克索·库茵克梯乌斯本性并不坏，但由于富有太多的幻想，他的脑子里总是转悠着各种各样稀奇古怪的计划。于是，他跟朋友们继续到处为非作歹，希望以此找回罗马王国昔日的光辉。当时罗马城内的情况严重到连夜间都无人敢外出。在护民官的提议下，最高行政长官终于同意把克索·库茵克梯乌斯送交平民审判庭。

审判那天，罗马人全都到场。在贵族朋友们的帮助下法庭没有给克索·库茵克梯乌斯戴镣铐，父亲卢茨乌斯·辛辛那图斯陪儿子来到法庭，引起人民的一片惊讶。辛辛那图斯郑重地申明，出于作为一个父亲的本能，他诚恳地请求法庭能宽恕他那有罪的儿子。他的讲话得到了普遍的赞同。他向法庭指出克索·库茵克梯乌斯立下过赫赫战功，同时也指出儿子野蛮的行为是如何破坏了人们的生活。接着又上来一些证人，无论是贵族还是平民，他们都为这位朴实的农民证实被告曾对祖国立下过功劳。

审判似乎要无罪释放被告了。就在这关键的时刻，有一个人站出来坚持说他的兄弟在夜里遭到被告虐待后不幸死去。审判出现了新的转折。克索·库茵克梯乌斯再度被护民官起诉为故意谋杀罪，护民官下令让人立刻给他戴上镣铐。贵族们十分愤怒地冲上审判台，一场贵族与平民间血腥的斗殴在所难免。护民官也没有料到事情会发展到这种地步，陷入进退两难的境地，已经做出的宣判既不能收回，又不能执行，不知如何是好，突然，他们找到了出乎意料的办法：被告交三千阿斯罚金便可获得自由。

富裕的贵族朋友当即如数替他交上三千阿斯钱币，克索·库茵克梯乌斯被释放了。父子两人一起回到家中，父亲卢茨乌斯·辛辛那图斯对儿子说："儿子，救你所交纳的罚金，我只要变卖掉在罗马的房子，还是可以还清的。我替你还清这笔罚金是我作为一个父亲的义务，我愿意这么做，我从此以后耕种务农，想过农民的生活。你按自己的愿望去创造你的未来吧！你应该认真地思考一下：你可以继续跟那些起诉人你的人作对，也可以逃避他们。我不能左右你的思想，对我来说这一切都太困难。我只是一个普通的农民，我还是服从传统的法律。新的法律让我有些困惑。"

辛辛那图斯说完，没有任何怨言地变卖了坐落在帕拉丁山上的房子，为儿子还清了债务。之后，他便迁到乡村去生活了，以后以务农为生。

克索·库茵克梯乌斯被释放后，他的冒险精神丝毫不减，并没有像他父亲那样安于现状，一个辉煌的计划又在他脑子里打转。他和好友阿比乌斯·赫尔佗尼乌斯率领朋友们，竟然想要抢占卡皮托尔山，建立独裁统治。为事后找到可靠的避难所，他们预先跟伊特卢利阿人暗中取得联系，然后开始实施他们的计划，可

第六章 罗马英雄

惜他们还是低估了民众甚至包括他们自己阶级同伴的自由思想。他们占领了卡皮托尔山后不久，又立刻被贵族和平民们组成的兵团打败，这些造反者最终不是在战斗中被打死，就是上了十字架。

罗马人同情这位勤劳朴实的农民——辛辛那图斯，并没有告诉他克索·库茵克梯乌斯悲惨的结局。直到他死之前都还相信他的儿子正在陌生的地方过着自己的新生活。老百姓的共同沉默，使得这个正直的农民为他伟大的祖国又一次立下巨大的功勋。

当埃库尔人听到造反者克索·库茵克梯乌斯遇难的消息后，他们觉得罗马城内此时必乱成了一团，于是他们就迅速组建起一支军队朝罗马开来，以为攻陷罗马轻而易举。当然，他们大错特错了。罗马人并没有像埃库尔人想象的那样，他们很快组建了一支强大的罗马联盟军，来迎击敌人。这支罗马联盟军在离赛尔维乌斯城墙不远的地方与前来的埃库尔军队相撞。罗马部队设下计策，故意让埃库尔人把他们包围在营房里，准备出其不意打击敌人。不料形势急剧变化，有消息传来说，佛尔西安人也已经开始对罗马发动进攻了。因此，被围困的罗马人无力四面迎敌，他们必须尽快地冲出埃库尔人的包围圈，一路往南迎击佛尔西安人。急难之中，人们想起了卢茨乌斯·辛辛那图斯，甚至把他看成了救星，人们认为他是唯一真正的罗马人，诚实、勇敢，具有良好的指挥能力，他曾在与佛尔西安人的战争中屡立战功，这是人所共知的。最高行政长官立刻决定任命他为独裁官，并赋予他不受限制的至高无上的权力。

一名高级官员受命在农田里找到了卢茨乌斯·辛辛那图斯，他正在犁地。辛辛那图斯看到身穿官袍的来者并未受到惊吓，相反，他大声地对来者说，请在他田间的小路上稍等一下，等他把土地犁完。高级官员很不高兴地嘟嘟哝哝坐在田边界石上。

辛辛那图斯终于犁完了地，他便撩起身上的长衫擦了擦额前的汗，跨着笨拙的步伐走上前来，问罗马来的高级官员有什么事情。官员立刻起身，挥舞着权斧宣布说："幸运的市民卢茨乌斯·辛辛那图斯，你已经被最高行政长官任命为独裁官了，你将拥有至高无上的权力，这是你的权杖，请用它把威胁我们的死敌埃库尔人赶出拉丁姆吧。"

"我对荣誉从来都不感兴趣，"辛辛那图斯回答，"我的乐趣就在这块土地上。我种出粮食养活士兵，同样也是在捍卫祖国。"

高级官员惊讶了半天，他没有想到如此高官厚禄对辛辛那图斯居然毫无吸引力。因此，他结结巴巴地说："我没有想到你会拒绝。"

辛辛那图斯笑道："你的惊讶我可以想象。每个人都一样，都在以自己的心理来猜度别人的心理。世上又有多少人会愿意放弃高贵的地位而心甘情愿地去当一个平凡的人？"

高级官员十分担心，怕辛辛那图斯断然拒绝任命，于是又极力地想去说服这位朴实的人，任何人都没有权利因为对世上的某种现象不满意而拒绝国家委派的官职，这是行不通的。

农民辛辛那图斯仔细地倾听高级官员的解释，然后审慎地点着头，回答道："好吧，为祖国我可以做出任何牺牲，可是某些人心中的权欲，不值得我做任何努力！"

官员连连称是，表示理解。但是他却在心里恶毒地想："如果在战争胜利后你还愿意把权力交出来的话，那才如同饭后饿肚子，让人不可思议呢！"

接到任命以后，辛辛那图斯把他那凹凸不平的帽盔、伤痕累累的衣甲，还有一把锋利的宝剑，都重新取了出来。他穿戴整齐，说："看，别看我的武装是如此破损，但我的剑刃却锋利无比，保护自己的生命并不重要，重要的是要剥夺敌人的生命。"

这时，罗马又重新组建了新的兵团。辛辛那图斯接过指挥权后连夜率领罗马兵团扑向敌人阵营。他看到埃库尔人正包围着一支罗马军队，便迅速冲了过去，围住埃库尔人，他命令士兵在敌军外围打起一排木桩。当年在战争期间，人们把用来建造营房的木桩也作为行军打仗的常规装备，并把木桩削得尖尖的。

拂晓时分，埃库尔人发现自己被夹在两道木桩中间，前面是罗马营房的围墙，后面是一夜之间从地下冒出来的包围奇兵。

军号嘹亮，战斗开始了。埃库尔人无奈地夹在罗马人当中两头挨打，一下子就被全部击溃了。独裁官的聪明智慧为罗马城市又一次赢得了辉煌的胜利。佛尔西安人听到消息后，连忙打消了对罗马进攻的念头。罗马又一次从巨大的困境中解脱出来。

部队凯旋归来，当到达罗马广场的时候，最高行政长官正在以隆重的仪式欢迎独裁官辛辛那图斯的归来。而辛辛那图斯却立刻把象征权力的棒斧交还到最高行政长官的手上。他执掌国家最高权力正好十六天，按照法律，他完全可以进行六个月的独裁统治。当然，他也无心求得一官半职。历史上还从来没有出现过像他这样的人，在无任何威胁和逼迫的情况下竟能如此体面地放弃权力。

辛辛那图斯的荣耀将永存人间！

阿比乌斯·克劳迪乌斯

罗马刚刚击退了埃库尔人的进犯，取得了巨大的胜利。这时，一位名叫西策尼乌斯·丹塔图斯的老兵来到平民面前高声说："库茵律特人，你们听着，我曾是一名军官，参加了一百二十场战役，三十年来，我率领部队转战南北，我的身上留下了四十五处光荣的伤疤，全在我身体的前面。在战斗中，我救出了很多人的生命，为此我荣获十四顶居民桂冠。又因为我三次都是第一个登上敌人城墙的人，我还赢得了三顶城墙冠。除此之外，我还因为其他的荣誉获得了八顶桂冠。我还获奖过八十根金项链、六十根金手链，在与敌人单独搏斗时还缴获了十八根长矛、二十五匹战马等。可是，尽管如此我竟然还是不能获得一片自己的土地，因为我冒死抢夺来的全部土地都被强盗一般的贵族们吞占了。平民们，现在已经是时候遏制贵族们的贪婪了，我们必须让公正在罗马重新扎下根来。"

新的战斗号角吹响，沉重的战斗以后迎来的也只是短暂的平静。可是，这次关于耕地法的要求，却被眼前的另外一件紧要的事情代替了。平民们希望把迄今为止所有口头相传的全部法律以文字形式记写下来。因为口头相传的法律很容易被任意歪曲，这对平民们非常不利。这时候，有一个出身贵族具有疯狂统治欲的名叫阿比乌斯·克劳迪乌斯的人，为了满足自己的心愿，便趁机介入到了该事件中。

第六章　罗马英雄

在罗马的贵族当中克劳迪一族算是一个最顽固的坚守贵族权利的一族。因此，当他作为贵族首领以友好的神色迎合平民们的要求时，大家都感到十分惊讶。就连以前平民们迁往圣山被建议重新接回城内时，克劳迪一族的祖先都持有反对意见，现在他们却愿意迎合平民了，令平民们也都感到有点儿不可思议。

阿比乌斯·克劳迪乌斯装就一副笑脸，提出建议，由十人团又号称十人委员会，来制定十二铜表法（公元前四五一至前四五〇年制定的古罗马法典，镂刻于十二块铜板上，故得名），从而赢得永远的荣誉。十人团被授予全权，因此在完成任务中不会受到任何干扰，而其他各种权力则全部停止运作。十人团中提出五个席位给平民，以彰显民主自由。

平民们寄托在十人团身上的各种期望，刚开始时基本都实现了。正巧，正当十个人上台任职时，有三个罗马法律学者从雅典立法家梭伦处学成归来，也进入到制定十二铜表法当中，根据他们的经验，在当年就可完成十二铜表法中的主要内容。虽然平民们一直要求的耕地法没有列入其中，贵族和平民间禁止通婚的条文却又被重新列入法律中。可是，在其他一些内容上对低层阶级还是十分有利的。于是，十人团中的平民委员也勉强同意了。等到第二年，十人团工作又制定了两轮内容一般的法律。这样，目标似乎都实现了。罗马期待着十人团能够把职权归还给居民，并按规定日期，重新选举罗马最高行政长官。

可是他们期待的这一切都没有发生。阿比乌斯·克劳迪乌斯利用十人团执政期间成功地把一切权力都抢了过去，使自己凌驾于一切权力之上，成为罗马的公认的主人。现在，罗马人们愤怒了，要求阿比乌斯·克劳迪乌斯下台的呼声越来越高，他和他的随从们干脆撕下他们高尚的假面具，露出他们暴君和压迫者的嘴脸。当他们中的所有贵族在十二名高级官员的陪同下趾高气扬地走上广场。若是有谁胆敢稍有疑义，表示不满和反对，都会被立刻抓起来投入监狱。没有多久，罗马就已经有几百号人被关进监狱里了。很显然，十人团中权欲熏心的人若想保护自己的特权，就必须踏着别人的尸体往前走，除此之外他们没有更好的办法。

头发灰白的老兵西策尼乌斯·丹塔图斯对当局的形势实在是忍无可忍，便勇敢地站出来了，对阿比乌斯·克劳迪乌斯进行了尖锐的批评，他也是唯一敢于站出来大胆反抗的人。他自恃有一身光荣的伤疤没有人会敢抓他。事实上，阿比乌斯·克劳迪乌斯非常痛恨他，但他也觉得不能像对待其他平民一样把这个勇敢的人交付给他的执法者们，于是，他决定秘密地处置这个敢于批评他的人。鉴于当时跟埃库尔人作战的兵团需要一个久经沙场的老兵当参谋，十人团就决定把西策尼乌斯·丹塔图斯送往战地大营。可是在他还没有到达以前，命令已经到达大营的桌子上了，命令指示那里的将士把老英雄神不知鬼不觉地做掉。将士们根本不知内情，不明白这里头玩弄着卑鄙的把戏，军人以服从命令为天职，于是对命令未加异议。

　　不久，在战场上出现了一个实现这一阴谋的有利时机。西策尼乌斯·丹塔图斯说，现在兵团大营驻扎的地方，从地形上来看对兵团极为不利，他很乐意帮忙去寻找一处有利的地形。

　　将士们给老兵派了许多陪同人员，将执行谋杀的秘密命令也告诉给了陪同的人。可是，尽管他们人很多却迟迟不敢动手，不敢接近这位久经沙场的士兵。

　　最后，当他们来到一个峡谷时，几个士兵觉得这里适合除掉老兵便毫不犹豫地急忙向其他士兵打了一个暗号，所有士兵听到暗号后立刻朝老兵扑了上去。老兵却闪电一般拔剑挡住来者，因为按照规矩，在行军途中为了以防万一，士兵的手要始终握住剑柄，随时准备迎敌。

　　西策尼乌斯·丹塔图斯虽一对多却毫不示弱。他紧靠岩壁，一连刺死了十五个向他进攻的士兵，另外三十个人也被他击伤，失去了战斗能力。不料，有几个士兵登上峡谷山顶，从山顶上往下投掷石块，勇敢的老兵不幸被击中，死了。士兵们终于完成了这项罪恶的计划，带着老兵的尸体回去请功。这位受人尊敬的老兵西策尼乌斯·丹塔图斯被杀害的消息很快传开了，在罗马引起了极大的恐慌。但没有人敢公开控告阿比乌斯·克劳迪乌斯，于是，他更加肆无忌惮地加强他的血腥统治了。

一天，阿比乌斯·克劳迪乌斯在广场上遇见了一个可爱的姑娘。当他看到美丽、天真的姑娘时，他的心顿时狂跳不已。羞涩的姑娘没有理睬他，这使得暴君更加难以忍受。很快他就知道了，这位女子名叫维尔吉尼亚，父亲是平民营的兵团首领维尔吉奴斯。

当他知道如何接近并向维尔吉尼亚表示爱意时，姑娘却拒绝了他，说："阿比乌斯·克劳迪乌斯，我已经订婚了，而且，你也已经结婚了，显然我和你是不能够结婚的。"

暴君热情高涨地回答道："也许在罗马还从来没有离婚的先例，可是法律并没有禁止离婚。我将成为第一个用行动尝试这一新法的人。"

维尔吉尼亚这时摇摇头，表示拒绝说："阿比乌斯·克劳迪乌斯，当你和你的妻子在结婚那天共同吃下一个面包时，你们已经成为了一个共同的整体，我不想撕开一个整体。"

虽说如此，但阿比乌斯·克劳迪乌斯仍然对姑娘纠缠不休，于是高尚的姑娘说："阿比乌斯·克劳迪乌斯，你也知道，我只是一个平民女子。但法律是禁止贵族和平民通婚的。所以我不能和你结婚。"

阿比乌斯·克劳迪乌斯解释说，他要亲自到广场上十二块铜表面前，抹去这条法律。说着他便朝广场奔去了。

很快阿比乌斯·克劳迪乌斯就意识到，他虽然为所欲为，拥有无限的权力，但是也不能够实现一切愿望。他对民众的血腥统治也只是依靠几个贵族世家的支持做到的。现在这些贵族却扬言，如果他允许贵族和平民间通婚，就要对他实施血腥的报复。

当阿比乌斯·克劳迪乌斯认识到通婚这路走不通时，他对维尔吉尼亚更加痴狂。他唤来一名心腹，说："你去控告平民兵团首领维尔吉奴斯，就说他的女儿是你的女奴所生，后来过继给他了。"

心腹无奈只能无条件地服从主人，因为他很清楚阿比乌斯·克劳迪乌斯的意图。"如果自己控告维尔吉奴斯，那么他的女儿就会被判给自己当女奴，同时也成了阿比乌斯的女奴。这样，阿比乌斯·克劳迪乌斯就可以实现自己的愿望，而骄傲的姑娘立刻就会毫无抵抗地从属于他了。"

心腹果然依计行事，提出控告，骄傲的十人团带着讥讽的微笑坐在法官的位置上充当审判的法官，阿比乌斯·克劳迪乌斯旁听，就这样也可以被称为法庭。可见司法的最高权力竟被如此无理地滥用。这是从来没有过的。

维尔吉尼亚在父亲和未婚夫陪同下走上审判台。她不动声色地认真倾听原告的起诉。这样的严峻情况下，她对公平的信念丝毫没有动摇。首领维尔吉奴斯镇定地朝原告走去，他以证人和无可辩驳的证据来谴责原告纯属诬告。

可是法官却突然起身宣布："凭我个人的经验，我一眼就看出你的女儿维尔吉尼亚是人家的女奴，法律是公正的，无须继续举证。现在我宣判，姑娘维尔吉尼亚为原告的女奴。"姑娘的未婚夫愤怒地拔出宝剑，冲向阿比乌斯·克劳迪乌斯。官员们蜂拥而上，费尽气力才捆住了姑娘的未婚夫，姑娘维尔吉尼亚早已痛哭流涕，被法庭的差役立刻抓住交给了原告。

但首领维尔吉奴斯并没像姑娘的未婚夫那样丧失理智，他以极度的镇静表示似乎对判决的公正深信不疑，他请求阿比乌斯·克劳迪乌斯，希望能再跟自己悲伤的女儿说几句话。获得允许以后，父亲维尔吉奴斯把女儿拉到一边，平静地对她说："我心爱的女儿，维尔吉尼亚，我现在唯一的选择就是要拯救你的自由和贞洁。去吧，我可怜的孩子，找你的先辈们去！"说着，他飞快地拔出佩剑朝女儿的胸口刺去，紧接着，他又把沾满鲜血的利刃在手中挥舞着，大喝一声："阿比乌斯·克劳迪乌斯，你这个暴君，我要把你的脑袋砍下来祭供阴司神灵！"

官员们还没回过神来，勇敢的军官早已飞身跳上拴在一旁的战马，飞驰而去。他摆脱了官员和士兵们的围追，顺利地回到圣山旁的兵团大营。他紧急向平民士兵们报告了罗马发生的一切，人们这才知道那些贵族们是如何用卑鄙的手段来残害西策尼乌斯的。士兵们对十人团的恶劣行径义愤填膺，他们决定，如果不撤销十人团，他们便拒绝接受这些人的任何命令。

这种运动从罗马军队开始像烈火一样蔓延开来，没有任何力量能制止这股暴动。连十人团也无力阻止，而且因为阿比乌斯·克劳迪乌斯的卑鄙行径，让他们也感到压力重重，所以，十人团决定采取新的妥协以安抚平民，恢复稳定。

随后，两个与平民关系友好的元老，名叫贺雷梯乌斯和法莱律乌斯，接到十人团的命令后，开始起草和解协议。协议规定古老的法律重新生效，还又另外补充了三个重要的立法。

这三个立法按照他们两个人的名字命名称为贺雷梯—法莱律法。这套立法中着重强调了护民官的权力。并且又在十人团内添置两名新的国家官员，职务一个叫监察官，一个叫高级财政官，它们都属于国家的重要职务。监察官致力于税务统计，高级财政官管理国家钱财。到后来，他们的职权范围不断扩大。

贺雷梯—法莱律法刚刚通过。新选出来的罗马最高行政长官立刻下令逮捕阿比乌斯·克劳迪乌斯及他的追随者，并将之投入监狱。这也是新政权上台首次行使的职权。但是开庭审判前几天，深感罪恶深重的阿比乌斯·克劳迪乌斯和他的一名同伙在监狱里自杀身亡了。而十人团中的其他成员也全被赶出罗马国，当然也包括当时暴君的心腹原告。由于维尔吉奴斯的特别请求他才被免除了死刑，由此可见维尔吉奴斯的思想是多么高尚。

现在，罗马民族内部得到了一时平静，而外部发生的一连串事情却时刻改变着罗马的命运。罗马终于突破了拉丁姆这小小的地区，迈出了它对外扩张的第一步。

玛尔库斯·富里乌斯·卡弥罗斯

如果游人到罗马圣地观光，沿着台伯河顺流而下到达罗马城前方的几海里处时，会在河流的右岸看到一座凝灰岩山，该山山势陡峭，凌空俯视四方。孤零零地耸立在那里，只有羊群在稀疏的灌木丛中吃草。从前，骄傲的维几城就坐落在这里。从地域形势和居民人数看，在当时维几城跟罗马不相上下；但是从美丽的建筑和丰富的文化来看，维几城却远远超过了罗马。维几城里有着许多美丽的宫殿和庄严的庙宇，这是一座曾经辉煌的城市，让人赞叹。城市被三条河流远远地环绕着，犹如一座强大的堡垒。当然，这里除了可观的财富以外，也有许多苦难。

跟其他伊特卢利阿联盟的成员相比，维几城坚持暴君统治，并有一个独裁者。当时维几人不知道什么是真正的自由，更体会不到从自由中迸发出来的是怎样的一种力量。

以贵族阶级为主统治全城，而贵族又是奴隶般人民的主人，人民不得不为贵族服务。

罗马和维几几乎是同时迅速发展起来的，两个城市之间的摩擦不断加剧，边界冲突不止，结果爆发了一次又一次的激烈战斗。一直以来，没有人能彻底解决双方的矛盾。当邻里双方的仇恨达到极限的时候，只有一方消灭另一方才能消气解恨。双方不惜一切代价，最后发展至可怕地诉诸武力，在正处于蓬勃发展中的

第六章 罗马英雄

意大利从未经历过如此的局面。罗马和维几的战争不可避免，一触即发。

在战争初期，维几首先夺取费特纳城。费特纳城位于台伯河右岸，维几在落入伊特卢利阿人手中以前属于萨宾人，维几攻陷费特纳城后在那里建立了一座强大的桥头堡，却对罗马构成了巨大的威胁，因为它与罗马间的距离还不到几海里远。后来，罗马与维几城发生的十年鏖战却是由一次小小的血腥序曲演变而成的。这真是让人不可思议。

这个小序曲发生在费特纳城，有一回，维几国王陀罗姆奴斯在此地逗留，正在和官员们玩掷色子游戏，听到报告说有罗马使者求见。维几国王知道，罗马派来使者就是想以谈判的方式把他赶出费特纳城，因此愤然拒绝接见使者。可是罗马使者们不达目的绝不罢休，他们在前厅里大声喧哗，坚持要闯进去。国王陀罗姆奴斯听到这闹声，顿时怒不可遏，马上下令把使者们拖出去斩了。

维几违反了两军交战不斩来使的这一战争法规，这是闻所未闻的。受到如此的羞辱，罗马也不甘示弱，罗马出兵围困费特纳，在费特纳城门前，一场激战就此展开。正当双方战斗不分上下时，突然城门大开，从里面冲出一队队如复仇女神一般手执火把和毒蛇的队伍。

罗马人大惊失色，开始连连后退。后来，一位勇敢的骑兵首领根据古代驱逐恶魔的习惯，想到应敌之策，他摘下马辔头，单枪匹马冲进如幽灵般的阵营。瞧——这些如幽灵的身影们立刻东奔西逃，罗马后续部队源源不断地跟着冲进城门，他们再也变不出什么鬼把戏了。一时间罗马彻底摧毁了这座城市，又把维几的势力逼退到台伯河的大后方。

这是罗马战争中的一次重要胜利。可是，面对几乎不可战胜的顽固堡垒，罗马人也犹豫了很久，他们也不敢贸然发动对维几的攻击。这样就为双方赢得了二十年的和平时期。

二十年过去了，罗马忙碌着自己的事务。这时，意大利内部出现了翻天覆地的变化。罗马宿敌罗图勒人和佛尔西安人由于受到萨姆尼特尔人的威胁，还有在北方的高卢人对伊特卢利阿边境的不断骚扰，对罗马变得友好了，对七座山城的压力也消失了。罗马人意识到此时如果趁机对维几发动进攻，维几人未必能获得另外十一个图斯克联盟城市的援助。

经过这么长时间以后，罗马人终于抓住一个机会，于是最高行政长官再度向维几国王陀罗姆奴斯提出对杀害使者进行赔偿的要求。赔偿要求被维几人拒绝了。此后罗马人们每天都来到广场上高声呼喊："战争！战争！我们要战争！"

罗马元老们也积极地采取一切措施，寻找战争的借口。现在，他们提出不同意见。"我们要迫使维几投降，我们要建立一支跟现在的军队完全不同的常规军，这支常规军，无论夏天还是冬天都能够留在战场上。可是有些士兵进入兵团几个礼拜后，就开始想家里人，急于回家看望。但是士兵又不能带着他们参加战斗，所以我们必须给士兵发饷银，对他们提出严格的要求。"

居民们听到这话，当然不高兴了，这就意味着元老们又要提高赋税了，居民们把脸拉得像驴脸似的。面对极多顾虑，但他们更加热爱自己的家乡，贵族和平民们踊跃地按国家要求的数目交纳赋税，很快就组建了一支自愿加入的强大军队。建立兵团的首脑机关，设六个战争指挥员，每个人执掌部队的指挥权时间为两个月。人们又给这支部队配备了挖工事的器具和进攻器具，样样俱全，因为从前的战争和眼前的大战比起来都是微不足道的。

战书是由在维几的罗马缔约祭司（缔约祭司为古罗马宗教官员，负责缔约和宣战等国际关系事务）递交的。接着，一支强大的罗马军队开进了伊特卢利阿地区，他们立即展开军事部署，首先把通往山上堡垒的一切道路封锁。随后选取有利地形扎下牢固的大营。不久，他们发现即使封锁所有道路还是不能切断维几的供应通道。对方借助偏僻小道补充本来就足够充裕的后勤储备。罗马人发现后，又在维几城外建起一座封闭的围墙，从四面八方包围城市，形成了城中城的格局。然后，为了逐渐缩小包围圈，他们又继续向前挖掘堑壕，一直推进到前沿阵地。

不停地赶修工事，罗马士兵十分劳累，个个精疲力竭，这无疑给了敌人可乘之机。这时，维几人倾其全力，向罗马军队大举反攻，大部分的围墙都落入维几人手中，罗马士兵这时还在营房里休息，他们没有料到维几人会反攻。等到维几人进入营帐进行大肆杀戮时，罗马兵团顿时像是患病瘫痪了一般。他们遭到重创，守卫围墙的士兵几乎被维几人赶尽杀绝。

战争没有像罗马人想象的那么顺利，当战争进入到第三个年头时，罗马伤亡惨重的消息使整个意大利都震惊不已。不过，他们对罗马的坚定信念从未改变，依旧咬紧牙关，齐心协力奋力抗敌。无论是富裕的贵族，还是贫穷的平民，他们一致来到元老院门前，声明"我们自愿驾着自己的马匹上战场"，这就是说，他们要用自己的钱财为国家服务。这行动如火种般点燃了全国上下。连贫穷的阶层也跟着积极响应。

护民官本想趁眼前的机会再给平民争取更多的利益，但貌似现在人们不再听从护民官的意见了，在自己的祖国遭受到危机时，从他们骨子里迸发出来的古罗马勇气是不可阻挡的。

全体罗马人民武装起来，年轻的士兵告别家人，伴随着热烈的祝福声、助威声，他们来到战场，维几城外。他们的出现无疑是雪中送炭，给因一直在构筑工事而早已疲惫不堪的兵团增添了不少勇气。即使他们常常遭遇敌人的猛烈袭击和巨大破坏，但所幸的是终于费尽艰辛完成了对敌人的包围，为胜利做着准备。在全民抗战的情况下，为了加强同仇敌忾的气氛，最高行政长官第一次任命平民担任兵团指挥，出身贵族的士兵们并没有反对，他们都自愿地服从平民指挥的领导。但是平民指挥比起贵族的那些指挥还是缺乏经验，所以在维几敌人突围时遭受了一次重大的失败。

而危险也正在慢慢地靠近罗马，一次，维几人的后援部队悄悄地从偏僻的乡村突然袭击了罗马兵团的一处营房，罗马兵团损失惨重，未经激烈的战斗就几乎全军覆没。

战争的不顺利，罗马兵团遭到一连串的沉重打击等噩耗，罗马城失望了。罗马人民和维几人艰难地迈入拉锯战争的第十个年头。战争仍没有任何结束的迹象，而且天地间的灾异现象使双方民众都感到十分害怕。

那年春天非常干旱，阿尔巴纳湖的湖水却不断暴涨。当湖水快要溢出湖面时，罗马人决定派人到特尔斐神庙，请问阿波罗神谕。

库茵律特人在希望和恐惧之间徘徊，他们等待着神的指示。维几方面也已毫无信心对战争取得胜利，维几城外也是灾异重重，大家彻底失望了。不过，一个老人却从包围的维几城中走了出来，来到包围圈旁并大声说："这场战争罗马人注定必输无疑。"刚开始时，维几人并不在意老人的讲话，以为他年迈力衰，又构不成威胁，是故意出来跟敌人开玩笑。可是等到他第二、第三次又出来重复着他那预言般的讲说时，引起了罗马人的注意。罗马士兵们决定把这个扰乱军心的老人抓起来。等到老人第四次出来刚到包围圈时，突然，一个勇敢的罗马士兵从他身后跳了出来，一个箭步冲上前去双手将他抱住，扛回了大营。在罗马大营中有几个图斯克的战俘，他们说这个老人是个有名的占卜师，以观察鸟儿的内脏来传递神谕，他一定是给罗马人带来了重要的启示。罗马士兵们觉得事关重大，便把这位占卜老人送往罗马。而老人出乎所有人的意料，对自己之前的讲话解释说："在伊特卢利阿人的命运书上写着：罗马战胜维几的时刻就是阿尔巴纳湖湖水上涨，满溢洪水即将淹没拉丁姆田野的时候。"

此时，正好罗马派往特尔斐请问阿波罗神谕的人也回来了，并带回了神的旨意："阿尔巴纳湖湖水必须引进田地，不能入海。一旦湖水满溢，立即发动对维几的进攻。"

元老院立刻对伊特卢利阿的占卜人表示出极大的尊敬，同时派出大量的民工和奴隶前往阿尔巴纳湖，按神的旨意积极行动。夏季还没有到盛季时，引湖水入田工程就已经全部完成了。

接下来，在战斗最关键的时刻，罗马最高行政长官做了一个明智的决定，任命玛尔库斯·富里乌斯·卡弥罗斯担任独裁官和围城指挥。卡弥罗斯跟最高行政

第六章 罗马英雄

长官一起来到兵团前,卡弥罗斯是一个集胜利的意志和指挥艺术于一身的人。

卡弥罗斯是在夏季开始的时候才到达驻扎在维几城前的罗马士兵大营的,他把各项任务布置完,并让大家明确地意识到冬天来临之前必须攻陷维几城池。

在卡弥罗斯的指挥下,经过一个夏季的精心准备,对敌人发起攻击的战斗就要开始了,这场战斗,达到了在民众记忆之中前所未有的残酷,激烈和可怕的程度不敢想象,没有一次战斗像这次这么残酷。

部队由于新来的军事首领卡弥罗斯的指挥,他大胆心细,又充满着必胜的信心,一下子,士兵的情绪空前地高涨。卡弥罗斯把攻城的云梯分派到每一支部队,还亲自严格地监制强大的城墙撞击器,这让士兵们惊讶的同时也给士兵们增添了胜利的信心。之前,由于维几城的城墙太高大厚实,罗马兵团一直有顾虑而不敢发动攻击。现在,随着卡弥罗斯的到来这种顾虑也消除了。卡弥罗斯实施了一个惊人的计划,命人在地下构筑地下通道,直达敌人的心脏地区——神圣的朱诺女神庙。所有人悄悄耳语"挖地道了"。随着,地底下就响起了棰击声和轰隆隆的声音。

但在当时的技术中,挖地道这种复杂而又巨大的工程古罗马人是如何进行的,在比较松软的凝灰岩中又是如何切割出一条通道来的,正如用巨大的方石块怎么砌成埃及金字塔一样,始终是个未解之谜。但挖地道的工程却进展神速,到夏天结束的时候,对维几城发起攻击的各项准备均已结束。卡弥罗斯对胜利满怀信心,他甚至要求罗马人骑马推车一起来到大营,准备在战争胜利后搬运从敌人那里缴获的财物。

试想,有谁愿意违背这样的要求呢?顿时,整个罗马城开始动员起来,人们像过节似的或牵马或推车或步行,携带口袋、筐、笼等从四面八方赶到罗马士兵大营。准备和士兵们共同攻破敌人的营垒,然后尽可能多地搬运缴获物资。

那天太阳刚刚升起,战争的号角在罗马营内被嘹亮地吹响了,进攻信号已发出。罗马士兵如暴风骤雨般地向维几城进攻。一面用沉重的撞击器猛烈地撞击维几城的城门城墙,一面用攻城的器具打击维几城的坚固堡垒。靠近城墙的兵团又迅速架上了攻城的云梯,尽管敌人的投枪和火箭如冰雹般从城墙里射来,罗马人仍然一鼓作气,奋勇攀登敌人的城墙,与敌人展开了殊死的战斗。有的士兵被从城墙上推落下来,下面的士兵就继续补上,有的士兵登上堞墙,站稳脚跟,继续扩大战果。

而另一方面则由卡弥罗斯亲自带领一支精心挑选的部队下了地道,准备出其不意地直插城市心脏地区的朱诺女神庙。地底下潮湿,连呼吸的空气都是浑浊的,他们正要站住脚想要喘息一会儿,却听到头顶上传来一个维几祭司的声音:"不管敌人怎么样地对我们进攻,破坏我们的城墙,但胜利只能属于把牲口的内脏祭供在众神面前的人。"

卡弥罗斯听到后,神色严肃地朝左右人马示意一下。知道攻击的目标已经就在上面了。随后罗马人用肩膀和背对着一块薄薄的花岗石板一起用力,把石板与地面分隔开来。士兵们手上的火把光芒摇曳着,士兵们在狭窄的空间里满身大汗。

接着在朱诺女神庙的地面上出现了一道裂缝,连石头都松动了,神庙的祭司吓得几乎晕死过去,第一个跳上朱诺女神庙的卡弥罗斯一下看到被吓得目瞪口呆的祭司,便急忙从祭司手上夺过热气腾腾的盛供肉的大碗,双手朝天捧着,说:"我虔敬地把这道祭供献给你们,众神。我请你们把胜利赐给我。"

罗马士兵们全副武装从地道口蜂拥而出,犹如奔泻湍急的河流,滔滔不绝。他们迅速地推进到维几城的大街小巷。这时,受内外夹击的维几人在城墙上的抵抗瞬间崩溃了。可是维几人却宁死不屈,负隅顽抗,维几人与罗马人又展开了激烈的巷战和房屋争夺战。维几城内的老人、奴隶、妇女甚至连儿童都出动了,他们从宫殿、寺庙和屋顶上朝罗马士兵投扔瓦块、石头、火把甚至滚烫的开水,只要是随手可取之物全部被他们当作武器扔了下来。

惨烈的近距离肉搏战开始了,那些维几男人和年轻女人并没有受到罗马短剑的怜惜。罗马兵团在街巷里杀出一条血路,男女老少以及自由人和奴隶们全部被他们送进了阴曹地府。维几人的尸体铺满了每一条街道。

这场前所未有的杀戮，让首领卡弥罗斯自己也感到十分害怕。这位勇敢的人，他宁愿忍耐战斗中的无限艰苦，也不想让无辜百姓遭殃。他对罗马人杀害维几老弱病残、妇女儿童的残酷行径表示出极大的愤慨——它似乎把这场胜利的任何光辉都彻底抹去了。首领卡弥罗斯让传令兵急忙跑遍大大小小的街道，宣布命令，只要敌人愿意放下武器向罗马人投降就可免其一死。这道急速命令使余下的一些维几人幸免于难，罗马人和士兵在维几城里大肆抢掠。他们抢到的数不胜数的财物源源不断地运回罗马，连首领卡弥罗斯都不忍直视，甚至不得不恳求众神闭上眼睛，免得看见产生怒气，来惩罚这些贪婪的罗马人。

卡弥罗斯看到似乎所有的罗马人为他们的洗劫忙得热火朝天，他刚刚转身过来，不料脚下被什么东西绊了下，幸亏他用手撑着才没有摔倒在地。看到的人像是看到了一个可怕的预兆而大吃一惊。

占领维几城第二天，维几全部俘虏被下令押到广场上，高价卖掉。当然，俘虏们绝不会长期忍受压抑和奴役之苦，后来事实证明，在罗马某种特殊的形势下，俘虏们又很快获得了自由，恢复了居民权。

被洗劫后的维几城空空如也，只留下一片废墟。罗马士兵驻扎在维几广场的空余地方。他们在大肆杀戮的时候，甚至连寺庙里的神像也没放过。人们找了一些未婚的罗马年轻人，让他们把朱诺像也由维几运往罗马。

对神像人们当然不敢怠慢，为这项工作做了精心的准备，那些未婚的年轻人首先斋戒几日，再在圣池里沐浴后穿上白色的衣衫，然后他们试图抬动尊贵的女神石像，女神朱诺掌管着婚姻和生育。他们事先把车备在一旁，当准备请朱诺的神像上车去时，有个年轻人不经意间问了一句："这些都是我们的意愿，不知道女神是否愿意被移往罗马呢？"

据传说，当时朱诺女神的石像居然真的点了点头，而且人们还清晰地听到一个微小的声音"是"从暗暗的寺庙深处传出来。全罗马人隆重地迎接朱诺神像，最后把她安置在阿文丁山上的寺庙里。

罗马人为迎接独裁官玛尔库斯·富里乌斯·卡弥罗斯凯旋所举行的仪式也是空前的。首领站在由四匹白马拉动的战车上，气势煞是冲天。人们相信只有太阳神索尔才能获此殊荣，并由浑身上下无半根杂毛的马匹拉动神车。于是，在这充满胜利的愉快与骄傲的一天中，大家并没有在意那么多。可是，在一切战争艺术都无用武之地的困难条件下，卡弥罗斯还能勇夺坚不可摧的维几城池，不就如神般吗？

看到载着卡弥罗斯的战车经过卡尔帕尼城门前时，人群立刻爆发出巨大的欢呼声，并向凯旋的英雄抛扔桂冠，凯旋归来的人沿着铺满花朵的广场如驶过玫瑰地毯般驾车一路沿山路驶向卡皮托尔山，卡弥罗斯在那里摆下感谢朱庇特神的祭供。

维几彻底失败了。后来，人们甚至又把维几城尚存的一些庄严的寺庙和美丽的宫殿也拆毁了，并把拆下的砖石运往罗马，以便再度使用。可是胜利者的讥讽嘲笑却深深地镂刻在这座不幸城市的名字上。经过残酷战争的洗礼，维几财宝早已荡然无存，曾经辉煌的建筑也被湮没，这又向人们诉说着一个怎样的故事啊！

从此无论在罗马民间节日还是在集会上，"维几人的游戏"这个活动一直延续到罗马进入封建时代。

这个活动就是让"维几人的国王"站在游戏场地中间，"维几人的国王"被塑造成一个丑角。为了能找到一个丑陋的残疾者来表演这个角色，人们常常会寻遍很多地方。

随后，罗马又和法莱利城发生冲突，法莱利城居民自称是法利斯克人。他们的城墙也像维几城一样位于陡峭的巴萨尔特山顶，一次，图斯克派了一支军队，不知就里地闯进了现在属于罗马的维几地区。罗马觉得这是在向罗马挑战，于是，罗马人立刻召集军队，当然，战争很快就取得了胜利。元老院任命拥有高超指挥才能而早已闻名遐迩的卡弥罗斯率领兵士攻占法莱利城，听到这一消息后，法利斯克人吓得立刻撤到自己坚固的城墙后面，闭门不敢出来。卡弥罗斯命令部队迅速包围法莱利城，然后又朝城堡内掘地道前进。可是这回不同于攻打维几城那样大动干戈，没有动用那沉重的撞击器和精良的攻城设备，而是卡弥罗斯表现出的侠义心肠化解了这场战争。

事情是这样的。在法莱利城，正直的法利斯克人请了一位老师给孩子们上课，这个老师习惯于把他的学生带到法莱利城外的一块草地上开展体育活动。虽然战争在即，面对着刀枪林立的罗马兵团，他和他的学生们依然在草地上欢快地追逐着、嬉戏着。城外罗马士兵倒也乐意看着他们愉快地嬉闹，对此也不加干涉。

第二天，他们又来了。等到了第三天，这位老师带领孩子们嬉戏时，他竟然走到离罗马围墙很近的地方，说："请允许我见见你们的最高指挥官。"哨兵十分吃惊，虽脸露惊奇，可仍然满足了这位老师的要求。这时，这位老师却表示自己对他的家乡城市并不满意。他走上一步唯唯诺诺对首领卡弥罗斯说："尊敬的独裁官，我的这些学生几乎都是法利斯克家的孩子，如果我把这些孩子交到你手上当作人质。也就等于把法莱利城交给了罗马，我只希望你们能给我一些掠夺的财物作为我的报酬。尊贵的首领，只需给我一捧黄金我就如愿了。"

卡弥罗斯大怒，沉下脸对法莱利城的这个背叛者喝斥道："你这个法莱利城的流氓，你想错了，罗马士兵怎能和你一样卑鄙。罗马人是同士兵们打仗，不是跟手无寸铁的孩子作战。你的礼物被拒绝了，你这个叛国者应该被送交法莱利城的法庭，接受审判。"说完，就命人把这位老师的衣服剥去，并吩咐他的学生用树枝把他一路抽打着赶回法莱利城去了。

法莱利城的中心广场上挤满了人，法利斯克人被眼前的景象惊呆了，听孩子们说了在城外罗马首领大营内所发生的一切后，他们对城门前敌人的仇恨立刻变成了钦佩和敬畏。甚至还有一些人在悄悄地攀谈着："一个民族竟能够产生出如此杰出的人，这是个多么伟大的民族呀，若是能和他们生活在一起，应该也不会有什么不好的。"

不久，法莱利的元老院接受了居民们的提议，并派使者前往城外罗马士兵大营，提出在罗马人保证法利斯克人生命安全的前提下，他们愿意主动交出城市。但卡弥罗斯也慷慨地只提出一个条件，为了更好地保证法莱利城市的和平与自由，在未来的一年内，法莱利要给罗马军队提供充裕的粮饷。

罗马崛起的最危险障碍被卡弥罗斯排除了，可是罗马人又一次显示了他们的忘恩负义。罗马内部出现了动荡，伟大首领不再受到人民的爱戴，尤其当卡弥罗斯凯旋归来时驾驶的白马更加让人们讨厌，后来，为了给特尔斐太阳神置办一件大宗的祭祀礼品，伟大的首领卡弥罗斯要求罗马居民每人拿出十分之一的缴获品。而罗马人民认为，罗马政府得到的缴获财物是最多的，祭祀礼品应该由罗马政府置办。

无论在哪个国家只要触动老百姓的钱袋子，那么他们的良好情绪便会立刻消失不见。这回在罗马便是如此。罗马人开始牢骚不断，反对声四起。他们认为，卡弥罗斯从维几缴获物中给自己留下的东西最多，祭祀礼品应该由卡弥罗斯自己出钱置办。不过，卡弥罗斯为了维护自己的威仪，不跟这些人一般见识，未加理会。

在这场不顾名声的争执中，罗马贵族妇女们勇敢地站出来，维护了罗马的良好威望。她们声明，愿意把自己的首饰贡献出来为祭供特尔斐阿波罗神打造一件珍贵的祭祀礼物，以感谢阿波罗，正是由于他通过女祭司皮迪亚之口传来帮助，才使罗马脱离了困境。等这件珍贵的礼物制造好后不久便运到希腊去了。随后，元老院宣布，今后罗马妇女可以乘坐四轮大车参加大运动会，以此感谢她们的高尚行为。

可是，人们对卡弥罗斯的反对活动并没有终止。卡弥罗斯对那些诽谤自己的话完全不加理睬，尤其是他的儿子在此间身患重病死了后，更使他的情绪一落千丈，罗马人忘恩负义的举动更使他心灰意冷。

更出乎意料的是护民官竟然向元老院控诉了他，并要求传讯卡弥罗斯，控告他非法多占财物。

第六章 罗马英雄

卡弥罗斯回答他们，说："面对无理的控诉，我不想出庭作答。虽然我从维几战场上带回家的全部物品仅仅就两扇铜门而已。"但人们根本不相信，护民官还是对卡弥罗斯进行了缺席宣判。判处卡弥罗斯罚交一万五千阿斯。当人们把护民官的决定告诉卡弥罗斯时，他心痛得快要瘫倒了，他彻底愤怒了，他决定离开他的祖国，自由流放到罗图勒人的首都阿尔特阿去。

于是，几天后，卡弥罗斯背上一个小小的包袱，带上他的一个忠诚的仆人出现在卡尔帕尼城门下。可是，在做出最后决定以前，他又一次朝着罗马城的方向举起双手，说："不朽的神灵，让罗马人为他们的忘恩负义后悔吧。让他们马上感到迫切需要卡弥罗斯，渴望得到他的帮助。"

当然，他的这一愿望很快就实现了。他离开以后不到几个月，一个夜晚，罗马城内一片寂静，附近的居民还都在自家中沉睡着，连寺庙的门也紧紧关闭着，这时一个行人走到广场上停了下来，似乎听到空中有一丝奇怪的呼啸声。

突然，呼啸中响起一个雷鸣般的声音，行人听到："快去报告元老们，高卢人快要到罗马了，现在正在行军途中！"

这个人被吓得半死，"又要打仗了。"他便大声呼喊起来。这时罗马高级官员们也立刻奔来，带着他去见了最高行政长官。那个人像中了邪似的，嘴里反复说着："高卢人来了！高卢人打来了！"

不知就里的罗马人一直闹到天亮。元老院召集会议也商量不出来一个结果，他们不知这个消息的真假，也不知道那个行人是否是个正常人。这时，又传来消息称："克罗西乌姆的使者已经来到罗马城下，请求见最高行政长官。他们称有重要的消息汇报，且说一支强大的高卢军队已经到了伊特卢利阿的中部地区！"

在罗马的高卢人

罗马元老院马上接待了克罗西乌姆的使者,并听取了使者的报告:

"尊贵的元老们,请你们务必接受我们的请求,并及时地让我们把消息带回去。长期以来,野蛮的高卢人一直在扰乱图斯克城市联盟的北部边境,小规模的摩擦在我们的请求必须被发出之前一直存在着,一旦我们毫不犹豫地进行反击,他们就马上从战场上撤回。

"这一次跟以往都不一样,一个人的妻子被夺走了,且那个人还与她结了婚。被欺骗的男人在法庭上控告时被拒绝了。他十分愤怒,牵着一头驴,驴背上驮着一囊伊特卢利阿美酒、一筐仔细挑选的上等水果、一桶用黄油煎烤的蜗牛;手上只拿了一根挑着一串焖熟的喷香扑鼻的牛里脊肉的铁钎,没有拿剑。伊特卢利阿的美食被他当作礼物送给了高卢人。不莱奴斯是高卢人的国王,这位野蛮的君主对放在眼前的食物垂涎欲滴,一再高喊道:'我一定要亲自去拜访这个国家,吃遍那个国家的美食。'这个妻子与别人有奸情者的丈夫的叛逆意图终于实现了。野蛮人的国王马上传令下去,向他仪容不整的臣仆们命令道:我们一定要大范围地攻打伊特卢利阿。臣仆们瞪大双眼,把国王团团围住,用他们的呐喊声支持国王。

"于是,我们神圣的国土被蝗虫一样的高卢人入侵,一直到了克罗西乌姆的城门前,这批毫无人性的野蛮人才停下来,随后开始包围城市。"

第六章 罗马英雄

艰难地喘息了一会儿后，使者不抱任何希望地哀求道："如果仅凭克罗西乌姆人自己的力量，是完全没办法打退他们的进攻的。所以，受人敬重的罗马元老们，求求你们，请把你们强大的兵团派到我们那里，帮助我们吧。"

听到汇报后，元老们非常高兴。在听到那些描述野蛮人国王的词语后，有些元老情不自禁地笑了起来，在听到使者对罗马的强大表示认可之后，另外一些人得意扬扬。他们想着，假如罗马周边有越来越多的国家陷入困境，就可以扩大库茵律特人的势力范围。所有人都不觉得这些野蛮的高卢士兵有什么了不起。

所以，傲慢自大的元老院元老们答道："考虑到伊特卢利阿人的勇敢，假如元老院和罗马人民认为你们是值得帮助的，我们愿意支持克罗西乌姆。罗马将坚决地迫使不莱奴斯国王立刻从伊特卢利阿撤出。三个法比尔兄弟作为元老院的发言人，马上向克罗西乌姆城前的高卢大营行进。"

在意大利的国土上，高卢人，或者说凯尔特人，像是高山激流般漫溢。我们现在才知道这是一个怎样的民族，他们跟希腊人或者罗马人差不多是同一民族，在迁移过程中，他们到达了阿尔卑斯山的另一边。意大利地区受到了他们极大的威胁，他们在当时被称作帕杜斯的地方，也就是波河流域，居住了下来。

艰苦的农耕不是高卢人喜欢的。他们喜欢把猪群赶到橡树林散放，不需要操心，就可以让猪吃遍大自然馈赠的果实。无忧无虑、放荡不羁、勇敢无畏是高卢人的优点，喜欢自吹自擂、夸大其词、性格不稳定却是他们的不足之处。他们会在侵略陌生的国家时大肆抢夺。这是罗马人与高卢人最大的不同。战后，罗马人就在该地要求人们从事农业活动，以种田为业。高卢人侵略了一个地方之后就会撤走，下次再找一个新的地方实施抢劫。所以，高卢人只会对其他国家产生威胁，但却不占领那些国家。罗马人既然答应了克罗西乌姆的使者，就会把这件事实施了。一幅非常不愿意被看到的可怕景象在三个法比尔人跨进高卢人大营时被人们看到。高卢人与罗马人或者其他意大利民族完全不一样。他们搭建着乱七八糟的帐篷，帐篷前男女混杂地站着，一大堆掠夺物杂乱无章地堆积在一起，还有许多非常怪异的拴马区。野蛮人士兵有着一头蓬乱的长发，既肮脏又可怕。

库茵律特人完全不把高卢人放在眼里，他们认为罗马兵团可以把这批杂种毫不费力地消灭掉。所以，他们告知不莱奴斯国王，那口吻就像是高卢人的主人，让他马上撤退，回到波河地区去。

不莱奴斯非常不屑，笑得非常开心，许多抢来的金链子挂在他的脖子上，撞击着胸前的金属披甲，发出丁零当啷的声响。终于，不莱奴斯安静了下来，他答道："我还是第一次听说罗马这个城市。你们几个人说话就像小孩子一样，但是我相信罗马士兵都很英勇，要不然，克罗西乌姆求你们帮忙干什么。你们也不能白来，我可以不攻打这座城市。但是，克罗西乌姆国就像是我自己的财产一样，我要把这个地方的财物都抢光，连一只母鸡也不放过。"在听到他的话后，法比尔人大发脾气，年龄最大的法比尔人站起来，声音高亢激昂地说："国王陛下，你无权占领一块根本不属于你的土地。"

不莱奴斯跺跺脚，震得整个帐篷都在颤抖，他高声大叫："我的剑刃就是我的权力，勇敢的人才能拥有世界！"

罗马使者非常愤怒，从高卢人的大营离开了。但是，他们并没有返回罗马，而是仓促地跑到了克罗西乌姆，激励他们攻击敌人。罗马使者身先士卒，带领着队伍冲出城门扑向高卢人。

图斯克人在一次残酷的战斗中被打败了。英勇无畏的法比尔兄弟像狮子一般地战斗，两个高卢下级军官被他们打死了，但是，不莱奴斯国王占领城市的步伐不是他们能阻挡的。大部分图斯克人战死沙场，剩下的人被俘虏后惨遭杀害。只逃出来了三个法比尔人，他们朝着罗马狂奔而去。

因为三个法比尔人亲自参加了战斗，使者权遭到了损害，这就成为不莱奴斯国王要求罗马交出这三人的理由。为了维护民俗法，罗马的缔约祭司同意了不莱奴斯国王的要求。但是，元老院和全体人民不愿让陌生的统治者审判这个荣耀家族的成员。很快，三个法比尔人被人们选中，出任战争护民官。罗马人对不莱奴斯国王的使者说，这三个法比尔人是战争护民官，他们在职期间是不能被侵凌触犯的，高卢人要在一年之后才能把肇事者领走。

听到罗马人的回答后，国王不莱奴斯火冒三丈。"出兵罗马！出兵罗马！"他大声地咆哮着，声音撞击到士兵们的衣甲兵器上产生的回声非常可怕。高卢军队马上开始行军。士兵队列一眼望不到头，后面跟随着不少妇女，载着缴获物资的车辆跟辎重队一起大概有几百辆之多，通往台伯河城市的每条大路上都是接连不断的车队。看到野蛮的部队，农民和乡村的居民吓得到处乱跑。但是在行军途中，这些野蛮人并没有伤害百姓及破坏他们的房屋，他们一刻也不停留地往罗马赶去。

最高行政长官听到高卢人逼近的消息后，带领兵团朝着敌人来的方向迎上前去作战。罗马人还是非常轻敌，并不十分重视高卢人。那里有一条河，叫阿利阿河，每当夏天的时候几乎断流，就像是一条小溪，他们草率地驻扎在河岸边，军队之间的联系也很松散，尤其是中心大营跟两翼之间。稳固的后方大营也没有被最高行政长官建立起来，更别提组建后备队了，虽然卡弥罗斯再三告诫过他们。当然，祭供牺牲，以求诸神保佑这种事也被他们忘掉了。

一些未经训练的士兵组成了罗马军队的右翼。军队在不莱奴斯的不断催动下渡过了阿利阿河，罗马军队的右侧就是他们选择攻击的地方。

库茵律特人非常害怕看到这股野蛮的敌人。有着高大身躯的野蛮人，目光矍铄，长发披肩，叫声可怕，号角尖锐，狂热的双手拿剑，罗马人面对这一切时完全没有了抵抗的能力。

右翼部队瞬间乱作一团，他们完全没有抵抗能力，逃回了罗马。这样，出现在敌人面前的就是无所遮蔽的中心和左侧部队，局势马上变得紧张起来——敌人抄后路包围他们这种可能性非常大。只有命令部队渡过台伯河，向维几城的废墟上聚集才能救回主要的力量，这是库茵律特人的军队指挥所相信的。因为野蛮人的部队已经占领了从战场前往罗马的萨拉律路这一条主要通道。

兵团从战场撤离了，向就近的台伯河河岸逃去。高卢人非常生气，紧咬着罗马兵团不放。没过多久，罗马人就自乱阵脚，急急忙忙向后撤退，所有人都只顾着自己逃难，毫无秩序可言，很多逃难的士兵都是被自己人踩死的。前面的人被后面的人拔刀砍倒，为了逃跑，自相残杀的人太多了，最后，只有很少一部分健壮有力的人来到了台伯河岸边。可是，沉重的盔甲、长途的跋涉，士兵们的精神、力气早已消耗殆尽，又有很多人葬身水中。一些罗马士兵幸运地躲避了灾难，渡过了湍急的水流，到达维几的巴萨尔特山顶，安顿了下来。

高卢人难掩胜利的喜悦，之前完全没有抵抗能力的罗马并没有马上遭到他们的进犯。他们像卷席子一样，把战场上死者身上的财物搜刮一空。过了两天，这些野蛮人才开始带着胜利的果实向着七座山城出发。

罗马人从维几开始，把当时在阿利阿河畔的失败当作警戒。一些紧急的措施在最高行政长官沿着台伯河右岸逃回家乡之后实施了。一千名士兵被他们从精良的部队中挑选出来，在卡皮托尔山上驻扎。山上也安顿着全部的元老院和许多高贵的妇女。其他人则必须马上从城市内撤出。玛尔库斯·曼利乌斯重任在肩，他的光辉事迹和伟大精神流传于世，永不磨灭。

往南往西都有逃难的人，往佛尔西安、罗图勒和伊特卢利阿这些国家的路上，逃难的人一望无际。在罗马，华丽庄严的寺庙圣器、努马·庞皮利乌斯法典和十人团的铜表法这些圣物连同国家和居民的无价珍宝，全都暴露在外面，安全的就只有女祭司们保护在小油罐内的维斯太圣火。

维斯太女祭司们非常疲乏，一点儿力气也没有了。她们全都瘫倒在通往下一个居住地的路旁。这时，一个普通的罗马人，一个无产者的成员，赶着车经过，他完全没有迟疑地把自己的财物从车上扔下，神圣的维斯太女祭司被他扶上了车。

平原上的罗马人看到高卢军队把卡皮托尔山践踏得尘土飞扬。为了弥补阿利阿战役那天在祭供方面的粗心大意，为了使祖国脱离危难，一些杰出的元老院成员决定用自己的生命祭祀天神。在大祭司的率领下，元老们郑重地从卡皮托尔山向广场走去。到达广场以后，他们坐在库罗宝座上，身着节日的服装，手执象牙权杖。他们静神凝听,一句话也不说,直到很长时间之后,从考拉梯尼城门传来的马蹄声搅碎了这沉重的寂静。罗马城里的各处地方涌进了第一支高卢人部队。

只见撤空了的街道上,高大的身影谨慎小心地往前推进,最终来到广场。高卢人惊奇诧异地向四周看了看,视线最终停留在卡皮托尔山上华丽的建筑上。城墙上刀枪林立,闪着凛冽的寒光,于是恐怖的声音从他们的胸腔喊出,阴森森的城里传出他们狠命地用剑敲击盾牌的可怕回声。紧接着,他们看到,广场上聚集的老人们安坐在象牙椅上,一动也不动,眼神空洞无神,就像是来自另外一个世界。一个走近他们的高卢士兵,想看看那些男人到底是石像还是活人。

吆喝声对这些人来说完全不起作用,士兵用剑朝着一个人刺去。那个人看起来像岩石一般坚毅的脸顿时激动得一片通红,他伸出那只就像是用蜡做出的手,摇晃着权杖打向那个冒失鬼的头。他的举动就像是一个信号,这群粗鲁的战争奴隶马上把宝剑拔出来,这些高贵的老人被挨着个儿地戳翻在地。

原来这批人只是来探查情况的,在完成这些令人害怕的举动后,他们发出一声呐喊,等在外面的大队人马就像急流一般涌进来。他们抢劫了一天一夜,在看到价值连城的财富被载上马背运走后,站在卡皮托尔山上的人们快气晕了。

能运走的贵重物资远远少于留下来的,这让高卢人很生气。所以,他们一把大火烧了罗马城,历经七代国王和二百多个最高行政长官的城市毁于一旦。只有帕拉丁山上不莱奴斯和他的随从居住的几幢房子幸运地躲过了灾难,没有被烧掉。

这残酷的一幕全被守卫卡皮托尔山的士兵们看在眼里,他们恨得咬牙切齿。他们知道激战的时刻总会到来。其实,国王不莱奴斯在废墟还在冒火,令人窒息的浓烟还在错落有致的山坡上飘散时,已经发出命令,马上攻打城堡。不过,在这里,野蛮人得到了第一次教训。他们虽然接连获胜,却没有高超的战略战术。高卢人毫无章法地攀登卡皮托尔山,却被玛尔库斯·曼利乌斯毫不费力地从山上打退下去。不莱奴斯认识到用这种方法不行,马上停止了进攻。罗马的心脏到这时似乎才平静下来。

不莱奴斯决定包围山城。但是，战争指挥经验是他所缺乏的，并且他们也没有后援部队。高卢人士兵的习惯就是依靠被劫掠的地方养活自己，罗马的四周即使有堆积如山的财富，也被他们耗尽了。整天没事情做的野蛮人把附近的乡村城镇破坏殆尽，广袤的土地就像是一片荒漠。据史料记载与相关传说，那时候消失了一些地方。

夏去秋来，经过狂风暴雨的洗礼，阵阵热气升腾在沼泽地上，被迷雾遮挡。现在，高卢人烧房子的报应来了。驻扎在野外的高卢兵营内瘟疫流行，很多人死去。堆积如山的尸体被野蛮人一把火烧掉。焚烧尸体的地方在几百年以后还被称呼为"高卢尸堆"。

粮食是围城的高卢人越来越缺乏的物资，不莱奴斯决定把抢劫范围扩大到拉丁姆地区。罗图勒人遭到攻击。在那里，他遇到了玛尔库斯·富里乌斯·卡弥罗斯——当时最高明的战争指挥者的抵抗。

当野蛮人逼近罗图勒人首都阿尔特阿的消息一传开，一些老人想起他们中间还生活着一位像平常人一样的伟大首领。他们马上把卡弥罗斯请来，请教退敌良策。

老兵对自己再次受到重视而感到骄傲，说："我最近一个人游览的时候，观察过漫无目的游荡在乡间的高卢人。这群野蛮人白天十分恐怖，但在夜里却像小孩一样顺从。他们行军到晚上找到地方后，就马上睡觉。他们没有哨兵，也没有在营房周围巡逻的人，睡觉时挤成一团。如果阿尔特阿人能抽出一支严格训练的部队交由我统率，我向永恒的神起誓，用躺在你们门前的这些人作为贡品奉献给神！"

他说的这番话反响不俗。大家都知道，卡弥罗斯喜欢说实话，他的言辞表示他已经想得很清楚，决定用实际行动来帮助大家，而不只是说说。任何人都不用怀疑信心十足的大首领。只有一个反对意见被提出来警告大首领："意大利人从来没打过夜战。"

第六章 罗马英雄

一丝微笑在卡弥罗斯嘴边泛起，他讥讽地答道："那第一场夜战就由我来指挥。此外，尊敬的元老，维几城堡也没有过一次就被攻破的先例。"

大家听到这里都纷纷站起来，向大首领致敬，掌声经久不息。

卡弥罗斯所需要的军队聚集起来了。深夜，高卢人的宿营地被他带领士兵悄悄潜入，他们很轻松地就把这群家伙杀得片甲不留。

卡弥罗斯当年不得不离开罗马，而现在迫切需要他回去的时刻终于到来了。祖国需要他，祖国召唤他回去。

维几城也听说了第一次战胜高卢人的消息。维几城里来了许多还能够战斗的罗马人，这些人都是在阿利阿被高卢人打败的。他们全都觉得，在国家生死存亡的时刻，必须让天才的首领卡弥罗斯的才能得到施展。但是，最高行政长官才能决定他的任命，但是敌人把最高行政长官困在卡皮托尔山上。千思万想之后，留在维几的人决定派人到被围困的城堡去，要求罗马的最高行政长官做出紧急决定，然后再把决定带回维几，他们相信这才是最好的办法。这个任务很困难，首先要在不被高卢人发现的情况下，穿过他们的包围圈，再登上卡皮托尔山。一个年轻的士兵被赋予厚望，他的声望在阿利阿河畔时就被知晓了。

一件用橡树皮做成的游泳背心被年轻的士兵穿上，通过它的帮助，在一个雨天的夜晚，士兵在台伯河的波浪间游到了罗马。高卢士兵睡得很香，很难被吵醒，年轻的士兵毫不费力地穿过他们，幸运地找到了通往卡皮托尔山顶的一条秘密小道，直达山顶。由于粮食供应十分紧张，将士们情绪并不高涨。现在，大家心里燃起了新的希望。卡弥罗斯马上被最高行政长官任命为独裁官，消息也被年轻人带回维几。

城堡差点因为年轻人这个勇敢的举动带来毁灭性的结果。年轻人攀登山岩的足印被几个高卢人发现了，他们向国王不莱奴斯做了汇报。为了了解情况，国王自己去看了一下，一条通往山上的道路被他在无意中发现——他一直以为这是座上不去的城堡。他决定派一支精干的人马在夜里从小路直奔山顶，把卡皮托尔打下来。

月亮明亮，星星发着微光。高卢人在这天夜里开始了行动，身先士卒的是一个没有带武器的人。在峭壁的突出处，他停了下来，下面的人把武器递上去。高卢人行动十分隐秘，无人察觉，他们在黑夜里暗中观察，监视着，但是山上一片寂静。守卫城墙的士兵饿得前胸贴后背，没办法，只能躺下睡觉。哨兵睡得十分香甜，甚至于因为吃足了动物内脏，连狗都乖乖地躺在一旁，一声不吭。

野蛮人非常意外与高兴，认为今天晚上一定会取得胜利。领队的人发出信号，士兵们都急切地跃跃欲试。

他们正要从城墙扑向平台，直插堡垒时听到了一阵喧哗的声音。

警惕的卡皮托尔山哨兵偏着头仔细地听着：圣鹅在朱诺女神庙内嘎嘎叫着，脖子长长地向前伸着，翅膀愤怒地扇动着。玛尔库斯·曼利乌斯首先被唤醒。英雄马上跳起来，把武器往手里一抓，一下子把冲在前面的高卢人扫下了山崖。

听到鹅叫，野蛮人非常害怕，随后又看到一个充满勇气的罗马人，听到号角声响，野蛮人犹豫着不敢从城墙上往里跳。三个高卢人，被玛尔库斯·曼利乌斯一把抓住，做了深渊神灵的牺牲。这时，一队穿着盔甲全副武装的士兵从一座瞭望台的大门里过来援助。高卢人放弃进攻，马上向山下退去，罗马人紧追其后。高卢人死的死伤的伤，要么被剑刺身亡，要么摔死在卡皮托尔山脚下。

警惕而又忠诚的圣鹅被人们永远地纪念着，隆重的抬鹅游行活动每年都要在罗马城举行。一条被打死的狗被人们挂在鹅一边的十字架上，因为，那个令人难忘的夜晚，狗竟然一声都没叫。

高卢人的进攻被击败后，罗马又活了过来。但是，一天比一天衰弱，灾荒十分可怕。人们把玛尔库斯·曼利乌斯称为卡皮托利奴斯，以示表彰。一杯酒、半磅面包是人们给他的奖赏；但是过了半个月，神的礼物就只有一只鞋底了。武装带被士兵们嚼食，植物根茎被他们从沙土中挖掘出来，长在城砖缝隙间的青草都被烧煮一番，为了让汤有点儿味儿，沸腾的开水里扔进了皮鞋。站在城楼上的哨

第六章　罗马英雄

兵们望眼欲穿，盼望着卡弥罗斯的先遣部队，但是，骑兵们还是杳无踪迹。

留在城堡内深陷绝境的罗马人，决定付出极大的代价。所有的首饰被他们拿出来，寄希望于不莱奴斯国王的撤兵。元老院让人来到野蛮人国王的大营，想与他商定一个确切的数字。这时，侦察兵传来消息，卡弥罗斯正在维几进行战前准备，这件事让不莱奴斯知道了。自从上次在阿尔特阿他的攻击部队被歼灭以来，国王也清楚地感到，虽然心里想好好指挥作战，但是力量却不够。而且他又听说一种全新的头盔装备兵团被罗马的大首领使用着，这种头盔有着鳗鱼一般滑溜的外表，高卢人的刀剑只要砍在头盔上就会歪斜。这些消息都让人觉得害怕，所以，作为撤兵的交换条件，不莱奴斯国王同意收下一千磅黄金。

饿得连膝盖都在发抖的罗马士兵们挑着成筐成筐的首饰——这些财物都是罗马贵族家庭几代人累积而得，往高卢人大营送去。许多奴隶已经在那里站着，手里拿着天平和砝码。监督赎金交付的是国王不莱奴斯和玛尔库斯·曼利乌斯。突然，传来一声罗马人的叫喊："你们在秤上作假！你们用的是假砝码，你们这群野蛮狗！"

一丝讥讽的笑意浮现在国王不莱奴斯的脸上。他向天平的一端扔下了一把自己佩带的剑，一句至理名言从他嘴中说出："输者痛苦！"

他的话还没说完，嘹亮的号角声就从考拉梯尼门传来。一马当先的是玛尔库斯·富里乌斯·卡弥罗斯，一队装备精良的士兵被他率领着，穿过杂草丛生的城市突然就来到了。他在国王不莱奴斯面前停下战马，朝着野蛮人喝道："这场不体面的游戏要马上停止！我已经撕毁了条约，因为罗马由我一个人统治，卡弥罗斯独裁官是我。罗马要用武器购买自由，而不是黄金！"

不莱奴斯吓得面无血色。他不敢扑向勇敢的罗马人，因为对方的人都在自己四周围着，只有少数心腹跟着他。

罗马首领接着说："我现在就可以杀了你，但是我觉得跟一支没有首领的军队作战不值得。我的兵团就在罗马城外的平地上，就看你敢不敢跟他们较量较量了！"话音落地，卡弥罗斯转身回马，径直离去。

城堡里的妇女们又拿回了曾经捐献出去的首饰。军队迅速被不莱奴斯召集起来，奔向卡弥罗斯指定的战场。在大首领的率领下，罗马士兵们战胜了对方，取得了全部胜利，高卢人彻头彻尾地失败了，没有一个人能够逃出去，连到波河树林里报告失败消息的人也不能幸免。罗马人活捉了不莱奴斯，卡弥罗斯在战场上审判了他，他当时就被砍了头。那条无情的法则在他身上又一次应验了："输者痛苦！"

卡弥罗斯的结局

在卡弥罗斯率领下，高卢人终于被赶出了罗马国，人们举行了盛大的仪式欢迎首领凯旋归来。他们高唱赞歌，在罗马人的眼里，卡弥罗斯是祖国的救星，他们甚至称他为洛摩罗斯转世，是罗马城的第二缔造者。

赶走高卢人的消息传遍了所有拉丁姆国家，还传到了佛尔西安城和罗图勒城，甚至还越过台伯河传到伊特卢利阿人耳中。散居在外地的罗马难民纷纷捆绑行李兴高采烈地回到故乡。然而出现在他们眼前的却是满目凄凉，昔日繁华的街道如今满是废墟，一片狼藉，塌倒的神龛，破裂的庙宇。库茵律特人失望着，有人提议重建罗马，有人建议移居到维几去，认为那里的空房子虽然荒芜，无人管理，但比起重建罗马要方便得多。

在严重的精神危机中，卡弥罗斯再次站出来成为支撑民族的中流砥柱。他告诫罗马所有人："勇敢的罗马人，应该永远忠于众神赋予的神圣使命，让罗马重新屹立于拉丁姆大地上。"

此后到处流传着许多神奇的故事，唤起了大家几乎颓废的精神。有人在福耳图那庙的废墟中找到了一个木刻的国王赛尔维乌斯·图利乌斯像。有人在吉祥地找回了大祭司的权杖，从前罗马城的缔造者洛摩罗斯在第一次主持呼唤鸟儿飞行仪式时候使用的就是这根权杖，这个人还用它在泥土上画出了当年寺庙的轮廓。

一天，有一个军官率领一队士兵走进广场。突然，军官大声喊道："停下！我们最好留在这里！"此时元老院在热烈地讨论罗马重建的问题，元老和百姓们听到一声叫喊，认为这也是一个好预兆，于是元老们决定重建罗马城，并决定把维几的建筑拆毁，把砖瓦运回罗马，使罗马更加快速地完成重建。于是，骄傲的维几人的坚固城堡一下子被拆得片瓦不存。

此外，元老院还决定恢复所有战俘的自由和居住权，让他们留在罗马，给这座城市增添新鲜血液。重建罗马时由于仓促，毫无计划，大多都是狭窄弯曲的小巷。与后来的世界大都市很不相称。也是为了让人们尽快在这座废墟上建起住所、恢复正常的生活而盲目建造的城区。所以来不及更多地考虑美观和城市规划。

重建罗马肯定需要巨额费用，高卢人的洗劫使得国库空虚，当然大部分费用还是由人民来承担，他们对高额税收怨声载道。最主要的原因还在于卡弥罗斯根本没有考虑到生活拮据的平民。

当卡弥罗斯第三次当上独裁官时，罗马内部发生了一场凄惨的悲剧。卡弥罗斯出身贵族，并未担任护民官，但他却极力地笼络民心。卡弥罗斯还公开发表言论要求铲除社会弊端，为了赎回因为欠债而被残酷拘押的平民，他还亲自行动甚至散尽家财。

编年史作者围绕着玛尔库斯·曼利乌斯究竟是最大的叛徒还是最高贵的朋友展开了辩论，虽然从来没有取得一致的意见，但可以明确的是在罗马与高卢人的战争中玛尔库斯·曼利乌斯·卡皮托利奴斯是一个并没有得到官方授权而拯救了罗马的人，做了好事却因被忌妒而死。

在这个时候竟然有人说玛尔库斯·曼利乌斯是阴谋独裁统治的头儿，顿时谣言四起，这种谣言无疑使他的处境雪上加霜，当玛尔库斯·曼利乌斯被逮捕，被指控犯有叛国罪时，没有任何人站出来营救他，他就这样成了罗马的叛徒被判处从塔尔佩亚山上推下去摔死了。

从前勇敢的卡皮托利奴斯也正是在这里被圣鹅闹醒，并亲自把第一批高卢人推下悬崖。现在，这位英雄和罗马的救星却被自己人推了下去，而这里则成了他的坟墓。卡弥罗斯独裁至此取得了最后的胜利。

但玛尔库斯·曼利乌斯的死却使得民怨沸腾。由于贵族的势力日渐削弱，他们感觉到现在已无法抵挡来自平民的压力，不少贵族自愿沦为平民。

罗马有一对姐妹，姐姐嫁给富裕的平民利齐尼乌斯·斯陀罗，妹妹嫁给了一个贵族。

一天，平民的妻子到贵族妹妹家中做客。正当姐妹两个准备坐下吃晚饭时，大门口传来一阵喧嚣声。平民的妻子听了一会儿，奇怪地问："妹妹，这是怎么回事呀。"

"哎呀，"妹妹夸口道，"那是一批高级官员在用权杖敲击大门，不用理会他们。"

平民的妻子羡慕得皱起了鼻子，问："怎么，难道你的丈夫回家都是高级官员们护送吗？"

贵族妻子得意而又骄傲地回答说："哦，你可能不知道，我的丈夫是战争时的护民官，后来，元老院给他配备了一队高级官员做随从，亲爱的，我的丈夫头顶象征国家最高权力的荣誉。这样的荣誉我天天享受，早已经成习惯了。你嫁给一个平民，所以你这个平民的妻子根本是没有办法享受到这种待遇的。即使你的平民丈夫再怎么有钱，也很难成为国家官员的。"

妹妹的一番话让作为平民妻子的姐姐深受侮辱，她强忍泪水回到家中，马上扑进丈夫的怀里，放声大哭。"我的丈夫，"她讨好地说，"我也希望和妹妹家一样，家门口有一队执掌权杖的官员送你回家。我求求你，瞧，平民也应该获得一些权利了，你并不比他们差，人们应该给你一个国家官员的职务。"

平民利齐尼乌斯·斯陀罗安慰他的妻子，说："亲爱的，我答应你，总有一天，我会让你自豪地站在你贵族妹妹面前。"

人们知道，女人私底下影响丈夫决心的能力十分巨大，世界历史上因为女人的意志和建议而造成的事件数不胜数，所以平民妻子虚荣心十足的故事也是有根据的。最大的真理，或者说最大的事实是罗马平民要推翻贵族的时机已经成熟了。妻子的话让平民利齐尼乌斯·斯陀罗触动很大，他开始努力并答应援助勤奋上进的卢茨乌斯·曼利乌斯。不久后，两个人都被推选当上了护民官。在职期间，他们提出了许多法律建议，这些法律被称作"利齐尼法律建议"，是罗马历史上的里程碑之一。

最后，一场激烈的较量开始了。新法的推出，必然触及到独裁官的权力，卡弥罗斯内心产生了绝望，他违背了平民们的意愿，不惜贿赂八个护民官，来反对新法。

这样的斗争持续了十年之久。每年这两个平民护民官都在更新着法律建议，而且，他们还成功地罢黜了被贿赂的护民官，让自己的人取而代之。

最后，卡弥罗斯终于失败了。虽然他意识到只有暴力才能制止平民的要求。同时他也看到自己已经年迈，故不敢和平民大动干戈。他只得忍着沉痛劝告元老院批准由百人团会议同意了的法律建议。

卢茨乌斯·曼利乌斯当选为第一个平民最高行政长官。每当这个平民最高行政长官在手执权杖的高级官员仪仗队引导下走上广场时，贵族们只要看到心里就在流血。

卡弥罗斯独裁官最终把象征权力的棒斧移交给一个新时代的最高行政长官。他希望贵族们的失败至少能够促成罗马的统一。于是，在他离任之前，为罗马建造了一座和睦庙。此后不久，他便死了。

拖尔库阿图斯和玛尔库斯

高卢人又开始蠢蠢欲动往南逼近了。这位平民最高行政长官卢茨乌斯·曼利乌斯对人民十分严厉,很快就引起了民众的愤恨。他对待自己的儿子梯拖斯·曼利乌斯也同样严厉蛮横。他的儿子虽然口吃,可是他的胸腔里却跳动着一颗勇敢善良的心;他有着健壮有力的双臂、精良的剑艺。他越是说话越口吃,一口吃心里就非常混乱和害怕,结果就说不出话来了。最后落得句句含混不清,让人难以理解。卢茨乌斯·曼利乌斯不但对自己的儿子没有丝毫怜爱,反而经常打他。在罗马法律中,父亲法是严厉而又神圣的,甚至优先于其他法律。梯拖斯是一个真正的罗马孩子,所以不管父亲对自己怎么蛮横,他都没有任何怨言。

命运的齿轮不停地转动着,蛮横的父亲也有不幸的时候,最后倒成了一桩不公平事件的牺牲品。被控告为虐待士兵。控诉的理由并不充分。他仅仅出于战争护民官是城墙的守护者,在得知高卢人南下入侵时,对他的人民加紧一点控制而已。贵族气愤,平民们也不高兴,于是他们编造了许多谣言。最后,卢茨乌斯·曼利乌斯被指控犯有虐待士兵罪被送上了法庭。

那时卢茨乌斯·曼利乌斯的儿子梯拖斯还在田间农舍生活,当听到父亲将要接受审判的消息时,他还是心急如焚,虽然平时父亲对他十分蛮横,可是梯拖斯并不计较这些,他首先想到的是护民官给他的父亲带来的耻辱,想到父亲即将面临的危险，他就急于站出来对他的父亲进行援救。

梯拖斯把一把锋利的尖刀藏在身上，大清早就赶到城内来到护民官玛尔库斯·蓬帕尼乌斯的家门口，对门卫说："赶快去告诉你的主人，就说最高行政长官卢茨乌斯·曼利乌斯的儿子来见他。"

梯拖斯很快被唤进去，在护民官的眼里梯拖斯还是个孩子，认为这个孩子是来告发他父亲的暴行的，于是就很高兴地接见了梯拖斯。在两个人互相问候以后，梯拖斯解释说："尊敬的护民官大人，有些情况我需要单独和你谈。"于是主人使了一个眼色，在场的其他人都立刻离开了。现场只剩下了他们两个人。

这时，梯拖斯·曼利乌斯看时候不多了，只听嗖的一声他从怀里拔出尖刀，抵近玛尔库斯·蓬帕尼乌斯，狠狠地威胁说："玛尔库斯·蓬帕尼乌斯，你把耻辱强加在我的父亲头上，起诉他虐待我，是谁任命你担任审理父子纠纷案的法官的？我请你当我的律师了吗？最后你还把我的父亲送上审判法庭，我告诉你，如果你不起誓撤销对我父亲的起诉，不就此事召开国民会议，现在我就可以一刀杀了你。给你两个选择是起誓还是寻死，你自己选择！"

护民官玛尔库斯·蓬帕尼乌斯吓得浑身发抖，为保全自己的性命，他按照梯拖斯的意思发下誓言，释放了卢茨乌斯·曼利乌斯，但是他也公开声明，他只是屈服于梯拖斯的暴力才撤销起诉的。

这个事情很快在罗马传开了，平民听到后，有不满的，有惊讶的，也有赞叹的。不满的是残酷的独裁官竟没有受惩罚，但普遍的还是对他儿子行为的赞扬和称道。

"怎么？"人们说，"卢茨乌斯·曼利乌斯怎么会有如此侠义的儿子？这个孩子有着如此美好的爱心和孝道，可是他得到的回报竟如此粗暴，被父亲残酷虐待如奴隶一般生活，这难道应该吗？具有这种高尚思想的年轻人难道不配享有最高荣誉吗？"

人们纷纷这般地评论着父亲与儿子。梯拖斯·曼利乌斯除了以前和平民利齐尼乌斯·斯陀罗推广新法外别无其他功劳，然而却能平步青云被推举为最高行政

第六章 罗马英雄

长官，享受着威望和荣誉。这是多么不公平呀。

没过多久，这位一直被父亲当作奴隶一般的青年终于等到了机，以此来证明他真正配得起最高的荣誉。他的一颗英勇的心在胸腔里一直跳动着。

一支新的高卢人军队朝罗马直扑过来，并在阿尼奥河的一侧紧靠桥头扎下大营。罗马军事首领梯拖斯·库茵克梯乌斯·彭奴斯率领一支强大的军队驻扎在阿尼奥河另一侧，与敌人隔河相望。虽然在阿尼奥河上有一座桥，双方相互对峙，谁也不敢先踏上桥。

一天，一个高大魁梧的高卢士兵走出营地，来到桥的中间，把手中的武器晃了几下，然后趾高气扬地对罗马士兵大声呼喝："对面的罗马人你们听着，你们谁有胆量敢出来跟我较量一番，我们之中赢的一方说明他的民族是最强大的，输的一方就要撤兵。"

梯拖斯·曼利乌斯看到高卢人如此嚣张，他明白这就是对罗马的挑战。他走到罗马军事首领面前，说："我……我……"他口吃得说不下去，结结巴巴，甚是吃力。

面对敌人的挑衅，语言又有什么用呢，于是梯拖斯雄姿勃勃地冲上桥头，看到站在桥中间的野蛮高卢人，他讥讽地吐了吐舌头，示意"自以为是的家伙，你尽管放马过来吧"。而大个子高卢人看到眼前这个小伙子时，一面双手挥舞着剑，一面说道"你这个不知天高地厚的年轻人"，便朝梯拖斯刺去。他想一举取胜，把罗马人打翻在地。

梯拖斯向后一退巧妙地避开了高卢人的剑，使剑猛地刺进了厚厚的桥板中，野蛮高卢人再也不敢发笑了，他愤怒地拔出剑来，正想咆哮着再次进攻，但为时已晚，梯拖斯已经用尖刀刺中了他的脖子。高卢人挣扎片刻倒在了桥上，死了。

罗马响起了嘹亮的胜利号角。罗马少年英雄征服了高卢人，根据先前口头的约定，高卢人承认了罗马的强大，于是连忙拔营后退撤回波河平原去了。由于野蛮的高卢人被梯拖斯杀死后，梯拖斯缴下了死者的项链并戴在自己的脖子上，此后，梯拖斯又被称为"拖尔库阿图斯"，意为"戴项链的人"，被载入史册。

后来，一支高卢人又来侵犯罗马，这次又出现了上次的类似情况，两支军队在平原上驻扎下来，隔营相望。为了取得战争的主动权，双方谁也不敢轻举妄动。突然，一个身躯高大、甲光耀眼的高卢士兵手举盾牌跳出来，大步流星地走到罗马人营前，要求跟罗马人决斗。此时有一个名叫玛尔库斯·法莱利乌斯的罗马少年，英勇上前迎战。围观的罗马士兵中有许多都身经恶战。当他们看到法莱利乌斯拔出剑时，他们料定这个罗马少年必输无疑，也都痛苦地低下了头，竟没有一点儿同情心。

　　果然，决斗开始不久，少年英雄玛尔库斯·法莱利乌斯便感觉体力不支陷入困境。而高卢勇士却剑出如飞，他的剑始终不离少年的头盔。但罗马士兵的头盔竟滑溜得像鳗鱼一般，可以使高卢人刺在头盔上的剑歪向一旁，要不然的话，罗马的这位少年英雄连高卢人的一个回合都招架不住。过了一会儿，高卢人气喘吁吁地站定身子，准备稍事休息后猛刺对手的胸甲，直取少年的性命，来结束战斗。

　　奇迹出现了，正在这时，飞过来一只乌鸦，不偏不倚正好驻在罗马少年的头盔上。高卢人哈哈大笑，他挥舞着利剑想把乌鸦吓走。但这只乌鸦却给予了他愤怒的回击，不但没有走反而用嘴和爪子扑啄高卢人，使他眼前一片漆黑，搞得这个野蛮高卢人昏昏沉沉的。正当他猝不及防时，法莱利乌斯却乘机攻击，给了高卢人狠命的一击，并把他的盔甲撕了一个大口子，高卢人看到，一面还击一面跟跟跄跄地连忙后退。但直到此时，勇敢的乌鸦还是不肯罢休，突然，乌鸦猛地又朝高卢人飞扑过来，用嘴一下啄出了高卢人的一只眼睛。法莱利乌斯的剑刺了过来，只剩一只眼睛的高卢人就这样没有避开这致命的一剑，少年的剑刺穿了他的胸膛。而后，乌鸦唱着胜利的歌飞上九霄去了。这种天赐的胜利无疑给了罗马人一个鼓舞的信号：扑向高卢人去消灭他们。从那之后，在一段很长的时间内，在罗马的势力范围内再也没有看到过高卢人。后来，当高卢人再次出现在罗马大地时，也表示着他们已忘掉了对强大的罗马的畏惧。玛尔库斯·法莱利乌斯从此获得一个"库尔乌斯"的绰号，意思是"乌鸦"。

　　在后来的罗马中，库尔乌斯和拖尔库阿图斯还被赋予了更为艰巨的历史使命。

玛尔库斯·库尔梯乌斯

当年，在平民最高行政长官的卢茨乌斯·曼利乌斯被控告虐待士兵罪而送上法庭，他的儿子梯拖斯·曼利乌斯却勇敢地维护其父亲荣誉的时候，在罗马，一个众神佑护的国家，发生了一件离奇的事，这个可怕的预兆，让罗马人大为惊恐。

罗马广场是民众欢乐游玩和国家官员集会的地方，一天，突然，罗马广场动荡起来，广场一半陷落到地底下去了，出现了一道可怕的裂口。人们看到吓得几乎瘫倒，纷纷猜想着这一预兆将会给罗马带来什么灾难。这预示着罗马城将要陷落了吗？塌陷的裂口如此大张着，还能合拢起来吗？罗马人认为，如果裂缝能自动合拢，则至少说明众神时刻都在佑护着罗马。如果不能，那说明众神已抛弃他们曾经保护的城市了吗？罗马人都在心里祈祷着不要是后一种情况。

罗马的男男女女开始从城外肩挑着、车载着，一趟又一趟，运来沙土、石子，以极大的热情填塞着这个黑黝黝、深不见底的大洞。可是，人们的一切努力全是徒劳。不管有多少泥沙被吞下，这个黑洞洞的大口仍然还是张裂着，深不见底。

人们见此很是害怕，"难道是火神伏尔甘在地下新建了一座工场吗？该不会从地下冒出火焰和热气来毁灭一切生灵吧？到那时可怎么办啊？"人们想出了能出现的问题和答案。人们开始绝望了，在这危急时刻，祭司们纷纷向神求助，他们得到神谕："要想避免罗马毁灭，只能使用最宝贵的物品祭祀裂口。"

这是一个新的谜，罗马人百思不得其解，人们把自己认为最珍贵的东西拿来扔进黑洞，却不见任何动静，于是大家猜来猜去，什么才是罗马最宝贵的呢？祭司、最高行政长官和元老们终日商量来商量去，谁也猜不透神谕所指的最宝贵的东西是什么。

一天，有个年轻人来到元老们面前，严肃地说："尊敬的元老们，关于这个神谕的问题你们不必烦恼，更不用猜来猜去，罗马是个神圣的国家，在以往的征战中都表现了罗马人民的勇敢，所以罗马最宝贵的一定是它的勇敢。我们必须把勇敢投进深渊去——而我就是勇敢，元老们。"

听完年轻人的话，会议上所有的人都惊呆了，有几个声音问道："你让我们怎么理解你说的呢，我们甚至都不知道你的名字，年轻人，如果真如你所说勇敢就是罗马最宝贵的东西，你又有什么权利称自己勇敢呢？"

年轻的罗马人回答道："我的名字叫玛尔库斯·库尔梯乌斯，曾经参加过一些战斗。为了让你们明白我的意思，我不需要再解释什么，现在，我完全可以做给你们看，最后你们会懂的。"

说着，玛尔库斯·库尔梯乌斯便向拴在一旁的马走去，他让人把一套盔甲递给他，只见盔甲金光闪闪。穿戴完毕后一个纵身跳上马背，在众人面前朝广场上的洞口直奔过去。到达洞口边时，他勒紧缰绳使马停了下来，高喊："众神在上，请接受玛尔库斯·库尔梯乌斯作为象征罗马最宝贵的祭礼。请宽恕罗马母亲，佑护她逃过这次的劫难吧，让她永远年轻！"

说完，玛尔库斯踢了踢马，两腿夹住马腹就冲进了张开着的大洞口。霎时间广场上响起一片惊呼声，人们纷纷涌到那深不见底的洞口旁，向里投掷鲜花。女人们、老人们和孩子们已经泪流满面，这里成了年轻英雄的坟墓。就在这时，奇迹出现了，忽然从洞口内传来了一阵阵咆哮声和飒飒声，好像纳亚登水神和水泽仙女发出的笑声。瞬间，人们看到从洞里慢慢向外涌起了清水。随着水柱越来越高，而大张着的洞口开始变窄。等水漫到洞口时，洞口竟然收拢到一口井大小。

直到今天，在罗马广场中心，人们依旧能清晰地看到"拉库斯·库尔梯乌斯"，即库尔梯湖。在中央三角形的地方有一个灰色的熔岩井圈，就是玛尔库斯·库尔梯乌斯当年以身献祭的地方。

萨姆尼特尔人

罗马在驱逐了高卢人以后,势力范围首先扩大到台伯河对岸的一个狭小地带上。在台伯河的另一面,罗马统治者聪明地把占领的土地都掌握在罗马自己手中,如之前属于维几和法莱利的南伊特卢利阿,现在也都统统归罗马了,他们在占领的土地上建造大街,并围起一个安全的防御网,然后迁入居民。

后来,经过一次短暂激烈的战争后,塔尔库依尼城作为伊特卢利阿国的重要支柱之一,很快成为了罗马人的辖地。不久,罗马在南方的边患也被消除了。而当时的佛尔西安人,经过了和邻国连年的战争,自身的力量被削弱了,在东部山区又不断地受到萨姆尼特尔人的骚扰,因此佛尔西安人自愿把大部分土地送给罗马人。在佛尔西安人的请求下,罗马人这才第一次接触到骄傲的萨姆尼特尔人。

罗马人对萨姆尼特尔人早有耳闻。最初,萨姆尼特尔人为得到新的土地一直沿着阿伯鲁泽恩山谷往下迁移、扩张,当萨姆尼特尔人的人口增加时,往往会需要更多新的土地,于是人们又纷纷脱离族群,向希腊居民区那不勒斯的北部的一个富饶的康帕尼阿平原上迁移。那里可以一年生长三季农作物。

萨姆尼特尔人迁入平原之后,不久便夺取了图斯克人的领地卡波阿,而康帕尼阿平原的中心地带就是卡波阿。可是原先卡波阿人生活放荡不堪、粗野,不久便把萨姆尼特尔人的生活习俗败坏了。此后,萨姆尼特尔人和图斯克人在长久的融合中又形成了一个新的民族，即康姆帕尼族。

一百年以后，新的一批萨姆尼特尔人想再次进入肥沃的康帕尼阿平原。这时首批迁入平原成为康姆帕尼人的萨姆尼特尔人，早已忘了自己萨姆尼特尔人的血统，因此奋起抵抗。但是，不久，康姆帕尼人就意识到他们没有足够的力量击败这些萨姆尼特尔人。

这时，康姆帕尼人决定向声誉已经传遍了整个意大利的罗马求援。元老院接到康姆帕尼人的请求后，并没有直接答应使者对萨姆尼特尔人发动战争，便借口说："很抱歉，罗马不能向陌生城市提供援助，只能支援自己的居民。"

听罢，康姆帕尼人的使者全都跪倒在地上，恳求说："元老们，请把卡波阿收到罗马的羽翼之下，让它成为罗马的附属国吧，视它为罗马自己的财产。"

元老们犹豫不决，他们中有一个人说："不能答应他们的请求，大家仔细想一下，罗马远离康帕尼阿平原，跟他们根本都不沾边。康姆帕尼人请求我们的援助而他们却在一旁过着自己的幸福生活，难道我们应该为此而上战场吗？应该用罗马兵团的号角为他们吹奏宴会曲，为他们的女人吹奏跳舞曲吗？"

另外一个人却插话道："如果我们忠于古罗马的高尚传统，那么我们就不能阻止任何人自愿成为罗马的属下。作为罗马人，应该让世界通行罗马法律，拥有罗马的习俗与和平。不然，罗马将会受到世界人的耻笑。"

最后，元老们一致决定把卡波阿变成罗马的附属国。

出于义务，元老院派使者前往萨姆尼欧姆，萨姆尼欧姆是萨姆尼特尔人的首都。起初，萨姆尼特尔人友好热情地接见罗马使者。当他们听到罗马人要求萨姆尼特尔人停止对卡波阿的敌对行为时，萨姆尼特尔人不禁勃然大怒，下令立刻对康姆帕尼人宣战。萨姆尼特尔人认为自己现在已经足够强大了，即使同时对罗马人和康姆帕尼人开战，并取得胜利，那也是绰绰有余的。

由于萨姆尼特尔人的盲目自大，很快可怕的战争又开始了，双方经过了三场恶战，把整个意大利弄得到处都是满目荒凉。

普泼利乌斯·特策乌斯·摩斯

面对萨姆尼特尔人倔强的回答,很快罗马人就在罗马城内给予了倔强的响应,人们立刻积极进行作战准备。不久,便组建了两支部队,并一齐出发往南挺进。一支由军事首领科尔纳利乌斯·库素斯指挥,直接向敌人的本土萨姆尼欧姆进攻,并消灭他们。一支由最高行政长官法莱律乌斯·柯尔乌斯率领,前往受威胁的康帕尼阿平原,在距离库麦城不远的高卢斯山地驻下大营。和萨姆尼特尔人的第一场战斗的荣誉当属于法莱律乌斯,当萨姆尼特尔人看到罗马的军队已经进驻康帕尼阿平原时,就气势汹汹地扑了上来。一时间,只见尘土飞扬,遮天蔽日,一场厮杀不可避免。

身经百战的法莱律乌斯根本不把萨姆尼特尔人放在眼里,看到远处扬起的尘土,大笑着问他的士兵:"你们看到那些正推进的萨姆尼欧姆的山民和羊倌了吗?""真的,他们竟敢如此嚣张地骑着马,一路吵吵嚷嚷,他们的头盔和盾牌闪烁着金光、银光,完全一副意大利主人的模样,可是我从来没听到过这些人取得了什么成就。这批笨蛋怎么能够自大地认为可以战胜由萨宾人、伊特卢利阿人、拉丁人、佛尔西安人、赫尔尼克人、埃库尔人和高卢人组建起来的强大罗马军队,勇敢的罗马士兵们,他们的牛皮吹得太大、太厉害了,你们说是不是?"

士兵们挥舞着手中的长矛,眼睛里喷射出怒火,斗志昂扬地大声高呼着:"哈!

第六章 罗马英雄

这批只会挤羊奶的萨姆尼特尔人，尽管来吧，他们马上会知道，罗马的儿子是用坚硬的木头镂刻出来的硬汉子，和康帕尼阿的小伙子是不一样的。他们马上就会领略到罗马人的厉害！"

法莱律乌斯听到士兵的回答满意地点了点头。在罗马，法莱律乌斯一直受到人们的尊重和爱戴，没有哪个首领像他那样跟士兵们如此亲密，他虽出身于勇敢而又荣耀的贵族，但，从不蛮横，也没有侮辱人的傲气。他乐于跟士兵们分享胜利的欢乐，分担战争的忧愁，甚至参与到士兵们的一切游戏当中。即使在游戏中被士兵战胜了，他也丝毫不觉得那是多么地有损威严。他为人十分友好，性格也特别和善，可是他在忠于职守、勇于战斗、军事素养高这些方面几乎无人能及。于是，在他的号召下，士兵们求战的热情和建功立业的愿望空前高涨，达到了令人难以置信的地步。

两军相遇。瞧，被罗马嘲笑成只会挤羊奶的萨姆尼特尔人好似个个训练有素，罗马太轻敌了，他们不知道这是一批骁勇善战、英勇无畏的士兵！双方经过几个回合的战斗，罗马军队不管如何奋力顽强地战斗，都不见敌人有丝毫的退缩。于是，双方在原地进行长时间的战斗。战争变成了一场激烈血腥的、毫无希望的搏斗！

法莱律乌斯见势，便命令骑兵立刻上阵杀敌。战马载着骑兵们旋风般地扑向敌人。可是敌人的阵营坚若磐石，丝毫没有受影响，萨姆尼特尔人就用长矛刺和短剑戳罗马骑兵的战马，被刺中的战马惊吓得前蹄腾空而起，一声惨叫，滚翻在地，士兵们纷纷从马背上摔落。战马在狭窄的战场上嘶鸣、打响鼻，顿时乱成一团。法莱律乌斯看到骑兵在这里失去了作用，就坚定地指挥着骑兵中队撤出中心地带，又立刻下达了向敌人左右两翼进攻，并迅速占领的命令。在兵团士兵的面前，法莱律乌斯从马上跳下来，拔出剑，高呼着："勇敢的士兵们，我们不能依赖骑兵，现在，该轮到我们步兵建功立业了。冲！跟着我冲向敌人啊！我将用剑杀出一条血路，你们跟着来吧！敌人的刀剑下正是我们获得丰收之地。冲吧，我的朋友们！"

　　法莱律乌斯·柯尔乌斯如猛虎下山般一马当先向敌人的阵线冲去。兵团士兵们跟随其后，一场激战再次展开。法莱律乌斯挥舞利剑所到之处势不可当，在密集的敌群中留下的只有血路一条，勇敢的罗马士兵们也不甘示弱。剑剑刺去，刀刀砍去，很快把萨姆尼特尔人的前排士兵撂倒在地，但萨姆尼特尔人没有退却，前排倒下，后面士兵立刻补上，继续顽强地抵抗。

　　双方战斗持续到太阳快要落山还没有结束，法莱律乌斯没有料到被嘲笑的羊倌仍然坚如城墙。罗马士兵们彻底愤怒了，眼睛里如同着了火般，个个像狮子般到处横冲直撞，猛砍猛杀，敌人见状，背后直冒冷汗不由得向后撤退。罗马士兵步步紧逼，一直追到山地才把敌人彻底打垮。

　　后来，在审问被俘的萨姆尼特尔人时，罗马官员出于好奇地问："你们萨姆尼特尔人既然能和英勇无比的罗马士兵坚持战斗一天，到最后为什么要逃跑呢？"

　　被俘的萨姆尼特尔人回答道："大人，我们看到你们士兵的眼睛里喷射出火焰。有一瞬间我们误以为是在和神战斗，不敢相信是在跟人打仗。当时我们心惊肉跳，不由得立刻逃跑。"

　　康帕尼阿平原解放了。法莱律乌斯率领着胜利的罗马兵团进入到这片肥沃土地上的大小城市，受到康帕尼阿人的热烈欢迎。

　　罗马兵团在一个战场上首战告捷，而在另外一个战场上却没有如此幸运，在战斗中，罗马士兵们表现极其英勇，却还是遭到惨败。

　　当由军事首领科尔纳利乌斯·库素斯率领的这支罗马军队深入到萨姆尼欧姆腹地，在萨梯库拉穿林越谷往前推进时，罗马的前沿部队突然发现前方山路被封锁了，来不及观察四周情况就遭到了萨姆尼特尔人一阵猛烈的袭击，罗马士兵来不及向后撤退，在行军途中的山路两侧，也突然冒出了萨姆尼特尔人的士兵，紧接着，在行军的背后也出现了敌人的部队。整个罗马军队腹背受敌。

　　萨姆尼特尔人开始了愤怒的战斗，他们把滚木、山石甚至铁块从两侧的山上向罗马士兵投掷过去。直使得罗马兵团首尾不能相顾，这时指挥官们彼此发出了矛盾的口令。百人团首领大呼"撤退！"战争护民官高喊"前进！"还有的首领想率领部队从侧面突围等更使得罗马军队处在一片混乱之中。罗马士兵队列已经被撕开了一道巨大的裂口，萨姆尼特尔人迅速围攻，这支庞大的罗马军队正遭受着沉重的打击。

只有一个名叫普泼利乌斯·特策乌斯·摩斯的战时首领在一片混战之中尚能镇定自若。他趁敌军不注意登上一座山坡，通过观察地形，他发现了一块高地，现在还没有被敌人占领。根据他以往的经验，罗马兵团应该迅速攻占这一高地。于是特策乌斯·摩斯急忙退到山林谷地的混乱战场，并向首领科尔纳利乌斯·库素斯汇报说："长官，请允许我带领一支重武装部队和长矛手登上前面的山顶，去把敌人的主力吸引开。在我给你打掩护，成功把敌人的主力引到高地的时候，你赶快带领兵团迅速撤离这一险境，撤出包围圈回到我们昨夜驻扎的营地去。"

在征得最高指挥官的同意后，特策乌斯·摩斯和指挥官分别依计行事，果然如计划所料，罗马军队成功地撤出了敌人的包围圈，兵贵神速，特策乌斯·摩斯又主张趁拂晓立刻对分散在山上的萨姆尼特尔人发起进攻，还在沉睡中的萨姆尼特尔人怎么也没有想到，白天还驰骋疆场，此时却已经一排排地死在罗马士兵们无情的刀剑下。山谷里突然传来恐怖的惨叫声，罗马人的喊杀声、刀剑撞击石块的爆裂声。顿时三万名死者横尸战场。当初升的太阳照耀山梁时，那是一副多么可怕的杀戮景象啊。简直惨不忍睹。

战斗结束以后，罗马最高军事首领为了嘉奖特策乌斯·摩斯的勇敢，于是就地把象征荣誉的金色桂冠戴到了他的头上。不久，特策乌斯·摩斯又得到了一百头母牛和一头角上镀金的公牛的赏赐。就连他的两支部队也由于在战斗中的突出表现，受到了重奖：每人赏赐一头公牛、两件羊毛上衣和许多粮食。等到军队凯旋回罗马的时候，首领还特意恩准特策乌斯·摩斯和他的士兵头上戴着绿色的青草花环作为勋章以示鼓励。

战争虽然取得了巨大胜利，但罗马跟萨姆尼欧姆的战争还不算结束。要想彻底打败萨姆尼特尔人，罗马人还必须发起第三次战斗，才能迫使勇敢的山里人接受罗马的和平建议。罗马的两个最高行政长官率领部队会合以后，罗马军队更是变得无坚不摧，所向披靡。两位最高首领经过协商，最终把决战的地点定在素埃素拉，并即刻向萨姆尼特尔人进发。

在素埃素拉的战斗中，萨姆尼特尔人被罗马人围困多日，已经饥饿难忍，于是萨姆尼特尔人放弃大营，却不料正好窜进了罗马人的埋伏地带。一场惨不忍睹的战斗不可避免，激战后，四万块盾牌铺满了战场，那些都是死亡或者逃走了的萨姆尼特尔人丢下的，一百七十件部队标志掉落战地。直到这时萨姆尼特尔人才终于与罗马缔结了和平。取得战争胜利的两个最高首领回到家乡罗马，人们为他们举行了隆重的凯旋仪式。居民们发出雷动般的掌声和欢呼声，并簇拥着凯旋归来的首领跨进了罗马的胜利大街。获得赏赐的首领特策乌斯·摩斯紧随其后，率领着浩浩荡荡一眼望不到头的兵团士兵。士兵们高唱胜利的凯歌，挥舞手中的武器。

罗马开始被世界注意了。从那时候起，世界上许多民族才知道在台伯河边有一个叫罗马的城市，他们从遥远的地方给罗马送来珍贵的礼物以示祝贺，甚至连最遥远的非洲也都派出了使团来到罗马，并以卡尔它各元老院的名义在朱庇特神庙献上了金花环。可是这些黑人并不知道，将来他们的后代也会戴着手铐脚镣穿行在罗马的大街小巷。神灵总是让未来掩藏在无法预知的黑暗之中！

梯拖斯·库茵克梯乌斯

在第一次与萨姆尼特尔人的战争中,发生了一个小插曲。萨姆尼特尔人撤出康姆帕尼平原后,康姆帕尼人把卡波阿交给了罗马人,留在卡波阿的部队很快过起了康姆帕尼人的生活和节日。他们吃海鲜、蜗牛、鲜肉饼和夹心球糖,生活和谐,好不乐乎。当听说罗马最高行政长官下令部队要撤回罗马时,这些罗马人的心里着实舍不得。于是,他们背地里悄悄地商量不离开卡波阿的对策。他们甚至打算宣布城市独立。

最高行政长官得知留在卡波阿的部队有谋反心理后,并没有大肆声张,而是悄悄地亲自来到卡波阿召集军官开会。

最高行政长官在会上说:"你们是勇敢的人,不过因为战争的事使你们一直都劳累,为了使你们能够继续承担像在卡波阿一样的光荣任务,罗马人决定给你们每个人放一些探亲假。等替补的士兵到达,你们就可以马上出发,也可以带着你们的士兵一起回去。"

军官们感到最高行政长官的话中到处充满着嘲讽,他们十分狼狈,但是他们自己的阴谋还没有付诸实践,他们只能摆出一副皮笑肉不笑的神情。结果,长官们被迫离开了卡波阿,士兵们全部留了下来,群龙无首。

一天,有个士兵对他的伙伴们说:"离开的时刻离我们越来越近了,我认为我们必须实施从前的计划，那才是留在卡波阿的最好办法。"

可是伙伴们却说："可是我们没有指挥官呀，即使我们成功地接管了卡波阿，我们还是不能占领它，而且，那样的话，我们马上就会受到最高行政长官的惩罚。"

狡猾的库茵律特人回答说："朋友们，你们说得对，如果我们真的要实施计划，一定要找个指挥官的话，我愿意给你们指一条出路，我听说在远离罗马的图斯库罗姆住着一个年老的残疾老兵，名字叫作梯拖斯·库茵克梯乌斯，从前他率领一个兵团在与高卢人的作战中受了重伤，后来离开部队，享受安宁生活去了，我们可以去请他做我们的首领。"

许多人表示怀疑，而且顾虑重重："伤残的军官会同意做一批谋反者的首领吗？"

可是，那个提出这个好建议的人为努力排除其他人的一切顾虑，坚持诚恳地说："如果你们当中有人愿意和我一起去试试看的话，我相信，十天以后我一定能把梯拖斯·库茵克梯乌斯请来当你们的首领。"

这样，很多人就慢慢地开始支持他的计划，并选派了几个密谋造反的人动身前往图斯库罗姆，在图斯库罗姆，密谋者找到了伤残老兵梯拖斯·库茵克梯乌斯的家。他们首先包围了他的整个房子，然后使劲地敲门。

老兵不知道为什么有人惊扰他睡觉，于是打开门想问个究竟，几个士兵一下子冲到了他的面前，对他说："我们要在卡波阿谋反，我们需要一个首领，而你就是我们选定的人，现在你有两个选择，你要么当我们的首领，跟我们一起到卡波阿造反；要么就死在这里。"

在德国斯瓦本地区也曾经发生过类似的故事。当时农民冲进雅克斯特豪森城堡，抓住骑士，狠狠地说："要么当首领，要么就要你的命。"所以德国人常常把梯拖斯·库茵克梯乌斯和他们的故事放在一起做比较。

在这种情况下，梯拖斯·库茵克梯乌斯只能违心地跟着这些士兵来到卡波阿。他答应率领士兵们进攻罗马，以使最高行政长官同意让这些士兵永远驻扎在卡波阿。谋反的士兵又叫老兵立下了军官誓言。当然，他会遵守和履行的。不久以后，在梯拖斯·库茵克梯乌斯的率领下谋反的士兵们朝罗马一路进发。

这时候，他们谋反的队伍向罗马挺进的消息早就传到了罗马，最高行政长官立刻组成一支强大的军队，来挡住那些造反者们的去路。最高行政长官不相信曾经被誉为罗马英雄的梯拖斯·库茵克梯乌斯会谋反，他们知道伤残老兵有难言之隐，其内心也在矛盾着，他们也知道他从不食言，所以最高行政长官决定先假装不知道他们的动机，以观察变化。

当两支罗马部队迎面摆开阵势时，最高行政长官把梯拖斯·库茵克梯乌斯喊到阵前，当众对他说："我们知道你们的士兵都不愿意回家，希望留在前方继续作战。你们是多么的勇敢呀，可是我们跟萨姆尼欧姆缔结和约，已经不需要再作战了，你们不能再继续留在那里了，由于你们的饷金实在太少了，经过商定，为了表彰你们，你们将获得双份饷金。"

梯拖斯·库茵克梯乌斯本就没有造反之心，听到这里，已激动得热泪盈眶，他身后那些不忠实的士兵也纷纷感动。"啊，"他们喊着说，"罗马对我们那么仁慈，我们却想要离开这慈母般的罗马，我们的行为是多么愚蠢啊！"

罗马的这则滑稽小故事和被抓在农民手上的德国骑士哥特弗里德的悲剧故事，还是有所不同的。最终，梯拖斯·库茵克梯乌斯率领的人马纷纷放下武器，与最高行政长官带来的兄弟队伍相拥而泣，流出了幸福的泪花。他们庆幸没有发生更大的冲突，危害到罗马的尊严，而是成为了与萨姆尼欧姆血战之后的一场滑稽剧，全罗马都为之高兴。人们感谢聪明的最高行政长官，他们用美好的感情和幽默拯救了勇敢的罗马士兵，使他们不致成为杀害同胞的刽子手。

拉丁之战

卡波阿士兵事件得到了和平解决,当然,这不意味着每次罗马军队的哗变都会有令人满意的结果。而另外一个令人心悸的故事则发生在梯拖斯·曼利乌斯身上,而且是一个悲剧。

与萨姆尼特尔人的第一次战斗结束以后,没有过多久,统治下的拉丁人的城镇试图做最后的挣扎,以取得对外的独立。一场与拉丁人之间的战争即将爆发,这场战争又称作"拉丁之战"。

为了平息叛乱,当时执掌罗马部队最高领导权的普泼利乌斯·特策乌斯·摩斯和梯拖斯·曼利乌斯·拖尔库阿图斯两位最高行政长官(前者是萨梯库拉的英雄,后者是曾经杀掉侮辱他父亲者的孝子),率领罗马部队穿过康帕尼阿平原急速前进。但却在维苏威山脚下遇到了拉丁军队。罗马首领命令士兵加紧构筑工事,在山脚下扎下大营。

最高行政长官梯拖斯·曼利乌斯被称为"戴项链的人",而有趣的是他的儿子竟然和他有着相同的名字。年轻的梯拖斯·曼利乌斯在部队中经常率领一支骑兵队外出执行任务,侦察地形,打探敌人的消息,有时也出去给敌人一阵骚扰。首领就时常提醒他要时刻遵守古老的戒律,即没有命令不能进行战斗。最高行政长官的父亲也一再提醒他在拉丁之战中特别要服从命令,因为拉丁人和罗马人之间有很深的渊源，有许多人都是亲戚，人们希望这场战争能够和平化解，以免给未来的七座山城和它的近邻之间增添更多仇恨和血债。

最初，儿子还很听父亲的话，后来慢慢地，像是可怕的命运女神从中穿针引线般，年轻儿子不再听从父亲的话。也就等同于反对最高行政长官的命令。

有一次，年轻的梯拖斯·曼利乌斯在外出侦察途中遇到了拉丁人的骑兵巡哨，拉丁骑兵首领出身贵族，对这个年轻的罗马小伙更是不屑一顾，于是嘲笑着说："你们罗马人号称勇敢，可一直以来，我们拉丁人总是认为你们罗马人，害怕跟我们拉丁人相遇。哦，你们一定记得勒基罗斯湖吧，那是拉丁人战胜罗马人的地方。"

梯拖斯·曼利乌斯勃然大怒，朝着拉丁骑兵们说："把你的臭嘴闭上吧。不要以为我们怕你们拉丁人，我们避免跟你们冲撞只是碍于一项命令。"

骑兵首领讽刺地回答："梯拖斯·曼利乌斯，是吗？不要找这么个幼稚的借口。"

年轻的梯拖斯·曼利乌斯奇怪地问："你是拉丁人，怎么会认识我？"

挑战的人脱口而出："我当然知道你，因为你和你的父亲名字一样，为了区别于你的父亲，你被罗马人称作勇敢的梯拖斯·曼利乌斯，直到现在都是。难道你希望将来被叫作怯懦的梯拖斯·曼利乌斯吗？我现在向你挑战，你应该感到荣幸，因为你的对手并不是无名之辈，你要知道我的家族古老得如同图斯库罗姆城。"

罗马年轻人生怕辱没了自己勇敢的名声，而且他早已气得怒火中烧了。他抖了抖长矛，接受挑战。骑马朝骑兵冲去，其他的罗马骑兵也立刻跟着包围上来，一场血战开始了。

两个英雄跳着扑到一起。梯拖斯·曼利乌斯用长矛把对方拉丁人的头盔从头上挑了下来。而拉丁人也不落下风，他瞄准梯拖斯·曼利乌斯的马匹，猛地朝战马戳下去，只可惜偏了，使得两匹马惊跳着分别往前奔去。后来，在第二回合的战斗中，拉丁骑兵被梯拖斯·曼利乌斯奋起就是一枪，一下子挑下了马，死去了。而其他的拉丁骑兵逃回了拉丁军营。

年轻的梯拖斯·曼利乌斯高兴地来到父亲面前，他的手里捧着拉丁死者的盔甲，骄傲地对他父亲说："父亲，看，我给你带来了一件漂亮的战利品，这是我今天在决斗中勇敢地斩杀了一位有名的拉丁人后取得的。"

年轻人本以为自己的勇敢会得到父亲的夸奖，可是父亲只冷冷地对儿子说："虽然你在决斗中杀掉了拉丁人，但我曾经的行动和你现在的行动有个巨大的区别：当时我是奉命战斗的，而你现在是擅自行动的。"

年轻人听到父亲冷冰冰的话一身冰凉，胜利的喜悦一点儿都没有了。他知道他已经违抗了最高行政长官的命令，而事情也并没有就此结束。

这时作为父亲的最高行政长官却命令部队全体集合到营帐前，然后，他转过身子，对儿子说："你取得了一场辉煌的胜利，因此，现在我作为罗马最高行政长官将授予你最高的荣誉。"说着，他亲自把象征荣誉的一顶桂冠给儿子戴在了头上。士兵们开始欢呼起来，为这个勇敢的少年而高兴。

随后，首领命人在士兵队列前面的地上竖起一根木桩。手上提着明晃晃斧子的刽子手也奉命赶来了。几千人屏住呼吸——他们本想大声喊："住手！住手！"可是罗马军队服从命令的铁一般的纪律使他们只能眼睁睁地看着眼前即将发生的可怕事情。

紧接着，最高行政长官梯拖斯·曼利乌斯·拖尔库阿图斯宣布："我的儿子，虽然你取得了辉煌的胜利，但你也同样违背了必须服从的命令，这是罗马之所以能够成长的信条，所以，我作为罗马最高行政长官，必须把你的桂冠浸在你自己的血泊里。从此以后你会知道，没有命令的行动即使再辉煌，也会带来无比残酷的结果。"

年轻人无奈地被绑在木桩上。他高高地站在刑场上，头紧靠着木柱。他绝望地望着远方，拿着利斧的刽子手呼的一声，斧头落下，年轻的梯拖斯·曼利乌斯已魂归阴曹地府，而他的英名却如明星高悬光照人间。

年轻士兵们一窝蜂地扑倒在死者的身上，轻柔地吻着他的脸颊，并用花束给他垒起了一座坟墓。后来，罗马的年轻士兵拒绝与这位铁石心肠的最高行政长官一起行军。他们开始对这个戴项链的人不停地抱怨、诅咒、谩骂，并一直骂到他死。

不久罗马又得到了一则神谕，要求用一条人命做祭供，罗马才能统治拉丁人。

就在维苏威湖战斗的前一天，最高行政长官梯拖斯·曼利乌斯·拖尔库阿图斯和普泼利乌斯·特策乌斯·摩斯满脸悲痛，不知该如何是好，因为昨夜梦中，一位神凑近他们宣布说，两支对立的军队中，一方的首领如果愿意把自己祭供给阴司之神，就会取得战争的胜利，那么另一方军队则会被引向失败的旋涡中去。

所以一大早最高行政长官就把祭司唤来了。祭司解释说：必须要牺牲的是罗马军队左翼部队的首领，那样才能使女神承认胜利的一方在罗马。按照原定的作战计划，左翼部队由普泼利乌斯·特策乌斯·摩斯率领。

显而易见，这位最高行政长官的灵魂才是苍天真正所要求的。在第一次跟萨姆尼特尔人战斗时，他的名字就已经和罗马的第二次与萨姆尼特尔人的战争胜利紧密相连了。勇敢的最高行政长官并没有太多的悲伤，为了换取女神赐予罗马的胜利，他毫不犹豫，随时准备服从众神的意志。战斗开始了，在死亡面前，他毫无惧色，他手提一根投枪，立下了誓死的决心："亚奴斯神，朱庇特神，父亲玛尔斯和亲爱的库依律奴斯众神在上，为了保证祖国的胜利，在你们面前，我愿意把自己祭献给大地母亲和冥府之神。从现在开始，我已不再是一个寻常人，而是一个死去的人，是一件祭供给死神的祭品。勇敢的罗马士兵们，请在这里给我垒起一座坟墓。战斗结束以后，你们朝着山的方向，朝着波光闪烁的遥远大海的方向，把我安葬在坟中。"

果然，从那一时刻开始，首领普泼利乌斯·特策乌斯·摩斯就如扫荡一切的阴灵般。进军的号角吹响了。普泼利乌斯·特策乌斯·摩斯率先带领兵团发疯似的朝着拉丁人的军队扑去。拉丁士兵的勇气和战斗意志瞬间被难以解释的恐惧彻底瓦解了，他们开始四散溃逃，甚至连拉丁军官们也都转身便逃。但是，留下只有一队站在维苏威湖旁的拉丁射箭手，在山坡上他们一字排开来迎击舍命冲杀过来的罗马人，同时帮助实现了普波利乌斯·特策乌斯·摩斯以身献祭的要求。

这一天，罗马取得了辉煌的胜利。第二天清晨，人们在堆积如山的拉丁人阵亡士兵的尸体中，找到了满身飞矢的普波利乌斯·特策乌斯·摩斯的尸体。

余下的拉丁士兵们惊慌而逃，一直逃到了素埃素拉。最高行政长官梯拖斯·曼利乌斯带兵在后穷追不舍，追到这里拉丁之战才算结束，双方展开了最后的殊死搏斗。结果大部分拉丁逃兵魂归沙场，只有很少的一部分人拼了命才逃回自己的家乡。素埃素拉正是罗马士兵第一次对萨姆尼特尔人作战的地方，在这里他们取得了辉煌的战果。老坟累累，现在一下子又增添了许多新冢。

素埃素拉战役结束了罗马和拉丁姆其他国家之间的公开战争。此后，由于许多城市都相信了罗马最高行政长官的讲话，知道自己力不能敌，别无出路，只能放下武器与罗马签订和平条约。但还是有那么少数几个城市在顽强抵抗。后来，像伽比、泼莱纳斯特、图斯库罗姆这些城市也都相继落入罗马之手。而佛尔西安人的首都安提乌姆却始终对罗马不屈服，一直战斗到彻底崩溃为止。

卢茨乌斯·帕比里乌斯·库尔索尔和库茵拖斯·法比乌斯·罗利阿奴斯

罗马与萨姆尼特尔人签订和约后,双方持续了一段和平时期,但好景不长,很快,倔强的萨姆尼特尔人又从失败中崛起。罗马觉得不能再给这股顽强的敌人任何机会,必须派出军队肃清他们。这次战争的总指挥是独裁官卢茨乌斯·帕比里乌斯·库尔索尔,他还有一名叫库茵拖斯·法比乌斯·罗利阿奴斯的副手。

帕比里乌斯是一个与战胜高卢人的富里乌斯·卡弥罗斯同样英勇的罗马人,都具备坚强的意志、强健的体魄和英勇的精神。此外,他身材高大魁梧,行走如飞,人们给他起了个绰号"库尔索尔",即会走路的人。当时,他的能力简直无人能及。他的身体如铸铁般,即使再艰苦的事都不会使他疲劳,而且他对再怎么艰辛的劳动也从来都不嫌弃。因此帕比里乌斯对士兵要求也很严格。要求士兵对他的命令无条件服从,如果谁敢违抗,就让那人痛苦不堪,士兵们在他的率领下很辛苦。

他的副手库茵拖斯·法比乌斯是一个志愿为祖国光荣献身的法比尔族的子孙,他和他们那些法比尔族前辈们一样,英勇善战,受到士兵们的爱戴。可是在这场与萨姆尼特尔人的战争中,他竟然和他的严厉上级闹矛盾,使罗马为之震动。

当罗马军队在萨姆尼欧姆扎下大营时,从罗马传来消息,罗马城内人们认为不该选帕比里乌斯当独裁官,认为他的当选已触怒众神,所以独裁官帕比里乌斯决定离开军队一段时间,暂时赶回罗马安抚民心。在他临走前,命令法比乌斯坚守大营,在他回来之前,只要萨姆尼特尔人不向罗马大营发动进攻,绝不能主动向敌人出击。

最初,法比乌斯还是遵守上级的命令的。一天,从外出侦察的士兵口中得知,有一支萨姆尼特尔人的部队在人数上明显处于劣势,而且防守也不严,如果出其不意地袭击,一定会取得成功。这时的法比乌斯被胜利和至高无上的荣誉吸引着,早已忘记了独裁官的命令,法比乌斯便率领士兵离开营地,前去突袭敌人。他非常走运,经过一阵攻击便把敌人的阵营给打乱了,敌人哪里会料到罗马人会出现在眼前,顿时慌乱一团。罗马的骑兵也趁机冲杀过来,敌人惨败,四处溃逃。这场战斗中两万多敌人被消灭。法比乌斯命人把缴获的武器堆在一起放火烧毁。然后,他写下胜利的喜报并派人骑快马送回罗马,交给元老院。

这时独裁官帕比里乌斯正在元老院举行会议,当他亲自收到并看到法比乌斯派人送来的喜讯后,并没有表现出惊喜之色,而是当即宣布休会,冲出会议厅,愤怒地喃喃自语:"库茵拖斯·法比乌斯!是谁借你的胆子,竟敢违抗独裁官的命令,你一定会为此付出沉重的代价。你虽然取得了胜利,但你违反纪律,你必须要受到惩罚;否则,大家都效法你,罗马还有什么制度可言,到时罗马就没救了!"

帕比里乌斯一刻也不耽搁地奔回战场,犹如一头愤怒的狮子。可是,帕比里乌斯没有想到,法比乌斯的朋友们速度更快,他们骑着战马如风一般地飞速来到萨姆尼欧姆,早把这即将到来的暴风雨告诉了不幸的法比乌斯。

法比乌斯吃了一惊,他对帕比里乌斯还是很了解的,"他拥有生杀大权!而且他的命令不可违抗,而自己却违抗了他的军令,我要如何才能从暴怒独裁官的权力下挽救出自己的生命呢?"他思量着。

这时的他已慌乱不已,不禁从一个错误陷入另一个错误:情急之中,法比乌斯把部队召集起来，向士兵们表明自己的危险处境，他希望跟他一块夺取胜利的士兵一起来保护他，让他免受独裁官的伤害。

士兵们敲打着盾牌，齐声高呼："你不用害怕，勇敢的法比乌斯，只要有罗马兵团在，我们不会让任何人伤害你的，没有人敢动你一根手指头！甚至连指挥官也不行。"

不一会儿，独裁官帕比里乌斯来到营内，命传令官吹起集合的号角，士兵们很快聚集在一处，接着他又让传令兵宣布全体肃静，然后坐下。

帕比里乌斯坐在审判椅上，坐在他后面的是擎着棒斧的高级官员，他把法比乌斯叫到跟前。在这个时候，没有人敢违抗独裁官行使权利的意志，营帐前几千人静静静地站着，他们谁都没有胆量抗命，只能屏住呼吸，等待着将要发生的一幕。

法比乌斯来到审判台前，他不愧为光荣法比尔族的子孙和罗马作战的英勇壮士。他脸色苍白，但目光坚定，平静地注视着严厉的审判者。

"库茵拖斯·法比乌斯，你可知罪，"独裁官强忍心中怒火，问道，"你只要回答我一个问题就好，其他的就不要多说了，我是不是曾命令你不要主动跟敌人作战？"

法比乌斯平静地回答说："我打败了敌人，取得了胜利，是多么荣耀的事呀，人们可以夺走我的生命，但夺不走我的荣誉。"

"来人，"帕比里乌斯更加愤怒地大喊，"扒掉罪人法比乌斯的衣服，用树枝鞭打！得让你吃点儿苦头才行，那样你才会认识到自己的错误。"

法庭差役一拥而上，伸出手准备去抓法比乌斯。但法比乌斯却挣脱他们的手，急忙向兵团呼救，一转身顺势逃到士兵中间去了。士兵们对帕比里乌斯怨声四起，声音越来越大，如咆哮的波浪般呼啸着掠过大海。军官们甚至绞着自己的双手请求独裁官开恩，有一部分军官劝说不要因小失大，最后让整个部队都落下违抗军令的罪名。还有一部分军官则建议说，暴怒的时候判决别人的生死是不太好的，还是把此事暂时搁到明天再说。他们认为法比乌斯年幼无知，还是个孩子，现在，胜利的喜悦对他来说已彻底化作折磨和畏惧了，他已经受到了应有的惩罚。

不管军官们如何恳请，但那个铁石心肠的独裁官却无动于衷。兵团士兵们便齐声呐喊，并做出威胁他的举动，但帕比里乌斯没有任何的反应。只听到传令兵向大家喊道"肃静，肃静"。可是，大家对传令兵毫不理会，依旧喧哗不止，而且声音越来越高，蔓延到整个审判台的上空，最后，帕比里乌斯连自己讲话的声音也听不见了。

夜幕降临，法比乌斯害怕士兵们畏惧独裁官的盛怒而保护不了自己，便趁着夜色悄悄从营房逃出潜回了罗马。

第二天，帕比里乌斯发现副手逃走后，便立刻跳上马背，风驰电掣般一路追了过去。当法比乌斯在元老院里正在控诉独裁官的暴行时，帕比里乌斯却突然出现在大家面前，法比乌斯大吃一惊，便沉默了下来，一声都不再吭了。坐在椅子上的元老们，也十分惊讶。帕比里乌斯立刻下令逮捕法比乌斯。

可是，这一切没有来得及发生，那个受威胁的法比乌斯的父亲——玛尔库斯·法比乌斯，一个十分受人尊敬的法比尔贵族，阻止了独裁官的命令，保护性地站在他儿子前面，诚恳地说："因为你，卢茨乌斯·帕比里乌斯，我的儿子打退了罗马的敌人，取得了胜利，而你却拒不接受任何的劝说和请求，不肯赦免你英勇的副手，所以，在此我请求全体人民，为我的儿子伸张正义！"

帕比里乌斯回答说："玛尔库斯·法比乌斯，你是知道的，你的行为已经违反了法律，因为独裁官是位于人民之上的。但是，为了公平，这一次，我愿意听从你的意见。"

于是，一行人来到民众大会上。帕比里乌斯站在审判台上，犯人儿子法比乌斯和父亲玛尔库斯·法比乌斯一起来到台前。老人首先发言，他言辞恳切地为儿子的行为进行极力地辩护，并请求罗马全体人民能宽恕他的儿子，老人的陈词使库茵律特人十分感动。

接着，轮到独裁官辩护了，他站起来坚定地解释，他决不让他的权力受到任何的威胁，如果都像法比乌斯那样，在战争中，士兵不听军官的话，军官不听最高行政长官的话，最高行政长官不听独裁官的话，将会造成什么样的后果，可想而知。那些罗马的战争纪律就会遭到严重的破坏，罗马的光荣将不复存在，没有希望就只会灭亡。

这番话说得在场的人哑口无言，且心悦诚服。审判官怔怔地站在那里左右为难，不知该如何处理此事。现在，有一部分民众开始为法比乌斯求情，连护民官也举手高呼："帕比里乌斯，你说得很对，法比乌斯的确是做错了。可是你的人民请求你开恩，并饶他一命！"同时两个法比尔人，父亲和儿子也一起跪倒在这个坚定如山的独裁官脚下，请求他的宽恕，独裁官的脸上顿时如温暖的太阳驱散了阴霾一样，怒气一下子就消失了，他用手示意大家安静，以清脆的声音大喊着说："罗马人民，幸福降临了！战争纪律取得了胜利！你们不曾向敌人低头，为了你们的孩子，你们向独裁官的权力低头，请求用我手上的权力来赦免他！现在，我饶恕你了！因为你并没侮辱我个人，而是我的首领权力。库茵拖斯·法比乌斯，饶你不死，你要感谢全体人民，好好活下去吧，以后千万记住，无论在战时还是在和平时期，罗马士兵都必须服从罗马的权力！"

听到这番讲话时，广场上响起雷鸣了般的掌声。人们一跃而起。把幸福的法比尔人和慷慨的独裁官围了起来，人们欢呼着，陪伴着他们高兴地回去了。

考迪乌姆的枷锁和报应

　　第二次与萨姆尼特尔人的战争还在继续，罗马人连连战捷。而萨姆尼特尔人连连失败，山民们勇敢作战，但勒在他们脖子上的缰绳越来越紧了，战争形势糟糕透顶，这时候，萨姆尼特尔人企图跟罗马人签订友好条约，可是元老院一口就拒绝了山民们使者的请求，这次罗马人是下定决心要彻底消灭萨姆尼欧姆。萨姆尼特尔人绝望了，他们只能鼓起勇气，做垂死挣扎。萨姆尼特尔人的男人们，不分年老还是年幼，全部武装起来，迎击敌人，首领伽奴斯·彭梯乌斯掌握着萨姆尼特尔军队的最高指挥权。

　　罗马军队在最高行政长官弗拖里乌斯·卡尔维奴斯和斯波律乌斯·帕斯拖弥乌斯的率领下已经封锁了从山区进入平原的重要通道，伽奴斯·彭梯乌斯意识到，在康帕尼阿大平原是无法战胜敌人了，若想求得一线生机，只有在山地间才有可能战胜敌人，因为那里密林遍布，而罗马士兵又缺乏山地战经验。

　　萨姆尼特尔人想到了考迪乌姆的关隘。那里地理形势非常有利山地战，考迪乌姆是一条穿过平原的大道，可是沿途有许多峡谷，从康帕尼阿到卢策里亚城最近的通道就是穿过考迪乌姆，可是现在的卢策里亚已经与罗马缔结了友好条约。要如何通过卢策里亚不被敌人发现又成了一个问题，于是彭梯乌斯挑选十名精兵扮作牧民模样，并命令他们走到罗马士兵的军营附近时再把牧群赶进去，散布谣言，说萨姆尼特尔人把卢策里亚城包围了，并已经快把它攻陷了。接着，彭梯乌斯迅速调遣部队，在考迪乌姆丛林间设下埋伏，把一座座峡谷给封锁住。

最高行政长官失策又疏忽大意。罗马士兵向他们汇报消息时，他们根本没有考虑这则消息的可靠性，没有派人去提前侦察地形，更没有派人去警戒，便急忙派部队赶往卢策里亚城。萨姆尼特尔境内山路居多，罗马军队只能排成长队如一条望不到头的长蛇穿过通道，前往亚得里亚海，再加上带着极大的辎重队，行军不便，很难进行遭遇战。

这一天，骄阳似火，罗马人穿过一座昏暗的石门进入考迪乌姆的关隘。山谷虽然狭窄但里面到处一片宁静安详，树木成荫，溪水潺潺，鸟儿在树枝间愉快地歌唱。精疲力竭的士兵在山谷里到处寻找树荫纳凉。将近傍晚的时候，当罗马的前沿部队幸运地通过了第一座关口进入第二座关口后，突然，遇到了巨大的路障，路上出现了大块的山石和粗大的树木，此时的后续部队也进入了关隘地带，整个部队就这样全部落入敌人的伏击区！前沿的罗马士兵打算清除障碍，山坡上就到处出现了萨姆尼特尔人的士兵，连路障上站的都是萨姆尼特尔人的先锋兵。前方道路被封锁，罗马士兵大吃一惊，急忙撤退，但为时已晚，后路也早已被萨姆尼特尔人彻底切断了。前不能进，后不能退，罗马人顿时陷入绝境中。

罗马人随时随刻等待敌人毁灭性的攻击，可是却迟迟不见敌人有任何动静。在树丛和山石间，萨姆尼特尔人的士兵如幽灵般地来来回回，大造声势，就是不发动进攻，这样的等待令罗马人十分绝望。

夜幕降临了。罗马士兵就在自己脚旁，寻个地方躺下来休息，心灰意冷的士兵已不抱希望能够活着回去了。

早晨，新的一天又开始了，周围的一切和之前一样，敌人依然占领着两边的山坡，他们与罗马人保持着一定的距离，对陷入绝境的罗马人没有采取任何行动。

一连几天，萨姆尼特尔人都是如此，"他们是要把我们活活饿死吗，可是，我们宁愿战斗而死。"被围困的罗马士兵在饥饿中挣扎，因为他们的给养几乎要断了。

罗马兵团派人进入到长官的大营，他们纷纷要求下令对萨姆尼特尔人发起攻击。最高长官似乎发现了敌人的意图："萨姆尼特尔人不敢在考迪乌姆关隘内大肆杀戮，害怕被罗马报复，所以迟迟都没有对罗马人发动攻击。"

其实，正是考虑了这些，萨姆尼特尔人才犹豫不定。首领彭梯乌斯内心也在做着思想斗争，正在与他的父亲激烈地争辩着，不知道要下怎样的决心。

老人说："把他们统统杀掉，一个不留！"他甚至大喊了起来："难道你的力量丧失、血液干涸了吗，你连做出决定的勇气都没有啦。"

儿子坚定地回答："父亲，你要知道，即使把这里所有的罗马人杀掉，一个也不剩，这场战争我们还是输掉了。地中海都已经被罗马的雄鹰占据了，在亚得里亚上空盘旋着。而我们和伊特卢利阿的联系也只靠着一根细细的绳子。我们，全体萨姆尼特尔人的民族已完全陷于罗马人的包围中，就如面前我们包围的这支罗马军队一样。他们又会有许多人从地下变出来，我们不能通过残杀来赢得这场战斗，应该抓住现在的有利形势，通过谈判争取我们的利益。"

老人摇摇头对儿子说的表示不赞同："我的儿子，你说的可能是对的。可是，即使我们不杀他们，罗马也不会终止对我们的战争和杀戮的，直到把我们的名字从人们的意识中彻底抹掉。我的儿子，你要明白，谈判，条约，什么的，只是在两军旗鼓相当时才有价值。狮子要吞吃一只老鼠是不受条约限制的，彭梯乌斯，我亲爱的儿子，快下令吧，鼓起你的勇气冲下去消灭这支军队，然后，继续往康帕尼阿平原上的罗马军队进发。一边派人送信给伊特卢利阿人，让他们跟我们一起打一场生死之战！"

父子两人日夜争辩。单独看他们中任何一人的观点，都没有错——但是两个人又说得都没道理。考迪乌姆关隘中悲剧的真相就是无论萨姆尼欧姆采取什么措施都无法阻止罗马人的进攻。

老人感到自己没法改变儿子的决心时，就离开了部队回到了山上，以后再也没有人见到过这位老人。

位于罗马营内的最高行政长官被首领彭梯乌斯派人邀请过来谈判。彭梯乌斯来到萨姆尼特人面前，把自己的意图向罗马方面阐述一番："如你们所见，你们这支被包围的军队并无胜算，我们完全可以把你们消灭，你们的命运掌握在我的手中。我盼望着你们能慷慨解囊，从而使得罗马和萨姆尼欧姆能够平息纷争，重归于好，因为似乎是神给我们送来的这个机会。"

　　最高行政长官点头赞同，并示意他继续说下去。彭梯乌斯分析说："最高行政长官，罗马是否撤兵由你们自己做主，只要我们双方订立一个契约，保证民族之间和平共处，把康帕尼河边境上的堡垒拆除掉，把被你们掠夺的土地归还给我们。"

　　罗马人脸色苍白地说："你们的要求太多了，我们这几个人已经身陷囹圄，一息尚存了。"

　　彭梯乌斯持续向对手加压："你们所说的少数几个人就是这么多的罗马青年？你们要是不能带着全部的部队回到罗马，就会被人们从塔尔佩亚山上推下去。"

　　最高行政长官回答："我们宁愿与士兵们生死与共。"

　　彭梯乌斯高声说道："与跟着你们一起送死相比，回到罗马城，回去生活是士兵们更加愿意的事。"

　　谈判胶着很久，直到最后一个要求被彭梯乌斯提出："我当然也要教训你们一下，每一个手下败将都避免不了！你们往回撤的时候必须从枷锁中钻过。"

　　罗马人的脸愤怒得涨成了暗红色。在那种时代背景下，最大的耻辱就是从枷锁中钻过。"完全不可能！"最高行政长官非常气愤，大叫着离去。

　　"你们只有一天时间考虑。"后面传来萨姆尼特尔人的厉声叫喊。

　　再次来到下面的峡谷，再次从一眼望不到边的士兵队列穿过时，最高行政长官的心皱成了一团。把这支部队留下来，完整无缺地还给台伯河畔母亲一样伟大的七座山城，岂不更好？为了实现这个目标，人们是可以接受侮辱的。最高行政长官把萨姆尼特尔人的要求告诉了士兵们，在军官面前，士兵们纷纷跪倒，说出绝不愿受辱这番忠诚和有决心的话。这时候，他们谁也不想苟活于世，父亲、母亲、妻子和儿女都顾不上了。呼喊声回荡在山谷中："让我们战死沙场吧！"

最高行政长官的决定却与之相反。还没到规定时间，接受彭梯乌斯的条件这条消息就被他们送给对方了。甚至连对方提出的最高行政长官和六百名出身贵族的士兵当人质的要求也被接受了。士兵们又请求了很长时间，他们看到人质被挑选出来时非常愤怒，都表示要与敌人拼死决战。在阿利阿曾经败于高卢人之后，罗马人又一次面对敌人的羞辱。

大梁横在中间，枷锁在上面搁着的两座门，被胜利者搭建而成。罗马士兵们只能穿着内衣内裤从门下经过，而军官们则全部把军官标志除掉。

萨姆尼特尔士兵一边在一旁像是看一场闹剧，一边肆意呼喊，只要罗马士兵偶有停顿，萨姆尼特尔士兵一脚就踹在他们屁股上，把他们往枷锁下面踢。许多萨姆尼特尔人站在峡谷中，看到蒙受侮辱的罗马人，想到自己之前多次败于罗马之手，心里很痛快。通过峡谷和关口进入考迪乌姆的所有罗马人都感到好像是从地狱里钻出来一样。

终于，阳光又重新照耀在这群不幸的人身上，他们重获自由，逃脱了死亡，可是他们羞于回头望一望自己人：这还是军队吗？这些赤身裸体的男人是罗马的士兵吗？他们更像可怜的乞丐和没人愿意接受的行为不端的人。真让人心痛啊，侮辱和残害是多么巨大！如此屈辱和可怜的罗马士兵还从没有人看到过呢。他们该留在哪？应去找谁，该逃向哪里，才能十分隐蔽地回到罗马？他们感到十分羞愧内疚，想找个洞钻进去，躲避世人的目光与嘲笑！

心里烦躁、精神不安的罗马士兵默默向前走着，一言不发。虽然亲近友善而又富裕的城市卡波阿天黑前就能到了，但是他们望而却步，忍受饥饿眼巴巴看着城墙，倒地而睡，心想着能通过梦境把所有耻辱和惊恐全都抛在脑后。

城里已经传进有关罗马士兵的悲惨命运和他们在城前安营扎寨的消息。卡波阿居民满怀同情和怜悯。战袍、武器和一切标志军官威仪的东西马上被城中首领

第六章 罗马英雄

们送给最高行政长官和部队的军官们。衣服和粮食被居民们送给士兵。没多久，元老们同时来到营房，把部队带回城，招待他们吃喝、休息，以示友好。但是，赠予物资、给予友好的安慰和鼓励，都无法让不幸的士兵们开心一点儿——他们从前没有过，今后也不会再受到这么大的打击了。

第二天，军队被卡波阿一些心地善良的青年相送到康帕尼阿边境。元老院在他们回来以后听取了他们的汇报：行军途中，士兵们更难过了，比在城里休息时更悲伤。他们只顾着走路，一句话也不说。坟墓埋葬了古罗马高尚的气节。他们的勇气被敌人的武器剥夺了。他们互不搭理，只是耷拉着脑袋往前走，就像背上背着沉重的枷锁，那份耻辱是他们永远摆脱不掉的。萨姆尼特尔人大获全胜，那份胜利将永远存在。罗马虽然没有被他们征服，可是他们却把罗马的勇敢摧毁了，连带着把罗马的英雄气概也破坏了。

一位聪明的元老院老人在听完年轻人的讲话时说："但是，恰恰相反：由于这种耻辱是巨大的，烈火燃烧般的荣誉心和绝不忍辱偷生的决心被罗马士兵通过无言的愤怒透露出来，巨大的冲击力将会在罗马士兵的沉默中爆发。这是一股能把一切都彻底摧毁的力量，别说萨姆尼特尔人了，就是他们的枷锁架和城墙加在一起，都抵挡不住这股力量。"

这悲哀的消息，罗马人又是怎么看待的呢？——考迪乌姆发生的所有事，在部队还没有进入边境的时候就已经传到了城里。库茵律特人非常悲痛，不管是高尚的贵族还是一般的平民，全国上下都陷入了悲痛之中。市场商店全都关了门。法官忘了审问。人们身着素衣，不事装饰。大家胸中充满了正义的愤恨：他们对最高行政长官的所作所为感到非常气愤，把气撒在军官们，甚至士兵身上。威胁的声音随处可闻：这群羞耻的家伙不配进城，让他们自生自灭吧！

但是，士兵们又是怎样进入自己的家门的呢？——这些士兵完全不受欢迎，说是病人或者犯人还差不多，每个罗马人都很同情他们。他们默不作声地悄悄进入城内，马上逃到家中，好几天不敢露面。两个不幸的首领关起门来也不外出，杜绝一切与外界的交往，就像躺在坟墓里。所以，最高行政长官被人们重新选举出来，库茵拖斯·泼帕里略乌斯·费洛与卢茨乌斯·帕比里乌斯·库尔索尔新官上任，他们俩是罗马著名的军事将领。

两个人在元老院召唤来他们的前任，让他们把情况重新说一遍，质问他们为什么给祖国带来种种极端的不幸。从前非常自傲的斯波律乌斯·帕斯拖弥乌斯首先接受讯问，说明情况。

悲惨的人向前一步，面对着法官，说："我对我所犯下的罪过表示认可，应该具备的细心慎重被我忘记了，兵团中了敌人的埋伏。为了使军队脱离危难，我必须答应对方提出的让人感到耻辱的要求。我提议，我和我的同僚以及所有签名缔结条约的人都应该被捆绑着送到伽奴斯·彭梯乌斯那里去，我们在紧急之中接受的可耻条约必须用我们自己的生命去赎回。只有那样，罗马人民才能冲破条约的束缚和障碍而获得自由，部队又可以被派出去攻打萨姆尼欧姆，为我们一雪前耻。"

这个举动得到了所有戴罪军官的一致同意，他们愿意弥补自己的过失，用自己的生命来承担责任。元老院果真同意按照他说的办。这些不幸军官的衣服又被人们脱去，他们被捆绑着，任由祭司们将他们送到萨姆尼特尔人首领处，拿这件事告诉他们考迪乌姆条约完全没作用了。

这批牺牲者被伽奴斯·彭梯乌斯态度坚决地拒绝了。他说："我再也不管这件事了！要是他们首领的签字不被罗马人认为是有效的，那么他们的兵团将再次回到死亡山谷！到那时，一个新的条约将会用战争重新书写出来。"

被捆绑的人被萨姆尼特尔人松绑后送回罗马。两支军队马上被罗马组织起来。兵团在两个新任最高行政长官的率领下，向萨姆尼欧姆那个方向前进。泼帕里略乌斯对准考迪乌姆城前进，途中他们遇到一支敌人的部队，一场激战过后，敌人被他们彻底打垮。帕比里乌斯·库尔索尔是罗马军队的另一个首领，从阿波里恩经过，因为他收到消息称，伽奴斯·彭梯乌斯的军营驻扎在卢策里亚城内，在那里关押着六百名罗马人质。

消息属实。罗马兵团喜怒参半瞪视着敌人，武器被他们摇晃在手里，充满威胁的意味，他们把牙齿咬得咯咯作响："我们报仇的时候到了，今天，我们失去的荣誉要被我们重新亲手夺回来。"

骑兵和步兵在帕比里乌斯号召下兵分两路，向战场冲过去。行军路上，城市、村庄遭到毁灭性破坏，已经一片荒凉。"哈哈哈哈！"他们大喊大叫，"这里既不是狭窄的关口，也不是无路可走的树林，更不是考迪乌姆！这里是有勇气、有胆量的人的国家，不管是城墙还是战壕都无法阻挡我们的脚步！"

他们夺取了营房，几千名士兵被杀，余下的士兵慌忙间往城内逃去，不敢应战。

看到自己无法获胜，伽奴斯·彭梯乌斯就派使者去见罗马首领，向他询问能不能取消围城的决定，作为交换条件，他们可以放了人质。

卢茨乌斯·帕比里乌斯严厉地对使者说："回去把，向你们的主人这么汇报：所有不能随身携带的东西，比如武器、行李、牲口等，全都留下。兵士们，特别是他们的领导者，不能携带武器，赤身裸体地走出城门，排着队穿过枷锁！"

从罗马人的严肃表情就能看出，这不是一个玩笑。萨姆尼特尔人的使者马上回城，向首领汇报这一切。

在首领们的带领下，七千名士兵排着队通过了枷锁架：考迪乌姆的耻辱终于得以洗涮。罗马军队缴获了许多战利品，大胜而归。他们重新恢复了罗马士兵的荣誉这才是最重要的战争奖赏，只有英勇无畏的气概才能换来这一切。

小特策乌斯·摩斯

有关萨姆尼特尔人自由的战争就要结束了,第三次萨姆尼欧姆战争就是他们最后一场战役,同时罗马跟卢卡纳人签订的联盟条约也结束了。卢卡纳是从萨宾族发展起来的一个国家,连意大利亚得里亚海南部海岸也被它掌管着。武器被萨姆尼特尔人在与罗马的作战中惨遭失败,但他们并不甘心,他们重新拿起武器,曾试图占领卢卡尼亚,但没有成功。于是萨姆尼特尔人说服伊特卢利阿人和高卢人联合在一起对库依律奴斯的城市发起了进攻。

直到敌人的意图和进攻目标完全被罗马识破的时候,他们感到十分意外。不久,一支强大的部队被他们迅速地组建起来,据说有六万人之多,此时罗马最高行政长官是特策乌斯·摩斯和法比乌斯·马克西摩斯,他们分别担任军事的最高首领。特策乌斯·摩斯的名字与父亲一样,曾经,父亲把自己的生命奉献在祭坛上,对维苏威战役取得关键性胜利奠定了基础。这次,不仅父亲的名字被儿子继承了,而且他的命运也在儿子身上重演了,那都是以后的事情了。

罗马人在仁梯奴姆遇到了对手萨姆特尼尔人及高卢人,准备在此一决胜负。在两军排列整齐正僵持着准备开战时,奇怪的事出现了,一头母鹿从附近的山里跳了出来,一匹灰狼紧紧跟在它后面。母鹿与灰狼在众目睽睽之下穿过战场,一个走在前面一个走在后面,然后分道而行。朝罗马人走来的是灰狼,向高卢人奔去的是母鹿。灰狼从罗马人让开的大道上走过去，而母鹿却被高卢人一枪戳死。

看到这里，罗马祭司忍不住说道："他们在这个地方打死女神狄安娜的圣兽，这里一定会血流满地，尸横遍野。战神玛尔斯的爱兽被罗马人所爱护，幸福和胜利一定属于我们！"

战斗开始了。不论敌人怎么跳跃、冲击，在最高行政长官的命令下，士兵们就是置之不理。他们说："现在敌人像狮子一样勇敢，等到晚上就会像苍蝇一样疲倦。"一直到了中午，罗马的前沿部队势如破竹，打退了很多次敌人的进攻。后来，眼看高卢人就要反败为胜了，但是在最重要的时刻，罗马随后而来的后续部队发挥了很大作用，让受到威胁的左翼阵地转危为安。

而罗马右翼部队对战的是萨姆尼特尔人，由于首领特策乌斯·摩斯非常勇猛，阵地无比坚固。虽然冲击发起了一次又一次，但是失败也是一次接着一次，敌人遭到了严重的损失。现在，反击战由库茵律特人发起，最初却遭到了挫折，罗马兵团停滞不前。就像他父亲之前做过的那样，最高行政长官高举双手向苍天大呼："我把自己当作祭品奉献给你们，可怕的神灵们，请保佑我的祖国每天被阳光普照。"

随后，为了表示重视，由罗马的大祭司举行了祭供仪式，当时大祭司正好在部队逗留做客。果然，首领特策乌斯·摩斯一马当先冲入战场，立刻扭转了局面，就像维苏威山脚下的拉丁之战一样：罗马人把萨姆尼特尔人和高卢人彻底打垮了，他们慌不择路，仓皇逃跑。罗马部队一直追击到了高卢大营。完全没有办法的高卢人，不得不向罗马投降。当然，特策乌斯·摩斯献祭的愿望也得到了满足，长眠地下。

萨姆尼欧姆的结局

在乌姆布勒恩一战大获全胜之后，罗马人马上移师南下。在新的一年里，部队指挥权被新任最高行政长官接过，前任因年迈光荣卸任，安享晚年。

为了抵抗罗马人的进攻，一支新的部队被萨姆尼特尔人组建而成，其中一个兵团是由最高祭司逐一挑选的最勇敢的人组成的，也是这支部队的核心所在。这支兵团在最高祭司带领下在一幢由白色布幔盖起来的小屋子宣誓效忠。士兵们由此而得来了"白长衫人"的名字。他们身上寄托着萨姆尼欧姆生存的全部希望，他们使用的都是最好、最漂亮的武器，连他们使用的盾牌都是镶金带银的。它们的风采在几百年之后也丝毫不减，人们还能在罗马展览厅里看到。虽然进行了宣誓也寄予了厚望，但并不能改变他们的命运，白长衫人明显要弱于罗马人，罗马人简直是超过神般的存在。

罗马军队在阿库依洛尼亚城下安营扎寨。士兵们急切地想把白长衫人彻底打败。萨姆尼特尔人就在他们不远处集结，萨姆尼特尔人的最高行政长官决定于第二天清晨发起进攻。为了占卜吉凶，罗马人上战场的时候会随军带上公鸡。但是，那天早上，神圣的公鸡却表现得与平时有异。可能已经感觉到自己将遭到不幸，公鸡们不愿意吃东西。养鸡人非常担忧，急急忙忙地让人赶到帐篷内向最高行政长官报告，敦促他们尽早做出有利的安排——要么把已经计划好的战斗放弃，要

第六章　罗马英雄

么再选择另外一个有利的时间开战。

祭司派去报信的小伙子年轻气盛，他根本不想让军队停战。他凭空捏造出一套谎言，向首领报告说，神圣的公鸡吃得非常欢快。这个消息正合最高行政长官的心意，他决定就在清晨向对方宣战。

养鸡人也是祭司的一种，部队穿过营房匆忙外出的时候被他们看到了，他们吓得双手抱头。"所有的都完了，"他们连声叫苦，"那个人不顾上天的旨意，胡乱捏造，真是作死。"

但是，就在这天，战场上的萨姆尼特尔人也没有占卜就相信了那个年轻人说的话。战斗开始了，两队人马短兵相接。作战英勇的白长衫人，谁都不愿意向后退，哪怕只有一步。他们排成一排，尖刀向外伸出，就像一个模子刻出来的一样。罗马人根本没办法突破。

就在这个时候，萨姆尼欧姆白长衫人的中心地带有一小队卢卡纳人径直冲击过来。他们已经等罗马的主力部队等了很多天了，由于他们行军非常缓慢，只是顺路过来的，谁知道刚好遇上两军交战。

为了预防敌人的突袭，卢卡纳人的首领想出了一个不同一般的方法：他把一捆捆带着阔叶的树枝绑在辎重队运重物的驴子身上，绑着树叶的驴子搅得马路上扬起的灰尘在空中久久不散，假装是一支大部队在行军。这个方法一箭双雕：萨姆尼特尔人以为新的威胁来临，一定会输掉这场战斗，马上心灰意冷起来；罗马人恰恰相反，增添的力量被他们看到了，信心和底气大大地增强了，气势强大地向敌人扑去。在那个炎热的白天，可怜白长衫人大败而归。为了能让这次胜利永远地被世人感谢与纪念，一尊朱庇特神像被罗马人的最高行政长官用缴获的武器浇铸而成，他又用所剩不多的金属给自己铸了一尊胸像，罗马广场上，并排矗立着这两尊像。凡人和神塑像并排的情况在罗马还是第一次出现。这两尊像用来提示后人，想要取得战争的胜利就必须尊重神的意志。

持续战斗了五十年之后，罗马和萨姆尼欧姆决一死战的时候到了。白长衫人铩羽而归后，一支大规模的部队再次被山地居民集结起来，在考迪乌姆峡谷获胜的伽奴斯·彭梯乌斯被萨姆尼特尔人任命为最高首领。他当年遭到冷落，被搁置多年派不上用场的原因就是他心肠太软，现在的他已经是一名老人了。可怜年迈的首领精神、力气都已经消耗殆尽了，他的头都被打破了，血流满面，最后战死沙场。

玛奴斯·库里乌斯·丹塔图斯被罗马新选出来担任最高行政长官，他邀请萨姆尼特尔人组建同盟。他在家中招待了山地来的使者。使者们看到他家中摆放简陋，甚至还在灶旁站着烧煮萝卜，知道他生活窘迫，不由得计上心来，想通过向最高行政长官行贿以便于在和谈中取得优惠。可是他们的计划落空了，库里乌斯·丹塔图斯义正词严地说道："我要是听了你们的话，收了你们的钱，那才是大错特错。我宁愿我治下的富人越来越富，也不愿只是自己富有。"就在那时，萨姆尼特尔人才认识到他们对手的伟大，他们心悦诚服地归顺于他。

比尔胡斯国王

塔伦，一座富饶的希腊意大利城，位于美丽的亚得里亚海湾。这座城从来没有被罗马侵犯过。但是，从萨姆尼欧姆的山地飘扬过来的战争的喧嚣已经越来越近，就像是一支刺耳的乐曲一样，搅得高雅的希腊人的后裔——塔伦梯纳人不得安宁。直到今天，他们跟罗马人虽不是朋友，但也相安无事。就像所有的拉丁人一样，罗马人也被他们看作是野蛮人。为了阻止边境被野蛮人入侵，一份条约老早就被他们跟库茵律特人签订了，条约中有一条就是不允许塔伦河中驶入罗马的船只。

一天，暴风袭击了一支罗马船队，船队慌忙间驶进了河湾躲避，并停留在城市的港口前，整顿休息。居民们本来就对罗马戒备很深，这件事的发生让他们非常不满意，一大群人乱哄哄地挤作一团，向罗马船队冲了过去，罗马人有五艘船被他们占领后沉入海底，不少罗马人被杀，还有一些人在俘获后被他们卖作奴隶。在争斗中连罗马的首领也被打死了。剩余的船只马上掉转船头，向罗马驶去，并将塔伦码头上所发生的一切都告诉了罗马人。

在听到这件残暴又凶恶的事情之后，库茵律特人非常愤怒，民众坚决地表示要找塔伦梯纳人算账，惩罚这种罪恶的举动也是一部分元老们所主张的。但是这回占上风的是主张和平的人，他们主张指派使者到塔伦谈判，要求把被拘押的人释放回来，把肇事者交出来，塔伦梯纳人要把违法占领的图里城归还给罗马。

斯波里乌斯·帕斯图弥乌斯是罗马使者的名字。虽然具有良好休养的塔伦梯纳人礼貌地接待了他，但是当他将元老院的要求公告于众时，民众却一直在讽刺挖苦他。甚至还有一个没有羞耻心的家伙走向使者，往他的衣服上投掷了许多脏东西。

帕斯图弥乌斯虽然感到很不愉快，但是却一直保持着从容镇定的神色。他只是把衣服掀起来，展示给在场的人看，他刚才经历了些什么。他静待着，充满了刚正之气，希望塔伦梯纳人叱责那个无赖，谁知道那些人已经忘却了礼貌和规矩，爆发出阵阵大笑，连元老们也没觉得抱歉，即使他们明白，在任何一个陌生的国家，使者都是神圣不可侵犯的。

帕斯图弥乌斯勃然大怒，严词指责道："你们笑得还太早，你们哭的时候就要到了！到那时，你们的血将用来洗净我衣服上的污点。"

使者白去一趟，悻悻地返回了自己的国家。过了没一段时间，塔伦地区被一支罗马军队进犯了，他们的田地被破坏，房屋被烧毁，士兵被打得连连败退，但是罗马军队却无条件地释放了全部俘虏。

塔伦人觉得自己打不过罗马人，他们问希腊的伊庇鲁斯城国王比尔胡斯求救。比尔胡斯国王正直、豪迈，喜欢追名逐利，一心想成为第二个亚历山大。他犹豫了一阵就高兴地同意了，于是率领一支船队向意大利前进。两万名扛着长矛的步兵、两千名弓箭手、三千名骑兵和二十匹大象就是他的军队。但是，风大浪急，在横渡大海时有几条船翻入海底。一抵达塔伦之后，国王就立刻命令有战斗能力的塔伦人穿好盔甲准备作战。两支军队的指挥权都在他自己手里，他率军向着罗马首领普泼利乌斯·拉维尼乌斯的部队一路进发。罗马首领与他之间就隔着一个海，赫拉克莱阿城附近的海湾就是他们安营扎寨的地方。

罗马人骑兵在先头作战，大规模出兵进攻。比尔胡斯马上迎敌作战。但是却

第六章　罗马英雄

找不到骑兵首领，部队一片混乱，罗马骑兵乘虚而入，攻陷了大片土地。

国王慌忙地带领步兵赶来战场收拾残局。一场不是你死就是我亡的战斗在希腊步兵和罗马兵团之间展开，他们恶战了七个回合，双方的阵线一点儿也没有改变。美伽克莱斯是希腊有名的首领，他穿着国王的盔甲，谁知道他最后却战死沙场。大家都以为死的人是比尔胡斯国王，一丝惊慌在部队中蔓延。罗马首领看到这样的情景，带领着骑兵向吓得乱成一团的敌人扑去，敌人的阵线终于动摇了。急得比尔胡斯光着脑袋在步兵丛中不断地走来走去，大声呐喊，鼓舞士气。他用大象来与罗马骑兵对抗，在震耳欲聋的号角声中，巨大的象群狂野地冲了出来，在它们脚下，连大地都在颤抖。被大象吓得前蹄腾空的马匹，把背上的主人摔倒在地，向后方逃去。惊马被比尔胡斯指挥着骑兵一阵砍杀。

罗马人攒着劲地反抗，一头大象被一个名叫伽尤斯·梦策乌斯的士兵砍伤了。发了狂的大象在希腊人部队中乱冲乱撞，现场一片混乱。这一举动把罗马兵团从危险中救了回来，为避免彻底失败，他们慌忙渡河而去，在河边扎下大营。这一仗罗马人输了，七万士兵伤亡，被俘两千人。

比尔胡斯取得了胜利。在激烈的战斗后，当他查看阵亡的罗马士兵时，发现差不多所有致人死亡的伤都在胸前。他这么对随从们说："你们瞧，这些人都是勇敢的战士！如果这样的士兵都由我率领，那么我就能征服全世界！"——他让人将死者厚葬，也十分优待俘虏。

通过这次残酷的战争，比尔胡斯国王明白，人多势众的罗马是他征服不了的。所以他决定与罗马人讲和，前往罗马的是首相契纳阿斯。他极其聪明和善辩。就像比尔胡斯曾经叮嘱过他的一样，契纳阿斯满怀敬意地走上元老院，打算通过称赞和答应罗马做他们的主人这些计划取得那些自负的元老们的同情。他就要成功了，他的说辞已经让几个元老动摇了，并开始认真地听取这个狡猾的希腊人的建议。

在最重要的时候，前任最高行政长官乘坐一顶大轿来到会场，他就是充满着智慧但双目失明的阿比乌斯·克劳迪乌斯。这位道德高尚、名望很大的老人接过话茬，说："怎么了，我的伙伴们，你们听到这些好听的话就没了自己的主意，要帮助这个狡诈刁钻的希腊人逃离老天的制裁吗？——我经常会因为心中怀有不满，而去责怪别人，说眼前的光芒已经看不到了，今天我多想自己不仅眼睛瞎了，而且耳朵也聋了，从现在开始，再也不用听到那些不值一钱的讲话。不，只要希腊士兵还存在于意大利的土地上，和平谈判就不能被罗马接受！"

老人的话就像一团烈火，将元老院的信心再一次燃起，他们引以为傲的古罗马传统，曾经帮助罗马度过了很多难挨的时光。没办法，契纳阿斯马上从罗马离开，阿比乌斯·克劳迪乌斯的回答被原原本本地汇报给了他的主人。听到汇报后，比尔胡斯非常惊讶，罗马人的骄傲是他欣赏的，向首相询问对罗马的印象。"国王，"契纳阿斯答道，"这座城市就像一座神庙，每个罗马居民都是国王。"

"嗯，"比尔胡斯听完后说，"我想亲眼去看看那座神和国王的城市。"

于是，他亲自带队向北方的罗马推进，进犯罗马城。罗马兵团紧紧地跟在他后面，所以他不敢轻率地在台伯河边驻扎，而把营寨安在离七座山城八海里远的地方。

一天，国王会见了罗马的使者，磋商俘虏交换的事。由高贵的元老伽尤斯·法勃烈策乌斯领导罗马使团，这位骑士般的人物被比尔胡斯以最高的荣誉接待，比尔胡斯希望自己的和平计划能够得到他的支持，交谈之中，许多条件优厚的允诺和暗示是必不可少的，但是这些并不能打动骄傲的罗马人，他们明确地表示不愿意让祖国遭到损失。这时，国王想亲自检测一下元老这个人的胆量，一面让人把一头大象从大荧幕后牵过来，一面把罗马人召来会谈。

在国王的暗示下，大象居然把长长的鼻子伸出来，往毫不知情的客人肩膀上一搁，咆哮阵阵。法勃烈策乌斯虽然大吃一惊，可是马上就冷静下来，嘴角含笑，说："昨天你的黄金无法吸引我，今天你的大象也无法恐吓我！"

比尔胡斯躬下身子，说："你们的英雄气概是我所敬重的，你们的俘虏虽然不

第六章　罗马英雄

能被释放，但是我可以给他们一个假期，让他们能够回去欢度罗马的农神萨图恩节。如果我的和平建议能被元老院接受的话，那么这些人就能获得自由。要是不接受，他们在节后就必须重新回到监狱。"

"好吧，"法勃烈策乌斯答道，"他们都会回来的。"

果然不出所料，国王的和平条件被罗马元老院拒绝了，过完了农神节，俘虏们全部都回到了比尔胡斯那里。

比尔胡斯不敢继续前进了。他干脆拔起营寨，撤回到塔伦度过了冬天。

第二年，他率领部队进犯阿波里恩。这回七万步兵、八千骑兵和十九匹大象是他的全部投入。罗马军队在阿斯库罗姆城阻击了他们的军队，双方旗鼓相当。一种战车被罗马人配备起来，用来打击可怕的大象，这种战车的铁杠都是向外伸着，火盆在上面搁着，许多狼牙棒在上面竖着，由人支配着往下打击。罗马人希望危险的厚皮动物能被这种火盆车吓退，但是他们失算了。

连续战斗了两天，不少英雄事迹出现在双方战场上。比尔胡斯一马当先，深入敌营，但是他也身负重伤，他的手臂被一根投枪完全穿透。罗马人的阵线纹丝不动，直到大象被敌人放出来，弓箭手和投石的士兵站在大象背上。燃烧的战车急忙被罗马人用来抵挡敌人的进犯。但是战车乱成一锅粥，大象跳过它们，径直冲向罗马士兵队列。这时，帖撒利的骑兵边冲边杀。罗马兵团无力抵挡，仓促地逃跑。

比尔胡斯再次取胜，但伤亡惨重，他不禁大声惊叫道："这种胜利再多一回，我就完了！"

回到塔伦之后，由于岁拉库斯城想通过他的援助来攻击卡尔它各，他又从塔伦回到西西里岛。在比尔胡斯正要乘船对外作战的时候，一名使者被罗马最高行政长官伽尤斯·法勃烈策乌斯派来。法勃烈策乌斯就像个骑士，国王尊重并敬佩他那极其坚定的正直和非常完美的英勇。使者递给比尔胡斯一封信，这是他的私人医生写给法勃烈策乌斯的，这个可怜的人为了获得高额报酬，愿意毒死他的主人。读了这封信后,比尔胡斯大声说:"想要太阳离开轨道是件容易的事,想要动摇法勃烈策乌斯的正直却十分困难!只要我们国家拥有这样的人,那是永远不会沦陷的!"

怀着对最高行政长官高尚气节的赞叹,比尔胡斯国王又将首相派到罗马,再一次向元老院提出和平建议。他们又一次做了无用功,契纳阿斯没有任何成效回来向主人汇报。

这个首领质朴而又热爱自由,是个举止恰当的典范。曾经是他与萨姆尼特尔人订立和约,也正是他,终于成功地将外来的征服者打败了。

战火全面点燃,可怕的大象又被敌人放出来,可是这回占据有利地位的却是罗马人。玛奴斯·库里乌斯下令,向驮着巨大塔楼的大象射去裹着麻絮和焦油的火箭。十分惊恐的大象,完全不受控制,疯狂地逃向希腊人的部队,战场上混乱不堪,许多希腊士兵被踩踏致死。看到这种情况,罗马首领掩护骑兵和步兵,大开杀戒,敌人乱成一团,被打得七零八落,不成队伍。

罗马人获胜了,大批希腊士兵被他们俘虏,四头大象被活捉。罗马人还是第一次看到这种奇怪动物。

比尔胡斯战败后,占领罗马的梦想已经完全被自己放弃了,他非常希望能够统治意大利,并能主宰它!他快速地撤回塔伦,把城市交由他的首领米隆来守卫,自己就率领大部队乘船离开了。

国王比尔胡斯虽然取得了很多次胜利,但是下场非常凄惨:在一次阿尔戈斯城街巷之间的追逐战中,他被一个女人投掷的石头打中,黯然结束了他杰出而又悲壮的一生。这是以后的事情了。

国王前脚离开塔伦,一支罗马军队后脚就到,他们来到城前,打算进攻城市。米隆的勇气完全丧失了,他与希腊的守城士兵一起仓皇出逃,那座牢固的城堡和蔚蓝海湾上不幸的城市一起被他拱手让给了罗马首领卢茨乌斯·帕比里乌斯。罗马军队迅速占领了曾经骄傲的不可一世的塔伦,罗马使者帕斯图弥乌斯曾经说过的话应验了:"有你们痛哭的时候!"

……

灿烂的阳光照耀着罗马,神和人类在这个地方紧紧相连。以前,凡人心里对天空的使者和奇异的预兆充满恐惧。意大利的土地是由古老的神用眼泪和鲜血浇灌而成的。菲利门和巴乌希斯这对虔诚的夫妇被希腊人用诗意般的传说歌颂着,阴司女神普洛塞耳波那的掠夺、国王弥达斯的黄金和仙女达佛涅的桂冠也同时被歌颂着,而战斗的号角和刀剑的铿锵却在罗马响起。罗马最崇高的道德就是自由、勇敢和荣誉,部队和战役被神的意志影响着。经历过种种时代的阴暗的罗马,涌现出很多响当当的名字,不管他们是罗马人,还是外来人,汉尼拔、格拉古、苏拉、恺撒,一个个都名垂青史。在古代残酷的时代和世界里诞生的基督,取代了以前的各种神祇。他在那块土地上撒落种子,在罗马城结出了丰硕的果实。永远年轻的罗马城,主宰了西方国家。

埃涅阿斯圆满地完成了自己的使命。

罗马大事年表

国王时代（公元前 510 年之前）

公元前 750 年罗马建立

公元前 715—公元前 672 年努马·庞皮利乌斯

公元前 672—公元前 640 年图鲁斯·荷斯梯利乌斯

公元前 640—公元前 614 年安库斯·玛尔策乌斯

公元前 614—公元前 578 年塔尔库依尼乌斯·普列斯库斯

公元前 578—公元前 534 年傲王塔尔库依尼乌斯

公元前 510 年驱逐傲王塔尔库依尼乌斯

共和时代（公元前 510 —前 31 年）

公元前 509 年反对泼尔塞纳国王之战，贺雷梯乌斯·库克莱斯，莫茨乌斯·斯策沃拉

公元前 496 年勒基罗斯湖战役

公元前 486 年平民撤出圣山

公元前 477 年法比尔人崩溃

公元前 458 年辛辛那图斯战胜埃库尔人

公元前452—公元前449年十人团，《十二铜表法》，推翻阿比乌斯·克劳迪乌斯

公元前405—公元前396公元前卡弥罗斯占领维几

公元前390年罗马人在阿利阿河兵败高卢人，高卢人在罗马，卡弥罗斯驱逐高卢人

公元前343—公元前290年萨姆尼特尔人之战，拉丁之战，抗击伊特卢利阿人和乌姆布勒尔人之战，占领意大利中部地区和南方大部分地区

公元前280—公元前75年对国王比尔胡斯之战

公元前133—公元前31年罗马从共和制变为君主政体

皇帝时代（公元前31年—476年）

417年罗马城成为基督教城，罗马土地上建立起日耳曼王朝